18번 구경남

18번 구경남

채강D 장편소설

일구이무

一球二無

공 하나에 최선을 다할 뿐 다음은 없다.

— 김성근 감독 좌우명

0-1 프롤로그

그러니까 내가 정신을 차린 곳은 어느 이상한 곳이었다.

발아래 놓인 투수 플레이트는 오래되었는지 누렇게 바랬고, 그 주변의 흙은 어디서 퍼 왔는지 고르지 못했다. 요즘 이런 구장은 리틀야구에서도 안 쓸 텐데.

고개를 절레절레 흔들며 한숨을 내쉬는데, 저 멀리서 어떤 사람이 이쪽을 보고 소리를 질렀다.

"어이, 애송이. 쫄지 말고 몸쪽으로 붙여버려!"

뭐야, 저 촌티 나는 스타일은. 몸에 전혀 맞지 않는 헐렁하고 추레한 흰색 유니폼의 왼쪽 가슴에 촌스러운 별이 그려져 있었다. 거기에 양말을 바지 위로 잔뜩 추켜올린 농군 패션이라니. 그는 아무렇게나 삐져나온 머리를 모자 아래로 헝클어뜨렸다. 잠깐, 그런데 저 사람…… 낯이 익다. 혹시, 전설의 투수 장일봉?

눈을 비비고 다시 바라보니 오래된 텔레비전 화면에서 볼 법한 유니폼을 입은 선수들이 상대편 더그아웃에서 나에게 "어이, 어이!" 하고 야유를 보냈다. 그중 익숙한 얼굴이 또 보였다. 긴 머리를 찰랑거리는 미소년. 저 얼굴은…… 박철순?

황급히 고개를 숙여 아래를 보니, 나도 똑같은 유니폼을 입고 있었다. 왼손에는 푸석푸석한 낡은 글러브가, 그 안에는 흙과 침이 덕지덕지 묻은 더러운 야구공이 쥐여져 있었다.

콧수염을 기른 타자가 타석에서 껄렁하게 껌을 씹으며 내 쪽을 노려보았다. 그 뒤로 현수막—LED가 아니라 정말 붓글씨로 쓴 듯한, 그런—에는 껌 광고 문구가 적혀 있었다.

껌이라면 역시 ○○껌!

타자 바로 뒤에서 관중들이 소리를 질러댔다. 그들은 모두 종이로 만든 삼각형 모자를 쓰고 있었고, 민소매를 입은 남자들은 잠자리 눈알만큼 커다란 안경을 쓰고 있었다.

"이봐, 애송이! 그렇게 무서우면 집에 가서 엄마 젖이나 더 먹고 와!"

비로소 기억이 났다.

내 인생은 망했고, 나는 이곳 1982년의 마운드로 끌려왔다.

0-2 어쩌다, 이런 마운드

정말 더운 날이다.

이런 날은 질색이다. 마운드 아래서 강한 열기가 훅 올라왔다. 악마의 용광로에 올라선 것처럼 불쾌한 날씨다. 땀에 절은 바지가 다리에 찰싹 달라붙었다. 이마에 땀이 주욱 흘러내렸다. 모자를 벗고 손으로 땀을 훔치기가 무섭게 곧바로 다시 땀방울이 맺혔다.

어릴 땐 더운 줄도 몰랐는데 말이야. 하여간 나이 먹고 느는 건 땀밖에 없다니까.

속으로 투덜거리면서 마운드에서 발을 뺐다. 어디선가 뜨거운 바람을 타고 치킨 냄새가 풍겨왔다. 기름진 냄새에 속이 거북해졌다. 관중석을 둘러봤다. 더운 날씨에도 관중석에는 팬들이 제법 있었다. 우리 팀 응원석에서는 파란 유니폼을 입은 몇몇 팬들이 나에게 응원을 보내줬고, 상대편 응원 단상에서는 촌스러운 음악과 함께 "홈런, 홈런!"이라고 외치는 소리가 섞여 들려왔다.

시끄럽게. 날도 더운데 좀 조용히 보면 안 되나. 왜 저리 소리를 못 질러서 난리인지.

물론 팬들이 없는 야구장은 썰렁하긴 하다. 역병이 돌았을 때 실감했다. 야구장에는 팬들이 있어야 한다.

하지만 시끄러워도 너무 시끄럽지 않은가. 야구장에 저놈의 앰프를 들고 올 생각을 한 게 어떤 놈인지 몰라도, 나한테 걸리면 야구방망이로 두들겨 팰 것이다. 야구장을 시끄러운 클럽으로 바꿔놨으니.

상대편 응원 단상에서 팔을 높이 들고 박수를 유도하는 치어리더의 뒷모습이 보였다. 요즘 치어리더들은 전혀 모르겠다. 잠깐 한눈을 팔다가 곧 고개를 내저었다. 지금 저런 걸 보고 있을 때가 아니지.

검은 헬멧을 쓴 타자가 느릿하게 왼쪽 타석에 들어서더니 허공에 배트를 돌려댔다. 타자의 목에 걸린 커다란 금목걸이도 덩달아 출렁거렸다. 나는 글러브로 입을 가린 채 그를 노려봤다.

이제 3년 차인 애송이 타자. 하지만, 뭐. 녀석의 타격 센스는 천부적이었다. 데뷔 전부터 강한 타격으로 화제를 모으더니 올해는 리그 홈런 1위를 질주하고 있다. 껌까지 질경질경 씹으며 귀찮다는 표정으로 툭툭 홈런을 쳐대니 더 열받는다. 건방진 녀석.

나는 인상을 잔뜩 쓴 채로 왼발을 차올렸다. 글러브에 공을 두 번 튕긴 후 바로 오른손을 앞으로 넘기며 공을 뿌렸다. 일부러 녀석의 머리쪽으로 바짝 붙여서 던졌다. 타자는 깜짝 놀라며 뒤로 발라당 넘어지더니 황당하다는 표정을 지었다. 뭘 봐, 쌤통이다.

웃는 걸 들킬까 봐 재빨리 글러브로 입을 가렸다. 타자가 나를 째려봤다. 왜, 뭐. 지금 선배한테 개기겠다는 거야, 뭐야? 동시에 상대 팀 응원석에서 야유가 터져 나왔다.

내가 방금 던진 공을 빈볼로 봤는지, 상대 더그아웃에서 선수들이 하나둘 걸어 나왔다. 반면 우리 팀 선수들은 하는 수 없다는 듯 느리게 걸어왔다. 하여간 의리 없는 새끼들.

벤치클리어링이 벌어질 거라 생각했는지 심판은 파울볼을 발견한 사람처럼 다급하게 튀어나와 상대 팀 선수들을 말렸다. 상대 팀 주장과 눈이 마주쳐 나는 어깨를 으쓱했다. 고의가 아니라는 듯, 유감스러운 마음을 가득 담아서. 상대 팀 선수들은 나를 노려보다가 더그아웃으로 돌아갔다.

몸에 맞은 것도 아니면서, 엄살은. 하여튼 요즘 야구는 너무 물렁물렁하다니까.

투수코치인 루돌프 형이 빨간 코를 문지르며 마운드로 다가

왔다. 키가 거의 190센티미터에 이르는 루돌프 형은 신발로 바닥을 쓸면서 어기적어기적 걸었다. 루돌프 형은 2년 전까지 선수로 뛰다가 은퇴를 하자마자 바로 코치가 되었다. 나와는 선수 시절부터 형 동생 하는 사이다.

"야, 쿠. 너 그렇게 티 나게 던지면 어쩌라는 거냐?"

루돌프 형이 눈을 부릅뜨면서 말했다. '쿠'는 내 별명이다. 여권에 쓰인 "KOO"를 본 후로 다들 나를 '쿠'라고 불렀다.

"무슨 말이야, 형. 손에서 공이 빠진 건데. 나도 억울해."

"이게 어디서 약을 팔아? 아무튼 지금 다들 더워서 예민하니까 적당히 해라."

루돌프 형은 손으로 내 어깨를 툭 치더니 터덜터덜 더그아웃으로 들어갔다.

그래, 날도 더운데 빨리 끝내야지.

글러브로 입을 가리고 오른손으로 공을 문질렀다. 오른손에는 몰래 침을 발라놓았다. 공에 침을 묻히면 움직임이 커져서 스핏볼이 된다. 물론 현대 야구에서는 금지되었다. 하지만 여기는 프로의 세계. 어떻게 해서든 이기는 게 중요하다.

타자 녀석이 매서운 눈빛으로 내 쪽을 쏘아보았다. 다시 공을 몸쪽으로 붙이고 싶었지만, 이번에는 바깥 낮은 코스를 노렸다. 그런데…… 타자는 기다리고 있었다는 듯 번쩍 방망이를 돌렸고, 밀어 친 공에 힘이 실려 그대로 좌측 방향으로 뻗어나갔다. 그리고 담장을 살짝 넘어갔다. 홈런이었다.

설마설마하고 타구를 지켜보던 내 입에서 욕지거리가 튀어나왔다. 이런, 젠장. 그라운드를 도는 타자를 쩨려보며 입술을 일그러뜨렸다. 녀석도 이쪽을 흘끔 쳐다봤다. 잠깐 눈이 마주친 순간, 녀석은 피식 웃더니 속도를 늦추며 아주 천천히 그라운드를 활보했다. 마치 보란 듯이. 아, 열받아. 저 건방진 새끼.

스파이크로 마운드 흙을 걷어차면서 조금 전 상황을 떠올렸다. 분명 아웃코스로 제대로 들어간 공이었다. 원래 아웃코스는 아무리 잘 맞아도 파울이다. 그런데 어떻게 저게 홈런이 됐지? 저 녀석 부정 배트 쓴 거 아니야?

루돌프 형이 다시 마운드로 걸어왔다. 두 번째 방문의 의미는 투수 교체였다. 나는 인상을 한껏 찌푸리며 1루를 향해 신경질적으로 공을 던지고 마운드에서 내려왔다. 마운드라는 무덤에서 끌려 내려오는 비참한 기분은 투수가 아니라면 절대 알 수가 없다. 응원 단상을 보니 치어리더는 아예 주저앉아 있었다. 다들 힘이 빠진 듯했다. 마음 약한 몇몇 팬만이 힘없이 박수를 치며 나에게 격려를 보내줬다.

한숨을 내쉬며 더그아웃 한쪽에 놓인 의자에 아무렇게나 걸터앉았다. 모자를 집어 던지고 의자에 걸쳐놓은 파란색 타월로 거칠게 머리를 흩뜨렸다. 방송국 카메라가 나를 비추는 게 의식됐지만 귀찮아서 무시했다. 하얀색 이온음료를 집어 벌컥벌컥 들이마셨다. 음료는 밖에 오래 있었는지 전혀 시원하지 않았다. 아쉬운 마음에 입맛을 다셨다. 시원한 맛을 기대했는데.

저 멀리 윤 조교와 눈이 마주쳤다. 윤 조교는 입꼬리를 올리면서 픽, 웃더니 고개를 홱 돌렸다. 저게, 씨. 가뜩이나 열받는데 말이야.

윤 조교는 팀 내에서 재수 없기로는 제일가는 녀석이다. 걸핏하면 자기네 집안 자랑을 해댔다. 할아버지의 할아버지 때부터 야구를 시작했다나 뭐라나. 실업야구를 거쳐 프로야구까지 자기 집안이 휩쓸었다고 했다. 그 말은 코치들에게도 영향을 미쳤다. 실력에 비해서 기회를 더 받았으니까.

말발이 좋은 녀석이 떠들어대기 시작하면 순진한 어린 선수들이 그 주변을 둘러쌌다. 물론 내가 듣기에는 말도 안 되는 뻥이지만.

녀석은 '윤 조교'라는 별명처럼 여기저기를 휘젓고 다니며 참견을 했다. 그걸 팀에서는 또 좋게 본 모양이었다. 은퇴 후 코치 자리를 예약해놨다는 소문까지 돌았다.

한번은 화장실에서 마주친 적이 있었는데, 하필이면 내가 재활에 몰두하던 때였다. 2군 훈련장 화장실에서 녀석은 굳이 내 옆에 서서 나를 흘끗 쳐다보더니, 가소롭다는 듯 실소를 흘렸다. 이후 녀석만 보면 루상에 주자를 남기고 내려온 것처럼 불쾌해졌다.

윤 조교의 뒤통수를 노려보다가 고개를 돌렸다. 속에서는 화가 들끓었지만 꾹 참았다. 지금 내 신세에 다른 녀석들 탓할 거 없지. 분명 바깥쪽 꽉 찬 볼이었는데, 그게 넘어가다니. 뭐가 문제였던 거지.

조금 전 홈런 장면을 떠올렸다. 불쾌한 장면이 머릿속에서 아주 느리게 반복 재생되었다. 기분이 더러웠고, 끝나면 술이나 진탕 마셔야겠다고 생각했다.

*

드르륵 드르륵.

어디선가 들리는 소음에 정신이 돌아왔다. 잠의 여운을 느끼고 싶어 그대로 눈을 감고 있었지만, 소리는 더욱 커져갔다. 드르륵 드르륵. 소음은 창문 너머에서 전해져왔다. 근처에서 공사를 하는 모양이었다.

오피스텔의 통창이 열려 있었다. 어제 창문을 열어둔 채 그대로 잠이 들었나 보다. 햇볕은 이미 내 침대의 절반 이상을 침범했다. 창문을 타고 습한 열기가 들어왔다. 정말이지, 이 도시의 여름은 혹독하다.

인상을 쓰며 간신히 몸을 일으켰다. 성질머리 고약한 타격 코치가 머릿속에서 무자비하게 펑고를 쳐대는 것같이 머리가 지끈거렸다. 밖에서 들려오는 소음 때문에 더 그랬다.

겨우 일어나서 곧장 냉장고 문을 열고 1.5리터짜리 헛개차를 입에 쏟아부었다. 통이 바닥을 드러낼 때까지 쭉 들이켰다.

끄윽, 하고 트림을 하자 어젯밤 들이부은 술 냄새가 훅 끼쳐왔다. 아니, 대체 얼마나 마셨던 거야.

소파에 앉아 창밖을 멍하니 건너다보았다. 어젯밤 나는 루돌프 형을 불러 하소연을 쏟아냈었다. 형. 형, 루돌프 형. 내 말 좀 들어봐, 응? 가뜩이나 빨간 루돌프 형의 코가 술에 취하니 더 빨개졌다.

어제 무슨 소리를 그렇게 했더라. 분명 울었던 것 같은데 어렴풋이 기억나는 부분도 있다. "근데 내가, 이 구경남이! 이놈의 야구에 홀랑 빠졌다는 거야. 아니, 짝사랑한다는데 어쩔 거야, 어?" 대충 이런 소리를 하면서 질질 짰다. 피날레로 루돌프 형의 품에 안겨 아주 오열까지 했다. 빨간 코를 반짝이며 난감한 표정을 짓던 루돌프 형의 얼굴이 떠올랐다. 아, 쪽팔려. 하여튼 술만 먹었다 하면 이놈의 짝사랑 타령.

휴대폰을 찾아 전원을 켰다. 배터리가 5퍼센트도 남지 않아 화면이 어두웠다. 어젯밤에 걸려온 부재중전화가 여러 통 찍혀 있었다. 가장 위에 루돌프 형의 메시지가 있었다.

— 잘 들어갔냐?

짧은 메시지 다음.

— 술 좀 적당히 마셔라. 글고 사람들 앞에서 질질 짜지 좀

마라. 쪽팔린다ㅋㅋ

  그래도 나를 걱정해주는 건 이 형밖에 없다니까.

  소파에 몸을 파묻으니 야구장에서 팽팽하게 당겨졌던 느낌이 스르르 풀리는 기분이 들었다. 어릴 땐 그런 긴장감이 좋았다. 마운드에 올라가서 삼진을 잡으면 머리끝까지 아드레날린이 넘쳤다. 과장해서, 마약을 한다면 이런 느낌일까 싶었다.

  그러나 팔꿈치 수술을 하고 돌아온 뒤, 모든 게 바뀌었다. 특히 내가 그렇게 자신 있게 던지던 속구, 포심 패스트볼이 밋밋해졌다. 구속이 줄었고 회전수도 줄었다. 회전수가 줄었다는 것은 나중에 전력분석팀 자료를 보고 알았다. 처음에는 꽤 충격을 받았다. 내 공이 약해진 게 숫자로 보일 정도라니. 타자들이 빌빌거리면서 치던 땅볼은 어느새 큼지막한 외야플라이가 되었고, 그중 몇 개는 담장을 훌쩍 넘어갔다. 어제 그 건방진 놈이 친 공처럼.

  남들은 팔꿈치 수술을 해서 새 인대로 던지면 구속이 늘기도 한다는데. 어째서 나는 이렇게 망해만 가는지.

  나는 텔레비전 옆에 놓인 테이블로 시선을 옮겼다. 투명한 고급 유리 재질로 만들어진 케이스에 신인 시절 받았던 팀의 우승 반지가 놓여 있었다. 순금으로 장식된 반지 한가운데에 그해 팀의 우승 엠블럼이 장식되어 있었다. 엠블럼에는 팀의 마스코트인 푸른 용이 새겨졌는데, 야구공을 입에 문 거대한

용이 하늘을 향해 날아오르는 모습이었다. 이걸 보고 유치하다는 사람들도 있었지만, 나는 저 엠블럼이 마음에 쏙 들었다. 하늘 높이 나는 용이 꼭 나의 미래를 보여주는 것 같았다.

반지 옆 조그만 액자에는 동료들과 다 같이 찍은 우승 사진이 담겨 있었다. 당시 신인이었던 나는 선배들의 한참 뒤에서 손을 흔들었다. 머리는 샴페인에 흠뻑 젖은 채였지만 표정은 밝았다. 그때의 흥분감은 아직도 생생하다.

과거에 나는 지역에서 꽤 주목받는 투수였다. 옆으로 던지는 투구폼으로 150킬로미터에 가까운 공을 뿌려댔다. 크게 와인드업을 한 뒤 몸을 비틀면서 공을 던지는 모습에 팬들이 '핵잠수함'이라는 별명도 만들어주었다. 고등학생 시절부터 일찍이 주목을 받는 유망주였다. 앞 순위에 지명을 받았고, 데뷔하자마자 바로 10승을 기록하기까지 했다. 비록 구원승이 절반이기는 했으나 6월 이후에는 선발투수로 나서며 퀄리티스타트도 여러 번 기록했다.

결정적으로 처음 맞은 가을야구에서 팀의 세 번째 선발투수로 나서서 승리를 따냈다. 7이닝을 단 2점으로 막고, 삼진도 열두 개나 잡았다. 마운드에서 내려갈 때 팬들의 기립 박수가 쏟아졌고, 경기가 끝난 뒤 언론매체들의 인터뷰 요청도 쇄도했다. 다음 날 포털사이트 메인에 내 사진이 걸리기까지 했다. 당시에는 내가 세상의 중심에 서 있다는 흥분감에 자주 잠을 설쳤다. 처음 야구를 시작할 때부터 꿈꿨던 모습이 이루어졌으니까. 그렇게 장애물 없는 F1 트랙에 올라서서 미래를 향한 액셀을 밟을 일만 남았다고 생각했다.

그러나 프로 5년 차에 수술을 받은 뒤로 모든 게 꼬였다. 한번 떨어진 속구의 구위는 되찾을 수 없었고, 예전의 폼도 잊어버렸다. 투심 패스트볼을 익혀서 공의 움직임에 변화도 줘봤다. 슬라이더와 체인지업 등 변화구의 비중도 높였지만 그럴수록 공의 위력은 더 떨어졌다.

테이블 위에 놓인 야구공을 손에 쥐고 투심 그립을 잡으며, 벽에 붙여놓은 레전드 선수들의 포스터를 물끄러미 바라봤다. 박철순, 선동열……. 프로 초창기부터 대단한 기록을 올렸던 전설들이다. 당시에는 선발투수가 그날의 경기를 지배했다. 지금처럼 투수 분업의 개념이 없던 시절이었다.

소파에 벌러덩 드러누워 멍하니 천장을 바라봤다. 손에 쥔 공을 천장을 향해 튕기며 속으로 되뇌었다. 한 번만, 딱 한 번만 더.

병원을 들렀다 야구장으로 향했다. 주사를 맞은 허리 부위가 욱신거렸다. 이놈의 허리. 완전 노장 선수가 따로 없네. 스포츠카를 세워놓고 잠시 허리 마사지를 했다. 손으로 누르는 부위마다 통증이 느껴졌다.

허리통증은 작년 초 스프링캠프에서부터 시작되었다. 캐치볼을 하다가 갑자기 허리에 극심한 통증을 느끼고 주저앉았다. 그리고 고질적 디스크라는 진단을 받았다. 투수들, 특히 나처럼 옆구리 힘으로 던지는 투수들에겐 피할 수 없는 후유증이었다. 주사를 맞고 약을 먹었지만 모두 임시방편이었다. 억울했다. 이제 고작 스물아홉인데. 투수로서의 전성기도 너무 짧았다. 이렇게 재활만 하다가 끝내기엔 너무 아쉽다.

차 문을 닫고 키를 누르자 사이드미러가 스르륵 접혔다. 야구를 하다가 스트레스를 받을 때면 이 파란 아우디를 타고 근처 해안도로를 달린다. 점점 줄어드는 연봉에 비해 좀 과한 감은 있지만, 이 차만큼은 포기할 수 없다. 창문과 선루프를 열고 속도를 최대로 올리며 고등학생 때부터 즐겨 듣던 강한 비트의 음악을 튼다. hello, hello, hello, how low. 큰 소리로 따라 부르는 그때가 잠시나마 일상을 벗어나는 유일한 순간이다.

그러니까 프로야구선수에게 허용되는 오락 수단이 그 정도라는 말이다. 그나마 나는 술이라도 마시지만, 요즘 어린 선수들은 FA를 준비한다며 술도 피한다. 대신 모두 게임중독이다. 라커 룸에 옹기종기 둘러앉아 핸드폰 게임에 빠져 있다. 내가 볼 땐 게임이 더 인생의 낭비 같지만, 후배들은 외려 내가 술 퍼마시는 걸 이해하지 못했다.

야구장으로 들어서는 길은 팬들로 붐볐다. 한여름의 열기가 끼쳐와 절로 인상이 찌푸려졌다. 선수가 무사히 지나갈 수 있도록 설치된 안전 펜스에 나를 발견한 팬들이 몰려들어 다닥다닥 붙어 섰다. 팬들이 서 있는 자리는 그늘이 지지 않아 상당히 더워 보였다.

잠깐 멈춰 서서 팬들에게 사인을 해줬다. 팬에게는 늘 최선을 다한다. 내 프로 생활의 원칙이다. 루돌프 형에게 들은 바로는 메이저리거가 특히 팬 서비스에 최선을 다한다고 했다. 나도 동의한다. 팬은 프로스포츠의 뿌리 같은 존재니까.

한참 사인을 하는데 저 뒤로 파란 모자를 쓴 꼬마 팬이 보였다. 제 덩치보다 훨씬 큰 우리 구단의 올해 어린이회원 가방을 멘 꼬마는 공을 들고 쭈뼛거렸다. 열성팬인 모양이었다.

"얘, 잠깐 이리 와봐."

내 부름에 꼬마는 화들짝 놀라 눈을 동그랗게 뜨더니 가까이 다가왔다.

"사인 받으러 왔으면 앞으로 와서 받아야지. 왜 그렇게 뒤에 있냐?"

꼬마는 부끄러운지 몸을 배배 꼬면서 수줍은 미소를 지었다. 둥근 눈이 양옆으로 휘어졌다. 꼬마에게 건네받은 공에 사인을 해줬다. 꼬마는 사인 받은 공을 내려다보더니 믿기지 않는다는 듯 소리를 지르며 뛰어갔다. 그 뒷모습을 보고 있자니 미소가 지어졌다. 나도 저 나이 때 야구장을 쏘다니며 사인 볼을 모았었다. 그때는 하루 종일 땡볕에 서 있어도 더운 줄 몰랐는데. 야구장에서 뛰는 선수라면 모두 나의 영웅이었던 시절이었다.

"역시 스위트한 쿠 선수이십니다."

그때 누군가 커다란 몸을 흔들며 내 쪽으로 걸어왔다. 양 기자였다. 그는 나와 눈이 마주치자 눈을 반달로 접고서 씨익 웃었다.

"하여간 쿠 선수 팬 서비스 좋은 건 알아줘야 한다니까. 요즘 어린 선수들이 이런 걸 배워야 하는데, 그죠?"

양 기자는 턱살이 흔들릴 정도로 오버를 하며 웃어댔다. 마지막 말은 나를 은근히 비꼬는 것처럼 들렸다. 아, 귀찮은 놈. 대충 인사를 하고 피하고 싶었다. 양 기자는 지역 언론사의 야구 전문기자로, 나를 볼 때마다 친한 척을 한다. 몸이 큰데 얼굴에도 살이 붙어서 웃을 때 턱살이 출렁였다. 항상 웃는 낯이었지만 오히려 그 모습이 더 거북스럽게 느껴졌다.

"잠깐만요, 경남 씨. 하나 물어보고 싶은 게 있는데요."

양 기자가 턱짓으로 한쪽 구석을 은밀하게 가리키며 말했다. 귀찮았지만 따라갔다. 기자는 무시할 수 없다. 루돌프 형도 항상 양 기자를 조심하라고 했다.

양 기자는 주변을 두리번거리더니 나에게 바짝 다가왔다. 연극적인 제스처로 보여 거부감이 들었다.

"저기, 그거 사실입니까?"

양 기자는 두서없이 물었다.

"왜, 그 소문 있잖아요. 팀에서 주요 선수들이 일부러 볼넷을 던져주고, 뭐 점수도 주고……. 아시잖아요?"

순간 머리가 뜨거워졌다.

"그걸 왜 저한테······."

내가 말끝을 흐리자 양 기자가 실실 웃으며 나를 똑바로 쳐다봤다. 내 반응을 즐기는 것 같았다.

"아니, 그래도 경남 씨가 잘 아실 것 같아서. 그 소문의 핵심으로 보이는 A 선수의 등판 기록을 보면 딱 그렇잖아요. 의심할 만하거든. 불펜에서 던지는 그 A 선수 이야기, 들으셨죠?"

양 기자는 계속 기분 나쁘게 웃으며 내 반응을 살폈다. 손이 부들부들 떨렸지만 간신히 참았다.

"지금 저를 의심하시는 겁니까?"

"아니요, 무슨 그런 말씀을. 전 그냥 경남 씨가 팀 고참이기도 하고 뭐, 그러니까. 겸사겸사 물어보는 거죠. 그렇다고 어린 선수들에게 물어볼 수는 없잖아요."

양 기자가 말끝을 길게 늘어뜨렸다. 마지막 말은 나를 협박하는 것처럼 들렸다.

나는 양 기자를 잠깐 노려보다가 몸을 돌렸다. 얼굴까지 뜨거워져 더 있다가는 주먹이 올라갈 것 같았다.

"경남 씨, 그러지 말고 언제 밥이나 한 끼 해요. 알겠죠? 제가 쏠게요."

뒤에서 양 기자가 부르는 소리를 무시하고 빠르게 걸음을 재촉했다.

라커 룸에 들어오자마자 가방을 거칠게 내려놓았다. 소파에 모여 수다를 떨던 후배들의 표정이 일순 굳어졌다. 그들을 지나쳐 라커 옆에 있는 사우나로 향했다.

온탕에 머리까지 깊숙이 담갔다가 푸우 소리를 내며 나왔다. 탕에 앉아서 초점 없이 정면을 바라봤다.

명문 지방 프로야구단의 '불펜 핵심 투수 A'. 그가 승부조작에 엮여 있다는 소문. 그 소문은 이미 프로야구 쪽에 쭉 퍼져 있었다. 그리고 그 소문의 주인공으로 내가 거론된다는 것도 알고 있었다. 특별히 해명을 하지는 않았다. 소문에 불과한 것이니 먼저 나서서 항변한다는 것도 웃긴 일이었다. 딱 한 번. 루돌프 형이 물어봐서 아니라고 대답한 게 전부였다. 루돌프 형의 눈을 보고 분명히 대답했었다. 그래, 그랬었다. 나는 떳떳하니까. 아니, 떳떳해야 하니까.

고개를 가로저으며 다시 탕에 머리를 집어넣었다.

*

불펜에 놓인 전화기를 든 루돌프 형의 시선이 나에게 닿았다. 형은 내게 시선을 고정한 채 고개를 끄덕이더니 전화기를 내려놓았다. 뭐야, 오늘도 등판이야? 경기 전 형에게 허리 때문에 오늘은 쉬고 싶다고 했었다. 그런데 또 나가라고?

루돌프 형은 어깨를 으쓱일 뿐이었다. 감독이 시키니 어쩔 수 없다는 듯. 하여간 저 우유부단함.

할 수 없이 불펜에서 캐치볼을 시작했다. 원정 응원석에서 들려오는 응원 소리가 점점 더 커졌다. 점수 차는 벌써 8점까지 벌어졌다. 승부의 추는 기울어졌다. 이미 진 경기를 마무리지을 투수가 필요했고, 그 역할을 나에게 맡기는 셈이었다. 소위 말하는 패전조. 내 위치가 이렇게까지 떨어진 건가 싶었다. 이러다가 곧 2군으로 밀려날 것 같은 위기감이 느껴졌다.

9번 타석에 오른손 대타가 나오자 루돌프 형이 바로 나를 호출했다. 불펜 앞 검은색 철문을 열자 녹슨 문에서 삐걱하는 소리가 들렸다. 터덜터덜 그라운드로 걸어 나갔다. 뒤편 응원석에서 우리 팬들이 내쉬는 한숨 소리가 들렸다. 이미 맥이 빠진 경기였다. 그때 응원단장이 분위기를 띄우겠다는 듯 과장된 목소리로 외쳤다.

"바뀐 투수. 등번호 18번. 드래곤스의 핵잠수함 구, 경, 남!"

이어서 나의 등장 곡이 울려 퍼졌다. 지지징 지지징. 너바나의 기타 리프가 시작되었다. 한때는 이 음악이 나오기만 하면 팬들이 자리에서 일어나 함성을 질렀는데. 언제부터인가 그 함성이 한숨으로 바뀌었지만.

마운드에 서서 점수 판을 쳐다봤다. 원아웃. 주자는 2, 3루. 희생플라이 하나면 또다시 한 점이다. 9번 자리에는 오른손 대타, 이제 프로 2년 차의 애송이가 서 있었다. 최근 안타를 몰아치고 있지만 장타가 있는 타자는 아니다. 아마 저 녀석을 대충막으라는 의미로 나를 내보낸 듯했다.

글러브로 입을 가리고 포수를 쳐다봤다. 포수가 보내는 사인에 고개를 저었다. 몇 번 고개를 젓다가 비로소 내가 원하는 구질을 확인한 뒤 고개를 끄덕였다. 그러자 나보다 한참 후배인 포수가 다행이라는 듯 글러브를 대고 자세를 잡았다. 사실 나는 포수의 사인보다는 내 직감을 믿는다.

왼 다리를 차올리면서 크게 와인드업을 했다. 내가 선택한 공은 몸쪽에 붙이는 투심 패스트볼. 오른손을 바람에 스치듯이 공을 뿌렸다. 손끝의 감각에 집중하면서 공에 힘을 실었다. 내 손끝을 떠난 공은 타자의 몸쪽을 향해 날아갔고 타자는 노렸다는 듯 배트를 휘둘렀다.

하지만 타자가 친 공은 땅으로 깔렸고, 그대로 유격수의 글러브로 들어갔다. 공을 잡은 유격수는 주자들의 위치를 확인한 다음 천천히 1루로 공을 던졌다. 아웃을 당한 타자는 억울하다는 듯 허공에 소리를 질렀다.

좋다. 이걸로 투아웃.

다음은 오른손 1번 타자. 그다음 타자는…… 바로 어제 홈런을 쳤던 그 애송이 녀석이다. 녀석은 오늘도 대기타석에서 목걸이를 만지작거리며 껌을 질겅질겅 씹고 있었다.

나는 1번 타자를 상대로 멀리 빠지는 볼을 연달아 던졌다. 스트레이트볼넷. 주자는 1루로 걸어갔다. 이로써 만루. 모든 베이스에 주자가 꽉 찼다.

저 멀리 감독의 얼굴을 흘끗 쳐다봤다. 감독은 내가 1번 타자에게 볼넷을 내준 게 못마땅하다는 듯 잔뜩 인상을 쓰고 있었다. 아마 1번 타자까지 막으면 다음 이닝에 바로 나를 교체할 계획이었던 것 같다.

픽 하고 웃음이 새어 나왔다. 감독님 마음대로는 안 되지요. 오늘은 내가 복수할 차례니까.

다음 타자가 느릿느릿 왼쪽 타석에 들어섰다. 열심히 광을 낸 헬멧이 조명탑의 빛을 반사해 번쩍거렸다. 녀석이 유니폼 안에 늘어뜨린 목걸이도 빛을 냈다. 전광판 라인업에 뜬 녀석의 이름에 불이 켜졌다. 녀석은 천천히 배트를 돌리더니 타격 자세를 잡았다. 상대편 응원석에서 녀석의 응원가가 흘러나왔다. 날려, 날려, 날려버려라. 어제 맞았던 홈런이 아직 머릿속에 박혀 있다. 신중하게 던져야지.

나는 초구로 몸쪽 바짝 붙는 투심 패스트볼을 던졌다. 공은 몸쪽 방향으로 휘어 거의 타자 무릎을 맞힐 뻔했다. 타자는 움찔하면서 공을 피했다.

너무 힘이 들어갔나. 상대 팀 더그아웃에서 선수들이 들썩거렸다. 나는 그쪽을 외면했다. 글쎄, 빈볼 아니라니까. 괜히 오버는.

글러브로 입을 가리고 크게 한숨을 내쉬었다. 포수의 사인에 고개를 저었다. 다음 공은 이미 정해놓았다. 원하는 사인이 나와 고개를 끄덕였다. 타자는 다시 타격자세에 들어갔다.

글러브에 공을 문지르면서 3루 주자를 쳐다봤다. 글러브에 미리 바셀린을 잔뜩 발라놓았다. 3루 주자는 홈을 향해 뛰는 척했다. 가소로운 페이크 동작이었다. 유치한 놈.

계속해서 글러브에 공을 문질렀다. 바셀린의 끈적끈적한 점성이 공을 뒤덮는 느낌이 전해졌다. 얼마 전 카메라에 걸리는 바람에 곤욕을 치렀었기에. 카메라를 피해 조심스럽게 비볐다. 부정투구를 했다며 한동안 소란스러웠다. 하여튼, 요즘 중계 카메라는 너무 잘 찍혀서 문제다.

그리고 와인드업. 왼발을 차올리며 오른손을 뒤로 크게 뻗었다. 전력으로 공을 던지기 위해 주자를 무시하고 몸을 쭉 펴면서 크게 투구 동작에 들어갔다. 동시에 3루 주자가 재빨리 스타트를 끊었다. 나는 그쪽은 쳐다보지도 않고 타자 쪽으로 몸을 틀었다. 내가 던진 공은 다시 타자의 몸쪽으로 날아갔다. 아까보다 조금 더 가운데, 스트라이크 코스로 향했다. 그러나…… 타자는 기다렸다는 듯 힘차게 배트를 돌렸다.

그 공은 내 머리를 순식간에 지나쳐 날아갔다. 공을 친 타자가 하늘을 향해 두 손을 쭉 뻗자 원정 응원석에서 응원단장이 흥분한 듯 앰프에 대고 소리쳤다.

"만루, 만루홈런!"

그 소리와 함께 응원가가 울려 퍼졌다.

루돌프 형이 느릿느릿 걸어왔다. 모든 힘이 빠진 나는 순순히 형에게 공을 넘겼다. 분명 잔뜩 힘이 실린 공이었는데, 또……. 더그아웃으로 걸어 들어갔다. 후배들 몇이 나를 맞아쳤다. 우리 팀 응원 단상을 보니 치어리더는 이미 주저앉아 있었고, 마음 약한 몇몇 팬들만 힘없이 박수를 쳐줬다.

더그아웃 한구석에 앉아 수건으로 머리를 감쌌다. 하아, 하아. 또다시 하아, 하아, 거친 숨이 나왔다. 오늘도 졌다는 비참한 현실이 새삼 확연히 느껴졌다.

어제와는 정반대의 코스였다. 공에 힘도 실렸다. 맞아도 파울이 될 거라는 확신이 있었다. 그런데 녀석은 예상했다는 듯 가볍게 공을 넘겼다. 내 공이 정말 이 정도까지 떨어진 건가.

그때 윤 조교가 내 옆으로 다가왔다. 글러브를 가지러 온 모양이었다. 나와 눈이 마주치자 그는 방망이로 공을 치는 흉내를 내더니, 이마에 손을 얹고서 타구를 감상하는 시늉을 했다. 그리고 웃었다. 아주 비열한 웃음이었다.

"뭐냐, 뭐가 그렇게 웃겨?"

내가 물었다.

"아니, 아무리 참으려고 해도……. 웃기잖아. 어젠 바깥쪽, 오늘은 안쪽. 내일은 어느 쪽이지?"

윤 조교는 카메라에 찍히지 않는 각도에서 입을 가리고 비웃었다.

그 순간, 이성이 끊겼다. 나는 그에게 수건을 집어 던지고서 곧장 주먹을 날렸다. 동료들이 우르르 달려오는 소리가 아득하게 들렸다.

*

드르륵 드르륵.

귓가를 파고드는 소음에 머리가 지끈거렸다. 잠의 여운에서 벗어나기가 어려웠다. 입에서 욕설이 튀어나왔다. 드르륵 드르륵. 시끄러운 소리가 나를 현실로 끌어들였다.

간신히 눈을 떴다. 오피스텔 창문 너머에서 강한 햇빛이 쏟아졌다. 이미 내 얼굴의 절반은 햇볕에 무방비로 노출되었고 그 부분이 아주 뜨겁게 달궈져 있었다. 갑자기 구토감이 느껴져 화장실로 뛰어갔다.

끄어억. 배 속을 긁는 소리가 나옴과 동시에 오바이트를 했다. 변기를 한참 붙잡고 쪼그려 앉아 있다가 간신히 몸을 일으켜고 찬물로 세수를 했다. 얼굴에 물을 끼얹으니 이제야 세포가 깨어나는 듯했다. 고개를 들어 거울에 비친 내 얼굴을 바라봤다.

아주 낯선 남자가 나를 마주하고 있었다. 얼굴은 생기를 잃고 푸석푸석했다. 내가 기억하던 나의 얼굴이 아니었다. 자신감 넘치던 루키의 얼굴은 대체 어디로 간 걸까. 거울을 보며 한숨을 내뱉었다.

소파에 주저앉자 쿠션이 푹 꺼지는 소리가 났다. 멍하니 허공을 응시했다. 어제도 미친 듯이 술을 들이부었다. 홀로 단골 바에 가서 폭음을 했다. 위스키를 시작으로 맥주와 소주까지 아주 골고루 마셔댔다. 얼마나 마신 건지 기억이 나지 않을 정도였다.

어제 분명 무슨 일이 있었던 것 같은데……. 머리가 제대로 돌아가지 않았다.

핸드폰을 꺼내 보니 배터리가 거의 닳아서 화면이 어두웠다. 루돌프 형이 보낸 메시지를 눌렀다.

─경남아, 일어나면 형한테 전화 좀 줘.

안 좋은 예감이 들었다. 평소 루돌프 형답지 않은 말투였다.

포털사이트에 접속하자 메인 페이지에 내 얼굴이 큼지막하게 떠 있었다.

사상 초유! 같은 팀 선수끼리 벤치클리어링?

벙찐 얼굴로 내 얼굴이 적나라하게 뜬 기사를 읽었다. 잔뜩 화가 난 표정으로 윤 조교에게 주먹을 날린 뒤였다. 사진은 너무나 또렷했다. 성능이 좋은 카메라로 줌을 한껏 당겨서 찍은 모양이었다. 기사 하단의 '화나요' 이모티콘에 수많은 공감이 달렸다. 오랜만에 포털 메인에 올랐네. 이 와중에 그런 생각이 잠깐 스쳐갔다.

기사를 보고 나서야 천천히 어제의 기억이 떠올랐다. 어제 그 일은 정말 일어났던 일이구나. 마치 남의 삶을 보는 것처럼 흐릿한 기억이었다.

적막을 깨고 전화가 울렸다. 루돌프 형이었다.

"경남아, 형인데……."

형은 그 말을 하고 한참 말을 잇지 못하다가 더듬더듬 말을 늘어놓았다. 나는 형의 말을 들으며 앞에 있는 벽을 가만히 쳐다봤다. 포스터 아래 놓인 액자 위에 먼지가 잔뜩 쌓여 있었다. 전화를 끊으면 저 먼지부터 닦아야겠다고 생각했다.

"알았어, 형. 나중에 다시 전화할게."

그 말을 끝으로 전화를 끊었다. 루돌프 형의 말은 길었지만 결론은 분명했다. 팀에서 방출되었다는 것. 그동안 10년 가까이 뛴 팀에서 이렇게 쫓겨났다.

물티슈를 꺼내 액자에 쌓인 먼지를 닦다가 우승 반지로 눈을 돌렸다. 반지 한가운데 새겨진 용 모양의 엠블럼을 보자 갑자기 화가 치솟았다. 유리 케이스를 거칠게 열어젖혀 반지를 꺼냈다. 이딴 반지 따위. 악에 받친 소리를 지르며 손에 쥔 반지를 바닥에 집어 던졌다. 반지는 그대로 굴러가 소파 밑으로 사라졌다.

그토록 야구를 좋아했는데. 이제 정말 끝이란 말인가. 나는 머리를 감싸며 바닥에 털썩 앉았다. 내가 처한 현실을 받아들일 수 없었다.

그때 불청객처럼 허리통증이 찾아와 허리를 부여잡고 한참을 있었다. 너무 아파서 귀에서 이명이 들릴 정도였다. 그대로 통증이 지나가길 기다렸다. 영원 같은 시간이 흐르고 간신히 통증이 잦아들었다.

*

공항에 도착하자마자 주변을 둘러봤다. 혹시, 하고 기대해 봤지만 역시였다.

어젯밤 평소 알고 지내던 몇몇 기자에게 메이저리그에 도전할 거라는 소식을 전했다. 내 말을 들은 기자들은 한동안 말을 잇지 못했다. 그리고 깜빡 놓고 온 물건이 갑자기 생각이라도 난 듯 허겁지겁 잘 될 거라는 대답을 내뱉기 바빴다. 그 이상 무슨 말을 해야 할지 모르겠다는 반응이었다. 심지어 내 말을 농담으로 듣는 사람도 있었다.

그 순간 어디선가 카메라플래시가 터졌다. 사진을 찍은 기자는 흰머리를 쓸어 넘기며 나를 쳐다보더니 싱긋 웃음을 지었다. 나이가 많은 기자였는데, 평소 야구장에서 간간이 인사를 건넸던 기억이 났다. 나와는 거의 친분이 없던 기자여서 좀 의외였다. 주변에 다른 기자들은 보이지 않았다.

"구경남 선수, 여기 보고 포즈 좀 취해주세요."

기자는 나에게 카메라를 들이대며 주먹을 불끈 쥐는 포즈를 요청했다. 공항에서 그런 포즈를 취하기가 창피했으나, 그냥 시키는 대로 했다. 나를 위해 여기까지 와준 기자에게 고마웠다. 그는 다른 포즈를 요청하면서 몇 번 더 셔터를 눌렀다. 그리고 뷰파인더를 자랑스레 내밀며 찍은 사진을 보여줬다. 그 안에는 어색하게 웃고 있는 내 얼굴이 들어 있었다.

"경남 선수, 성공하지 못해도 기죽지 말아요. 다시 돌아오면 되잖아."

기자는 카메라를 옆으로 둘러메더니 내 어깨를 토닥였다. 그러고는 허허 하고 눈을 반달로 접어 활짝 웃어 보였다.

"감사합니다."

아주 작게 중얼거렸다. 비록 한 명뿐이지만, 격려를 받는다는 기분이 들어 뭉클했다.

그러나 돌아올 생각은 없다. 그곳에서 반드시 성공하리라는 다짐뿐이었다.

비행기 좌석에 앉아 초점 없는 눈으로 바깥을 쳐다봤다. 창밖을 보니 비로소 실감이 났다. 이 땅을 떠나는구나.

스프링캠프에 참여해 미국 땅을 밟은 적은 여러 번 있었다. 괌도 가봤고 애리조나도 가봤다. 하지만 그땐 팀원들과 다 같이 이동했다 보니 따로 해외에 간다는 기분이 들지는 않았다. 팀 전체를 똑 떼어내서 미국 땅으로 옮겨놓는 느낌이었다. 미국에서도 한국말을 썼고, 한국 음식을 먹었다.

"Hey, Mommy."

옆자리에서 조그마한 여자아이가 제 엄마에게 영어로 조잘
거렸다. 아이는 한국인처럼 생겼는데 영어를 유창하게 했다.
신기해서 잠깐 아이를 쳐다봤다. 아이의 엄마는 대견하다는
표정으로 아이의 말을 경청하고 있었다.

그러고 보니 언어가 문제였다. 영어는 나의 약점이니까. 학
교 다닐 때 영어 시간은 취침 시간이나 마찬가지였다. 잠이 아
주 솔솔 왔었다. 뭐, 어떻게든 되겠지. 야구만 잘하면 통역사를
붙여줄지도 몰랐다.

비행기가 곧 출발한다는 안내 방송이 나왔다. 이어폰을 꽂
고 의자에 등을 기댔다. 기타 리프와 함께 커트 코베인의 목소
리가 스며들어왔다. come as you are. as you were.

잘들 있어라. 이 촌스러운 한국프로야구. 타자 몸쪽으로 공
도 못 던지는 도련님 야구. 나는 야구의 본고장에서 반드시 성
공해 돌아올 테니.

시애틀에서 메이저리그 구단 스카우터로 일하는 용 선배와
약속을 잡았다. 선배를 조르고 졸라서 우선 마이너리그팀에서
테스트를 볼 기회를 얻었다. 한참을 애원해 간신히 얻은 기회
였다. 우선 시작은 마이너리그지만 차근차근 밟아서 메이저리
그에 오를 계획이었다. 몸만 조금 만들면 가능할 것 같았다. 미
국에서는 나 같은 투구폼을 낯설어한다는 말도 들었다.

비행기가 날아가는 열 시간 남짓을 거의 잠들지 못하고 깨
어 있었다. 미국에 도착할 즈음 상공에서 내려다본 광경은 정

말이지 웅장했다. 구름 사이로 시애틀 도심의 높은 빌딩들이 눈에 띄었다.

그 모습을 바라보며 주먹을 단단히 쥐었다.

*

"야, 야. 쿠, 술 좀 그만 마셔. 인생 끝난 것도 아니잖아."

용 선배가 내 팔을 잡아끌며 말했다.

"에이, 놔."

용 선배의 손을 뿌리치고 싸구려 위스키가 담긴 잔을 입에 털어 넣었다. 선배는 황당하다는 표정으로 나를 쳐다봤다.

시애틀에서의 테스트는 어이없을 정도로 허무하게 끝났다. 약속 시간보다 한참 늦게 나타난 마이너리그 담당자는 나보다 어려 보였다. 갓 대학을 졸업한 애송이 같았다. 저딴 애송이가? 용 선배의 옆구리를 꾹 찌르며 항의했으나 별수 없었다.

포수를 세워놓고 공을 던졌다. 투구폼을 최대한 신경 쓰며 투구를 했다. 투심 패스트볼에 이어 슬라이더 그리고 체인지업까지. 몸쪽과 바깥쪽을 번갈아 던졌다.

하지만 공 몇 개를 대충 보던 애송이는 용 선배에게 몇 마디를 건네더니 사라졌다. 그걸로 테스트는 끝이었다.

자존심에 크게 상처를 입었다. 그래도 나름 한국프로야구 10승 투수 출신이다. 내가 이런 취급을 받았다는 사실을 받아들이기 힘들었다.

용 선배도 미웠다. 고작 이 정도 테스트라니. 아무리 내가 우겨서 겨우 얻은 기회라고 해도 받아들이기 어려웠다.

용 선배는 계속 위로의 말을 건넸다.

"야, 쿠. 너 한국하고 미국에서만 야구 할 수 있는 건 아니다."

나는 용 선배를 노려봤다.

"그럼 어디 아프리카라도 갈까?"

"아니, 도미니카 같은 데서 시작할 수도 있지. 우선 거기서 실력을 인정받고……."

용 선배의 말이 심히 거슬렸다. 간신히 미국까지 왔는데 이번엔 도미니카? 속 편한 소리였다. 그렇게 나의 짜증 섞인 말을 시작으로 용 선배와 언성을 높이게 되었고, 결국 말싸움으로 이어졌다.

마지막에는 이런 말까지 나왔다.

"야. 너, 인마. 대체 선배를 뭘로 보는 거냐?"

결국 용 선배를 놔두고 자리를 박차고 일어섰다. 선배도 화가 났는지 나를 잡지 않았다.

술집을 나와 어두운 뒷골목으로 들어섰다. 밤공기는 서늘했고 밤하늘엔 별이 하나도 없었다. 걸으니 마음이 조금씩 차분해졌다. 나는 망연히 생각했다. 내가 지금 어디에 있는 거지? 이국땅을 밟고 있었지만 실감이 나지 않았다. 저편의 영어로 쓰인 네온사인 간판만이 낯선 땅이라는 사실을 일깨워줬다.

멀리서 잔잔하게 파도가 치는 소리가 들렸다. 시애틀의 부둣가인 모양이었다. 바람을 타고 은은한 바다 향도 전해졌다.

그러다 마주친 술집 간판이 눈에 들어왔다. Joe's Bar. 그래, 한 잔만 더 털어 넣자.

술집은 예상보다 훨씬 좁았고 공기는 아주 탁했다. 담배 연기와 사람들의 체취로 숨을 쉬기가 힘들었다. 허름한 옷을 입은 사람들이 띄엄띄엄 앉아서 술을 마시고 있었다. 그들은 거의 혼자 온 듯했다. 거기에 어두운 조명까지 더해지니 그림 속 풍경을 보는 것처럼 비현실적인 기분이었다. 그러나 음악은 너바나였고 익숙한 음악을 들으니 이 공간이 훅 마음에 들었다.

"Hey."

바텐더가 가까이 다가와 영어로 뭐라고 말을 걸었다. 저 사람이 간판에 쓰인 '조'라는 양반인가. 하지만 그의 말을 하나도 알아듣지 못했다.

"버드와이저."

발음이 신경 쓰였지만 바텐더는 알아들었는지 고개를 끄덕였다. 그리고 잠시 뒤 아주 미지근한 버드와이저 한 병을 가져왔다. 시원한 맥주를 기대했는데. 이곳에서는 맥주를 이렇게 마시는 모양이었다.

병을 들고 꿀떡꿀떡 맥주를 들이켰다. 씁쓸한 맥주의 맛이 입안에 오래 맴돌았다.

그때 바텐더 뒤에 걸린 야구선수들의 사진이 눈에 띄었다. 한가운데에는 타이 콥의 사진이 있었다. 메이저리그 초창기에 뛰던 영웅. 사진 속 타이 콥은 모자를 삐딱하게 쓰고서 양말을 잔뜩 추켜올린 채였다. 하지만 타이 콥은 현역 시절 더티 플레이로 악명이 높았다고 들었다.

그 옆으로 다른 메이저리그 초기 스타들의 사진도 보였다. 베이브 루스, 사이 영, 월터 존슨. 야구 광인 루돌프 형 덕분에 나도 종종 본 얼굴이었다. 아무래도 술집 주인이 오래된 야구 팬인 것 같았다.

그런데 그 끝에 낯익은 모습들이 보였다. 야구공을 입에 문 사자와 야구 배트를 든 파란 용 그리고 민망한 쫄쫄이를 입고 타격자세를 취한 슈퍼맨. 저건 분명 한국프로야구 초창기의 마스코트다. 그 시절 선수들의 사진도 있었다. 박철순, 최동훈, 장일봉.

나는 무언가에 홀린 사람처럼 그 사진들을 바라봤다. 이국의 땅에서 발견한 한국 선수들의 사진은 비현실적이었고, 기묘한 느낌까지 주었다.

그때 화장실에서 나오던 여자와 눈이 마주쳤다. 검은 머리의 여자는 동양인으로 보였다. 차림이 아주 화려했는데, 진한 화장에 빨간색 원피스를 입고 있었다. 커다란 눈과 둥근 코가 매력적이었다. 별 모양의 귀걸이도 돋보였다. 여자는 긴 머리를 늘어뜨린 채 나를 보고 빙긋 미소 짓더니 가게 문 쪽으로 걸어갔다. 여자의 발걸음을 따라 우아한 머릿결이 양옆으로 흔들렸다. 여자의 뒷모습에서 눈을 뗄 수가 없었다. 대단한 미인이기도 했지만, 무엇보다 낯이 익었다. 그리고 여자를 보자 갑자기 기분이 이상해졌다. 정신을 차려 보니 눈에서 눈물 한 방울이 떨어지고 있었다. 그러니까 나는 여자를 보고 울고 있었다.

무언가에 이끌린 나는 눈을 비비고 자리에서 벌떡 일어섰다. 바텐더가 부르는 소리가 들렸지만 여자에 시선을 고정한 채 주머니에 있는 지폐를 대충 꺼내 놓고 걸음을 재촉했다.

여자는 바의 문을 열고 가게 밖으로 나갔다. 나가면서 내 쪽을 흘끔 쳐다봤다. 재빨리 여자를 따라나섰지만, 내가 밖으로 나왔을 때는 여자는 사라지고 없었다. 빨간 원피스를 찾아 골목 끝까지 돌아봤으나 어디에도 흔적은 보이지 않았다. 그렇게 한참을 두리번거렸다.

누구일까, 그 여자는. 그리고 왜 이렇게 기분이 이상하지? 그 여자를 본 뒤로 심장이 빠르게 뛰었고 가슴이 죄었다. 오래된 연인을 우연히 만난 것처럼.

그때 누군가 다가오는 소리가 들렸다. 여자인가 싶어서 재빨리 고개를 돌렸지만 아니었다. 모자를 눌러쓴 남자 셋이 나를 향해 어슬렁어슬렁 걸어왔다. 가운데 남자는 시애틀 야구 팀을 상징하는 'S'가 새겨진 초록색 야구 모자를 쓰고 있었다.

"Hey, Man."

그들은 내게 영어로 말을 걸었다. 황당하다는 표정으로 그들을 쳐다보자 그들은 갑자기 깔깔거리며 웃기 시작했다. 중간에 "monkey"라는 말이 들려 기분이 더러워졌다. 저놈들은 분명 나를 놀려대고 있었다.

그 순간 뒤통수에 큰 충격이 느껴졌다. 돌아보니 놈들 중 한 명이 두꺼운 병을 들고 있었다. 그걸로 내 머리를 내려친 것 같았다. 나와 눈이 마주친 녀석은 잠깐 당황한 듯했으나 이내 다시 병을 들어 올렸다.

나는 본능적으로 녀석에게 달려들었다. 하지만 몸이 무거웠다. 술을 너무 많이 마셨다. 술만 아니었다면 이런 놈들쯤은……. 나는 가장 앞에 선 남자의 허리를 꽉 잡고 늘어졌다.

뒤에서는 다른 녀석들이 달려들었다. 도저히 정신을 차릴 수가 없었다. 어떤 녀석의 발길질이 내 허리를 제대로 걷어찼다. 전부터 아팠던 부위였다. 비명을 내지르며 주저앉았다. 녀석들은 작정하고 나를 둘러싸더니 발로 여기저기를 짓밟기 시작했다. 나는 머리를 감싼 채 그저 두들겨 맞아야만 했다.

한참 발길질을 하던 녀석들은 내가 저항하지 못하자 내 옷을 뒤졌다. 그리고 지갑을 빼앗아 골목 뒤쪽으로 달아났다.

얻어맞은 충격으로 한동안 땅바닥에 엎어져 있었다. 이대로 죽는 게 아닌가 하는 생각까지 들었다. 이런 더러운 외국의 뒷골목에서 인생을 종 치다니.

간신히 몸을 뒤집어 하늘을 바라봤다. 밤하늘은 텅 비어 있었다. 저 멀리서 영어로 내뱉는 욕설과 자동차 클랙슨이 뒤섞여 시끄럽게 울려 퍼졌다. 그렇게 얼마간 가만히 누워 있는데 바로 옆에서 또다시 인기척이 느껴졌다. 아까 그 녀석들인가 싶어 움찔하며 몸을 일으켰다.

그러나 옆에는 추레한 복장의, 아주 두꺼운 외투를 걸친 남자가 있었다. 날씨에 비해 과하게 두꺼운 옷이었다. 쓰레기통 옆에 앉은 그는 제 손에 들린 커다란 병을 빤히 보며 입맛을 다셨다. 노숙자인 듯했다.

나와 눈이 마주치자 그가 씨익 웃음을 지었다. 아주 기분 나쁜 웃음이었다. 동시에 걷잡을 수 없이 몸이 떨렸다. 턱까지 덜덜 떨릴 정도였다.

남자는 병을 들더니 그 안에 든 것을 들이켰다. 그리고 아주 만족스럽다는 표정을 지어 보였다.

나는 뭔가에 이끌리듯 자리에서 일어나 남자의 옆에 가 앉았다. 그는 나를 한번 쳐다보더니 병에 든 것을 한 번 더 입에 쏟아부었다. 남자와 가까이 붙자 그의 몸에서 풍기는 지독한 악취가 코를 찔렀다. 평범한 노숙자의 냄새라기에는 너무 고약했다. 온갖 것들이 썩는 냄새가 알코올 냄새와 섞였다.

남자가 나를 향해 오묘한 미소를 짓더니 물었다.

"어때? 한잔 생각나지 않아?"

남자는 한국말로 물었다. 멀리서 봤을 때는 몰랐는데, 그는 나처럼 검은 머리였다. 눈썹이 짙었고 콧대는 높았다. 그 옆으로 날카로운 걸로 그은 듯한 상처가 보였다. 그리고 그는 깊은 눈동자를 가졌다. 순간 그 눈이 반짝 빛나는 것도 같았다.

남자는 한국에서 온 듯했다. 멀리서 한국 사람을 만났다고 생각하니 조금은 안심이 되었다. 물론 상대는 노숙자지만, 내 앞날이 저렇게 될지도 모르는 일이었다.

"멀리서 와서 목마를 텐데, 한잔 어때?"

남자가 장난스러운 표정을 지으며 술병을 흔들어 보였다. 그는 내가 무슨 생각을 하고 있는지 잘 아는 것 같았다.

"이거 이래 봬도 아주 맛있는 술이라고. 이걸 구하려고 며칠간 꽤 고생했지."

남자는 이제 깔깔거리면서 웃기 시작했다. 소름 끼치는 웃음이었다. 그의 목소리는 아주 깊은 곳에서 울리는 것처럼 비현실적이었고 들을수록 억양도 이상했다.

"왜, 이상해? 복잡하게 생각하지 마. 지금까지 그렇게 살아왔잖아, 안 그래? 그냥 한잔 마시고 푹 쉬어. 자네 마음은 내가 잘 안다고. 나도 한때 자네처럼 야구를 했던 사람이거든."

남자가 술병으로 스윙하는 흉내를 냈다. 나는 깜짝 놀랄 수밖에 없었다. 내가 야구선수라는 걸 어떻게 알았지? 그는 어쩌면 야구팬인지도 몰랐다.

갑자기 술병에 든 그것이 무척 탐났다. 딱 한 모금만 마시고 남자의 말처럼 푹 쉬고 싶었다.

손을 뻗어 병을 잡으려 하자 남자는 빠르게 병을 뒤로 숨겼다. 그는 내 코앞에 검지를 가져다 대더니 좌우로 흔들었다. 그의 손톱 사이에 검은 때가 잔뜩 껴 있었다. 그는 여전히 능글맞은 표정을 지었다.

"어허, 여기가 어디라고. 여긴 아메리카야. 공짜는 없어."

하지만 나에게는 아무것도 없었다. 조금 전에 지갑까지 털렸으니까. 우물쭈물 말을 건넸다.

"저기, 그런데 제가 지금 가진 게 없어서……. 나중에 드리면 안 될까요?"

남자의 얼굴을 보니 지금 이 상황을 즐기는 것 같았다.

"아니야, 자네가 줄 수 있는 게 하나 있어. 거기 그 반지 있잖아. 그걸 주면 돼. 그럼 원하는 걸 가질 수 있어."

반지? 뜬금없이 무슨 반지? 나는 영문을 몰랐지만 무언가에 홀린 듯 주머니에 손을 넣어봤다. 그러자 속에서 무언가가 만져졌다. 꺼내 보니 우승 반지였다. 가운데 용이 새겨진 바로 그 반지. 아니, 이게 왜 내 주머니에 있는 거지? 나도 모르게 가져온 건가?

남자는 내 생각을 읽기라도 한 듯 고개를 끄덕였다.

"그래, 그거야. 그걸 나한테 넘겨봐. 그럼 자네가 원하는 걸 이루게 해줄게. 대신 자네가 직접 나한테 줘야 돼."

남자는 입을 쓱 닦으며 짐짓 근엄한 표정을 지었다.

"그게 이 세계의 룰이거든."

남자는 노골적으로 내 손에 들린 반지를 바라봤다. 혀를 내밀어 입술을 핥는 게 꼭 입맛을 다시는 맹수 같았다.

당황스러웠지만 동시에 저 병에 담긴 술이 너무 마시고 싶었다. 갈증이 났고 간절히 쉬고 싶었다. 그리고 무엇보다 생각이라는 걸 하기가 너무 귀찮았다.

남자에게 반지를 내밀었다. 그는 반지를 조심스럽게 받아들더니, 아주 진귀한 물건이라도 되는 것처럼 가만히 반지를 내려다봤다. 그러고서 침을 꼴깍 삼켰다. 순간 남자의 눈이 번뜩였다. 그러거나 말거나 나는 병을 빼앗아 곧장 벌컥벌컥 목구멍으로 넘겼다. 그런데 윽, 술맛이 왜 이래? 난생처음 마셔보는 지독한 맛이었다.

그때 배가 뒤틀리는 것처럼 엄청난 고통이 밀려와 곧장 속을 게워내야 했고 몸을 웅크린 채 속에 든 모든 것을 토해냈다.

나는 정신을 잃고 그대로 차가운 바닥에 쓰러졌다.

0-3 1982년 프로야구

빠아아아앙.

시끄러운 소리에 정신이 번쩍 들었다. 절로 인상이 구겨졌다. 누구야, 아침부터.

눈살을 찌푸리며 가늘게 눈을 떴다. 눈앞의 것들이 희미하게 시야에 들어왔다. 현실을 인지하는 데 시간이 조금 필요했다. 시각보다 빠른 건 후각이었다. 매캐한 냄새가 콧속을 파고들었다. 휘발유 냄새가 먼저 났고, 그 뒤로 썩은 달걀 냄새 같은 게 따라왔다.

본능적으로 코를 틀어막았다. 주름 사이사이에 더러운 때가 가득 낀 내 손가락이 시야에 잡혔다. 손톱은 오랫동안 깎지 않은 것처럼 길고 지저분했다. 손을 망연히 쳐다봤다. 남의 손을 보는 기분이었다. 이게 내 손이라고? 그럴 리가. 매일 경기가 시작되기 전에 얼마나 꼼꼼하게 다듬었는데. 투수에게 손톱 관리는 중요한 일이었고, 나는 그걸 하루도 빼먹은 적이 없었다. 숙취에 시달릴 때조차도.

다음으로 시선이 닿은 건 내가 입은 옷이었다. 더러운 누더기 옷. 썩은 달걀 냄새는 바로 이 옷에서 풍겨오는 것 같았다.

전날의 일이 하나씩 떠올랐다. 맞다, 시애틀의 뒷골목. 거기서 두들겨 맞았었지. 술을 마시다 기절했고……. 그래, 그 노숙자. 이상한 소리를 지껄이던.

비로소 이해가 되었다. 아무래도 그 노숙자가 제 옷과 바꿔치기 한 듯했다. 술에 뭘 탔을지도 모른다. 술맛이 아주 지독했으니까.

주머니를 뒤져봤지만 구깃구깃한 버스표 같은 게 하나 있을 뿐이었다. 오래된 차표인지, 글씨는 대부분 지워져 있었고 목적지만 겨우 보였다. 도착지는 인천. 그 아래에 "한 번 발권된 티켓은 교환할 수 없습니다"라고 단호하게 적혀 있었다. 마지막 말이 눈에 들어왔다. '없습니다.'

그때 바로 옆에서 누군가 소리쳤다.

"비켜, 이 더러운 놈아. 여긴 우리 자리야."

고개를 드니 노숙자로 보이는 남자 두 명이 나를 내려다보고 있었다. 노숙자들의 눈동자는 뭔가에 중독된 사람처럼 풀려 있었다. 그리고 몸을 심하게 떨었다.

좀 더 험악한 인상의 남자가 주먹을 내보이며 소리쳤다.

"꺼지라는 말 안 들려? 어디 남산 같은 데라도 끌려가게 해주랴?"

남자의 앞니가 군데군데 빠져 있는 탓에 발음이 뭉개졌다. 마지막 말은 꼭 '끌여가게 해듀라?'처럼 들렸다. 말을 마치고 2초쯤 지나자 역한 입냄새가 이어졌다. 남자의 벌어진 입술 사이로 누런 이가 보였다.

나는 싸울 의사가 없다는 의미로 양손을 들어 보이고 자리에서 일어났다. 남자들은 내가 일어서자 흠칫 놀란 기색이었다. 생각보다 내 덩치가 커서 그런 듯했다. 그러나 눈빛만은 지지 않겠다는 듯 나를 맹렬하게 쏘아보았다.

우선 이 빌어먹을 골목길을 벗어나자고 생각했다. 가까운 경찰서를 찾아가 설명을 해야 할 것 같았다. 돈도 뺏기고 옷도 뺏긴 이 상황을……

그래도 다행히 몸 상태는 나쁘지 않았다. 얻어맞은 부분도 괜찮았다. 대신 추위에 몸이 파르르 떨렸다. 시애틀은 왜 이렇게 추운지 모르겠다. 암만 그래도 아직 여름일 텐데.

문제는 돌아버릴 것처럼 머리가 어지러운 것이었다. 꼭 약에 중독된 것 같았다. 잠깐 상황이 이상하다는 생각이 스쳐갔다. 분명 내가 기절한 곳은 시애틀인데, 아까 그 노숙자들은 한국말을 하지 않았는가. 그런 생각을 하며 그대로 골목길을 빠져나왔다. 그런데…… 골목길 너머로 이상한 풍경이 펼쳐졌다.

먼저 하얀 창고 같은 게 보였다. 남자들이 무언가를 창고 안으로 바쁘게 옮기고 있었고, 그 앞에는 낡은 배들이 정박해 있었다. 갈매기들이 끼룩거리면서 날아다녔다. 배 안에도 사람들이 붐볐다. 그들은 서로 큰소리를 질러댔다. 저건…… 한국말이다. 분명하다. 순간 심한 두통이 느껴졌다.

사람들 사이를 헤집으며 무작정 달렸다. 누군가와 어깨를 부딪치자 상대에게서 한국 욕이 날아왔다. 이런, 젠장. 나는 멈추지 않고 자동차가 달리는 거리까지 더 달렸다.

멍하니 서서 눈앞의 광경을 바라봤다. 눈을 비볐다가 다시 눈을 뜨고, 똑같이 눈앞의 풍경을 쳐다봤다. 내 앞에 펼쳐진 것들이 믿기지 않았다.

도로에는 버스와 승용차 같은 것들이 질서 없이 뒤엉켜 있었고 사람들은 그 사이를 빠르게 지나다녔다. 그런데 그 자동차들이 이상했다. 오래전 드라마에서나 보던 그런 것들이었다. 내 아버지가 처음 샀던 승용차보다 더 오래되어 보였다. 둥글고 조그마한 승용차와 각이 진 검은 세단. 그것들이 아무렇지도 않게 도로를 달렸다. 그 틈에 낀 버스도 도로가 아닌 박물관으로 가야 할 유물처럼 보였다. 흰 바탕에 하늘색 페인트로 덧칠된 버스의 배기통에서 시꺼먼 매연이 거침없이 뿜어져 나왔다. 버스 옆면에 쓰인 행선지를 확인했다.

인천항. 제물포. 부평.

건물 외벽에 덕지덕지 붙은 포스터들도 눈에 띄었다.

쥐를 잡자. 간첩 신고는 113.

이런 문구들이 촌스러운 그림과 함께 들러붙어 있었다.

녹색 택시 한 대가 내 앞에 멈춰 서더니 창문을 내렸다. 창문이 절반쯤 내려가자마자 택시 기사가 나를 향해 욕설을 내뱉었다.

"야, 이 썩을 놈아. 객사라도 당하고 싶어?"

선팅이 전혀 안 된 차창 너머로 택시 기사의 시뻘건 얼굴이 보였다. 그는 유니폼처럼 보이는 노란 윗옷을 입고 있었는데, 얼굴색이 옷과 대조되었다.

찻길로 너무 걸어 나온 모양이었다. 택시 기사는 내가 아무런 반응도 하지 않자 이번에는 신경질적으로 클랙슨을 눌러댔다. 빠아아앙. 그 소리를 시작으로 다른 차들도 경쟁하듯 클랙슨을 울렸다. 아, 저 소리였구나. 나는 이 와중에 그런 생각을 했다.

자기들끼리 클랙슨을 울리느라 정신없는 도로 위를 무시하고 조금 더 걸었다. 꿈은 아닌 것 같았다. 눈과 귀 그리고 피부를 통해서 전해지는 것들은 현실적인 감각이었다. 매캐한 냄새가 점점 더 심해졌다. 흡연자들로 가득 찬 방을 걷는 기분이었다. 자동차들이 경쟁적으로 내뿜는 매연 때문인 듯했다. 여기에 내 옷에서 나는 악취까지 더해지니 죽을 맛이었다.

사람들은 다들 어딘가로 빠르게 걸어가고 있었다. 옷차림도 헤어스타일도 전부 이상했다. 남자들은 죄다 머리를 길러 가르마를 탔고, 여자들은 모두 어깨까지 내려오는 머리카락을 찰랑거렸다. 잠깐 한눈을 판 사이 어떤 여자와 거의 머리를 부딪칠 뻔했다.

"미안해요."

하얀 머리띠를 한 젊은 여자는 너그러운 미소를 지어 보이려다가 내 차림새를 보더니 곧 혐오스럽다는 듯 인상을 썼다. 여자는 옛날 흑백영화에 출연하는 배우 같았다. 쌍꺼풀 없는 눈을 동그랗게 뜨고 순진하게 대사를 읊는 배우 말이다. 말투도 그랬다. 여자는 품 안의 책을 더 바짝 끌어안더니 나를 빠르게 스쳐 지나갔다.

그 뒤로 어떤 꼬마 녀석이 한 손으로 털모자를 누르고 다른 손으로는 신문 더미를 든 채 달려왔다.

"호외요, 호외! 북한이 또다시 땅굴을 팠대요. 호외요, 호외!"

꼬마는 내 쪽으로 빠르게 다가왔다. 옆에 서 있던 남자가 꼬마에게 동전을 던져주고 신문을 한 부 받았다. 나는 그의 옆으로 가서 슬쩍 신문을 훔쳐보았다. 신문에 한자가 가득해 거의 알아보기가 힘들었다. 앞면에 적힌 '땅굴'이라는 글자만 눈에 띄었다. 그 아래 북한이 팠다는 땅굴 사진이 있었다.

신문 가장 오른편 상단을 봤다. 거기에 날짜가 적혀 있었다. 그것도 한자여서 알아보는 데 한참이 걸렸다. 저건 한일 그다음에는……. 한자 공부를 소홀히 한 걸 후회하면서 간신히 읽었다. 일 다음에는 구 그리고 다음은 팔. 가장 마지막 작대기 두 개. 합치면…… 1982……?

얼마간 아무런 생각도 들지 않다가 까무러치게 놀랐다. 다시 확인했다. 맞다. 분명 1982년이다.

그때 신문 하단에 이상한 게 보여서 남자에게서 신문을 낚아챘다.

"이런 미친놈이."

신문을 빼앗긴 남자가 황당하다는 듯 침을 튀기며 소리를 질렀다. 나는 그를 무시하고 신문 하단의 사진을 뚫어지게 쳐다봤다.

북한 땅굴 기사 아래에 익숙한 얼굴이 보였다. 화질이 좋지 않아 조금 다르게 보였지만 분명했다. 짙은 눈썹에 외국인처럼 높은 콧대 그리고 그 옆에 날카롭게 긁힌 상처까지. 분명 전날 나에게 술을 먹인 그 노숙자였다.

사진 아래 적힌 두 글자가 더욱 충격적이었다. 사망. 사망이라니.

기사 내용을 훑어보니 땅굴을 타고 몰래 숨어든 간첩 아무개가 '용맹스러운' 우리 국군과의 총격전 끝에 사살됐다는 내용이었다. 그 노숙자를 가리켜 "간첩"이라고 쓰여 있었다.

남자가 다시 신문을 빼앗아 들며 소리쳤다.

"이 더러운 거지새끼야, 저리 안 꺼져?"

남자는 나를 한 번 더 째려보더니 신문이 소중한 편지라도 되는 것처럼 고이 접어 제 품에 넣었다. 그러고는 새침하게 발걸음을 돌렸다.

잠깐 세상이 멈춘 것처럼 나는 멍하니 서 있었다. 대체 이게 무슨 일인지. 지금 꿈을 꾸고 있는 걸까. 하지만 꿈이라기에는 너무 리얼했다.

아니면 혹시 내가 죽어버린 걸까, 이곳은 사후 세계인 걸까? 전날 너무 심하게 맞아서 잠을 자다가 그대로 저세상으로 가버린 걸지도 몰랐다. 이국의 뒷골목에서 쓰러진 채로. 그렇게 생각하니까 좀 억울했다. 이렇게 죽고 싶지는 않았는데.

그때 길 건너편에 있는 커다란 그림이 눈길을 사로잡았다. 슈퍼맨처럼 생긴 남자가 팬티만 입은 채 망토를 걸치고 두 손으로 야구방망이를 꼭 쥐고 있는 조악한 그림이었다. 그 아래 쓰인 열두 개의 글자. 무진 슈퍼스타즈 프로야구단.

무언가에 홀린 듯 길을 건넜다. 여기저기에서 클랙슨 소리가 울리고 욕설이 날아왔지만 무시했다. 그리고 그 그림 앞에 섰다. 낯이 익다, 이 그림. 그림 너머에서 깡! 하고 투명한 소리와 누군가의 고함이 뒤섞여서 들려왔다. 역시나 익숙한 소리였다. 저건 야구 연습을 하는 소리다.

내 뒤통수에 신경질적인 호통이 꽂혔다.

"야, 이 녀석아. 여기가 어디라고 와?"

뒤를 돌아보니 수염이 하얗게 샌 남자가 서 있었다. 그의 얼굴은 검게 그을렸고 이마에는 주름이 깊게 패 있었다. 등도 약간 굽은 것이 나이가 최소 환갑은 넘은 듯했다. 그는 나를 보더니 흠칫 놀란 얼굴로 잠시 그대로 있었다. 그러고서 내 얼굴을 관찰하듯 구석구석 훑어보았다.

"뭐야, 넌. 처음 보는 놈 같은데. 이 동네 사람이 아닌가."

나는 할 말을 잃고 멍하니 남자를 바라봤다.

남자는 하늘을 보고 뭐라고 중얼거리기 시작했다. '주님'이라는 단어가 들린 걸 보니 기도를 하는 것 같았다. 곧 결심을 굳힌 듯 나를 올려다보며 말했다.

"일단 따라와. 보아하니 나이도 아직 젊은 것 같은데. 무슨 사연인지 모르겠지만 밥 한술 떠먹여줄 테니까."

남자를 따라 건물의 뒷문으로 들어서자 눈앞에 그라운드가 펼쳐졌다. 예상대로 여긴 야구장이었다. 그러나 내가 알던 그라운드와는 다소 달랐다. 녹색이 아니라 흙색이었다. 잔디가 있어야 할 자리에 딱딱한 흙뭉치가 나뒹굴었다. 그 위로 펑퍼짐한 흰색 유니폼을 입은 몇몇 선수들이 재미없다는 표정으로 흙먼지를 폴폴 날리면서 캐치볼을 하고 있었다.

그라운드 뒤편에는 회색 콘크리트로 만든 담장이 있었는데, 한창 무언가를 세우는 중인 듯했다. 군데군데 광고판이 들어서 있었다.

1982년 소원을 이루세요.
칼라 테레비. 순간의 선택이 10년을 좌우합니다.
솔직히 말해서 싱글 콘은 맛있읍니다.

흑백 텔레비전에서 흘러나올 것 같은 오래전 광고들이었다.
고층 건물 같은 건 보이지도 않았다. 오직 파란 하늘이 끝없이
펼쳐져 있었다.
"신기해? 야구장은 처음이지?"
남자는 마치 제집을 자랑하는 사람처럼 흐뭇하게 그라운드
를 둘러봤다. 그는 다들 자신을 '공 씨'라고 부른다고 했다.
"근데 넌 대체 정체가 뭐야? 어디 전쟁터에서 독가스라도 들
이마신 것처럼 보이는데."
공 씨가 내 얼굴을 유심히 바라봤다.
"아뇨, 그게 아니고……. 저기, 그런데 지금이 몇 년이죠?"
"그래도 벙어리는 아닌 모양이네. 일단 여기서 기다려봐."
공 씨는 나를 세워둔 채 복도 쪽으로 사라졌다.
그라운드로 들어가는 입구 주변에는 그라운드를 정비하는
데 쓰이는 삽이나 곡괭이 같은 것들이 무질서하게 흩어져 있
었다. 기구들은 새로 샀는지 반짝반짝 빛이 났다.
잠시 후 공 씨가 주먹밥 뭉치와 더러운 컵 하나를 들고 나타

났다.

"일단 이거라도 먹어봐."

밥을 뭉쳐서 김으로 둘둘 만 주먹밥이었다. 안에 다른 반찬은 들어 있지 않았다. 만든 지 오래되었는지 딱딱했다. 잠깐 망설이다가 한입 베어 물었다. 밥알이 꼭 모래처럼 씹혔지만 입안에 음식물이 들어오자 속이 조금 편안해졌다. 컵에 든 물을 한 모금 마셨다. 물은 얼음처럼 차가웠지만 밥알을 부드럽게 녹여주었다.

"천천히 먹어. 꼴을 보니 꼭 월남 같은 데서 구르다가 방금 돌아온 것처럼 보이는군."

공 씨는 안쓰럽다는 듯 나를 보며 혀를 찼다. 팔짱을 끼고서 내가 먹는 걸 지켜보다가 물었다.

"그런데 어디 갈 데는 있는 거야?"

"아니요."

나는 자신 없는 목소리로 중얼거렸다.

"아마…… 없는 것 같습니다."

바깥에서 본 풍경이 다시 떠올랐다. 지금 여기가 어디인지 당최 가늠이 되지 않았다. 비현실적으로 뒤틀린 세계의 한가운데로 덩그러니 떨어진 느낌이었다. 다시 바깥세상으로 나갈 용기가 나지 않았다.

공 씨가 딱하다는 듯 나를 바라보다가 천천히 일어섰다.

"그럼 천천히 먹고 가보라고. 오늘은 훈련이 일찍 끝날 거야.

아직 날이 추워서 감독님이 일찍 끝내자고 하셨거든."

공 씨는 잠시 나를 가련하게 쳐다보다가 작게 중얼거렸다.

"어디 갈 데가 있을지는 모르겠지만."

공 씨는 그대로 돌아서 그라운드로 들어서려 했다.

"저, 저기. 잠깐만요!"

공 씨가 돌아봤다.

"여기서 제가 할 일이 없을까요?"

"뭐? 자네가?"

"네, 저는 잘 곳만 있으면 됩니다. 아마도요."

공 씨가 내게로 한 걸음 다가와 전과는 다른 시선으로 내 얼굴을 꼼꼼하게 훑었다. 그의 이마에 더욱 깊은 주름이 생겼다.

"뭐, 일단 몸은 건강해 보이고. 거동 수상자처럼 보이지는 않는데……."

공 씨가 혼잣말처럼 중얼거렸다.

"근데 야구장은 와본 적이 있어?"

공 씨는 잠깐 생각에 잠긴 듯 제 턱을 쓰다듬으며 읊조렸다.

"하긴…… 야구장 같은 델 와봤을 리가 없겠지."

공 씨는 한참 자신의 주글주글한 턱을 만지작거리더니 옆에 덩그러니 놓인 삽으로 시선을 옮겼다. 그러다 이내 결심을 한 듯 나를 똑바로 마주했다.

"그럼 며칠만 여기서 지내봐. 마침 일하던 녀석도 도망갔으니까. 하여간 요즘 젊은 놈들은 무턱대고 고향을 떠나온다니까. 그래놓고 조금만 힘들면 도망치지. 저 옆 창고에 자리가 하나 있으니까 거기서 자고. 대신 여기서는 아주 일찍 일어나야돼. 내일은 아침부터 훈련이 있거든. 알겠지?"

재빨리 고개를 끄덕였다. 우선 당장 머물 곳이 필요했고, 야구장이라면 마음이 놓였다. 적어도 내가 잘 아는 곳이니까.

공 씨는 다시 한번 턱을 더듬거리더니 아주 사소한 정보라는 듯 덧붙였다.

"당분간 월급은 없어. 원래 처음엔 다 그런 거니까."

공 씨는 내 시선을 피하면서 중얼거렸다.

*

밤새 추위에 몸을 떨었다.

내가 누워 있는 곳은 창고나 그 비슷한 곳 같았다. 안쪽에 더러운 모포 하나 깔려 있는 게 전부였다. 잠은 오지 않았다. 중간에 한번, 꾸벅 졸았을 뿐이다.

바닥의 차가운 기운이 그대로 몸으로 전해졌다. 불규칙적으로 몸이 덜덜 떨렸다. 어찌나 심했는지 치아까지 같이 떨릴 정도였다. 추위 때문만은 아니었다. 내 심장이 짐승의 배 속에 있는 것처럼 강하게 요동쳤다. 계속 생각했다. 여기가 어디인지, 난 여기서 뭘 하고 있는 건지.

가끔 멀리서 누군가 내지르는 비명 같은 게 한 번씩 들렸다.

그 소리가 나를 더욱 움츠러들게 만들었다.

차라리 내가 미친 거라면 좋겠다는 생각마저 들었다. 눈을 감았다가 뜨면 어느 병실 같은 데서 있는 거지. 하지만 그러기에는 너무 현실적인 추위였다.

공 씨는 해가 뜨기도 전에 거칠게 문을 두드렸다.

"이봐, 아직 거기 있는 거야?"

공 씨는 문을 획 젖히더니 나를 향해 더러운 옷 한 벌을 던져 줬다. 군대에서 나눠주는 방한복 같았다. 물론 아주 낡은 것은 덤이었다.

"일단 그거 입고 나와. 오늘 같은 날 늘어져 있다가 회장님한테 걸리면 엉덩이를 걷어차일지도 모르니까."

공 씨는 말하는 동시에 그 장면을 떠올렸는지 키득거리며 말했다.

옷을 걸치고 밖으로 나갔다. 옷에서 퀴퀴한 냄새가 풍겨왔다. 물론 어젯밤 입었던 노숙자 옷보다는 나았다.

밖은 더 추웠다. 아직 어두운 그라운드 저편에서 찬바람이 강하게 불어왔다. 공 씨가 곡괭이 하나를 내밀며 그라운드 한쪽을 턱짓으로 가리켰다.

"일단 저기부터 시작하라고. 땅을 아주 평평하게 고르는 거야. 여자를 대하듯 부드럽게. 야구장은 그런 곳이니까."

공 씨는 시대착오적인—과연 시대착오라고 할 수 있는지 모르겠지만— 말을 능청스럽게 웃으며 했다.

공 씨가 건넨 장비를 들고 잠시 멍하니 서 있었다. 그라운드 정비는 학교 다닐 때 종종 해봤었다. 공을 던지면 스스로 마운드를 정리해야 했으니까. 그게 마운드에 대한 예의라고 배웠다. 물론 프로에 들어와서는 거의 해본 기억이 없다. 그라운드를 정비하는 사람들이 따로 있었으니까.

우선은 여기 머무르자는 생각이 다시 한번 강하게 들었다. 야구장은 내가 가장 잘 아는 곳이다. 여기에 있다 보면 내가 여기로 흘러들어 온 이유라도 알 수 있지 않을까. 내가 정말 미쳐버린 게 아니라면.

해가 뜰 무렵 다른 사람들이 하나둘 나타났다. 어두운 색의 점퍼를 입은, 어두운 표정의 남자들이었다. 다들 나이가 꽤 많아 보였다. 그들은 공 씨에게 가볍게 눈인사를 하고 나를 흘끔 쳐다봤다. 그게 전부였다. 다들 나에게는 관심이 없는 듯했다. 하긴 그게 내 쪽에도 편하다.

본격적으로 그라운드 정비를 시작했다. 다른 사람들이 하는 걸 눈대중으로 보고 따라 했다. 공 씨는 멀찍이 서서 나를 감시하듯 쳐다보다가 곧 만족한 것처럼 고개를 끄덕였다.

그렇게 작업이 한참 이어졌다. 해가 완전히 뜰 때가 되자 쉬는 시간이 찾아왔다. 쉬는 시간이라고 해서 따로 간식 같은 게 주어지지는 않았다. 커다란 주전자에서 미지근한 보리차를 한 잔씩 따라 마셨다. 컵은 녹색 플라스틱 컵 하나로 나눠 마셔야

했고, 나는 가장 늦게 컵을 받았다. 곳곳에 침이 묻어 있어 조금 찝찝했으나 순순히 받아서 물을 마셨다. 걸레를 빤 것 같은 맛이 났다.

공 씨가 옆으로 다가오더니 내 어깨에 손을 얹었다.

"어이, 그래도 제법 흉내를 낼 줄 아네."

그러고는 장난스럽게 웃으며 물었다.

"어떻게, 야구는 해본 적 있어?"

내 대답을 기다리는 그와 시선이 마주쳤다. 잠깐 망설이다가 답했다.

"했죠, 평생."

그는 나를 물끄러미 바라보다가 어깨를 다시 툭 치더니 낄낄거리며 웃었다.

"이 친구 농담도 하네."

선수들이 느릿느릿 모습을 드러냈다. 그들은 만사가 귀찮다는 표정을 짓고 있었다. 구단 모자를 삐딱하게 쓰고, 점퍼를 목 위까지 쭉 끌어 올렸다. 모자에는 커다란 별 모양의 구단 로고가 박혀 있었다. 가운데 빨간색 'S'가 새겨진, 내가 아는 그 로고였다.

옷을 갈아입은 선수들이 그라운드로 모였다. 그들의 유니폼은 전체적으로 누군가에게 빌려 입은 것처럼 펑퍼짐했고, 하나같이 양말을 발목까지 추켜올렸다. 글러브는 손에 꽉 낄 정도로 작아 보였다. 모자의 크기도 제각각이어서, 어떤 선수는 머리에 간신히 얹어놓았고 어떤 선수는 푹 눌러 쓰고 있었다. 그리고 얼굴은 꼭 오랫동안 농사를 지은 사람 같았다. 까맣게 그을린 피부에서 생기라고는 찾아볼 수 없었다.

그들의 모자에 그려진 별 로고를 보며 생각했다. 저건 분명 아주 오래전 프로야구리그에 있던 팀의 로고였다. 어제 야구장 앞에 쓰여 있던 문구가 떠올랐다. 무진 슈퍼스타즈 프로야구단. 앞 글자가 조금 달랐지만, 슈퍼스타즈는 잘 알고 있다. 프로야구의 시작과 동시에 꼴찌를 도맡아 하던 비운의 구단. 그리고 몇 년 지나지 않아 성적 부진으로 해체되었던 팀이다. 그럼 여긴 아직 슈퍼스타즈가 야구를 하던 때임이 분명했다.

그렇게 생각하자 머리가 돌아버릴 것 같았지만 그라운드에서 캐치볼을 하는 아저씨 같은 선수들은 정말 살아 있는 사람들이 맞았다.

그때 낡은 연습구 하나가 내 쪽으로 굴러왔다. 공은 사용한 지 꽤 되었는지 곳곳에 흠이 나 있었고, 검은 때가 지저분하게 묻어 있었다.

"이봐."

저쪽에서 글러브를 낀 선수 하나가 빨리 공을 던져달라고 손짓했다. 그 옆에서 공 씨가 불안한 얼굴로 나를 쳐다봤다. 잠시 가만히 공을 내려다보다가 손에 쥐었다.

엄지로 공의 표면을 문질렀다. 공은 습기를 머금고 있어서 촉촉했다. 잠깐 망설이다가 투구하는 폼을 잡았다. 왠지 강하게 던지고 싶었다. 와인드업 자세에 들어갔다. 몸을 틀면서 힘차게 상대편을 향해 공을 던졌다.

공은 내 예상보다 더 강하게 날아갔다. 특히 평소보다 팔꿈치에 힘이 잔뜩 들어갔다. 내 손을 떠난 공은 쭉 뻗어서 상대의 글러브에 닿았다. 공이 글러브에 안착하는 순간 팡, 하는 소리가 야구장에 울려 퍼졌다.

글러브를 내밀었던 선수가 이상하다는 듯 공을 내려다봤다. 그러고서 옆의 선수와 뭐라고 중얼거렸다.

뒤에 서 있던 키 큰 중년 남자가 나를 응시하다가 공 씨를 불렀다. 콧수염을 가지런하게 길렀고 표정이 무척 결연해 보이는 남자였다. 마치 무사처럼. 남자는 조금 구부정하게 서서 공 씨에게 이런저런 말을 했다. 공 씨는 두 손을 가지런히 모은 채 그에게 굽실거렸다. 공 씨의 표정은 긴장한 티가 역력했고 잔뜩 일그러져 있었다.

한참 대화를 나누던 키 큰 남자가 공 씨에게 고개를 천천히 끄덕이더니 나를 향해 다가왔다. 그리고 야구공 하나를 던져 줬다. 나는 본능적으로 그 공을 받았다.

"이봐, 이상한 놈. 너 정말 야구라는 걸 해본 거야?"

나는 야구공을 잠시 내려보다가 천천히 고개를 끄덕였다. 남자는 흥미롭다는 듯 미소를 짓더니 내 얼굴을 조목조목 관찰하면서 말했다.

"그럼 한번 보여주는 건 어때. 저기 마운드에서 홈플레이트까지 던질 수 있겠어?"

그는 외국어 같은 억양으로 물었다.

글러브를 집어 왼손에 끼웠다. 글러브는 보기보다 더 작았
다. 그러니까 너무 타이트했고 손가락을 좌우로 꼼지락거리자
좀 나아졌다.

오른손으로 공을 잡았다. 새 공이었다. 공의 가운데에는 역
시 한자가 적혀 있었다. '프로야구'라는 단어는 알아볼 수 있었
다. 프로야구 공인구인 듯했다.

포수 자리에 어떤 땅딸막한 녀석이 포수마스크를 쓰고 앉아
있었다. 마스크 뒤로 여드름 가득한 얼굴이 보였다. 녀석의 몸
은 꽤 작아 보였는데, 자세는 또 안정적이었다. 나이는 나보다
어린 듯했다. 그리고 얼굴에 비해 너무 커다란 포수마스크가
우스꽝스러워 보이기도 했다. 얼굴에 걸쳐놓은 수준이었다.

포수 뒤편으로 선수들이 어슬렁어슬렁 걸어왔다. 선수들은
자기들끼리 낄낄거리며 떠들고 있었다. 훈련 중 흥미로운 구
경거리가 생겼다는 반응이었다. 그 옆에서 콧수염을 기른 키
큰 중년 남자가 눈을 가늘게 뜨고 나를 지켜봤다. 공 씨는 저
멀리 창고 앞에 서서 발만 동동 굴렀다.

크게 심호흡을 했다. 조금 웃기는 상황이지만 일단 공을 던
져보기로 했다. 미국에서 받은 테스트가 떠올랐다. 만약 이것
도 테스트라면 제대로 보여주고 싶었다. 프로야구 초창기에는

선수들이 부족해서 수시로 테스트를 해 입단을 받아줬다는 말을 들은 적 있었다.

마운드를 밟고 양발로 중심을 잡았다. 오른손으로 공을 쥐고 왼손에 낀 글러브에 넣어 가볍게 공을 비볐다. 야구장 너머에서 클랙슨 소리가 크게 울렸다.

잠시 포수를 노려보다 자세를 잡았다. 크게 와인드업을 하면서 공을 뿌렸다. 왼발을 차올리고 오른손을 지면에서 40도 정도의 각도로 틀며 던졌다. 몸쪽으로 향하는 투심 패스트볼.

공은 내 예상보다 훨씬 크게 휘어져 들어갔다. 포수는 날아오는 공을 보더니 깜짝 놀라면서 아주 뜨거운 물건을 받는 사람처럼 글러브로 공을 퉁, 튕겨 떨어뜨렸다. 그리고 눈을 크게 뜨고 나를 쳐다봤다. 뒤에서 구경하던 선수들의 분위기도 순식간에 달라졌다. 웃음기는 사라지고 다들 진지한 표정으로 자세를 고쳐 잡았다.

몸 컨디션이 아주 좋았다. 특히 골치를 썩이던 팔꿈치 상태가 좋았다. 아니, 좋은 정도가 아니다. 새 팔꿈치로 갈아 끼운 기분이었다. 마치 스무 살, 처음 프로에 데뷔했을 적 싱싱한 팔꿈치 같았다. 팔을 공중에 붕붕 돌려봤다. 뭐지, 이 느낌은. 어쩌면 노숙자에게 받아 마셨던 술 덕분인지도 모르겠다는 생각이 들었다.

마운드에서 다시 공을 가다듬었다. 노숙자든 뭐든 아무려면 어때. 지금은 마운드에서 뭔가 보여줘야 했다.

중심을 잡고 섰다. 다음 공은 슬라이더로 정했다. 포수마스크 안쪽으로 잔뜩 긴장한 포수의 표정이 보였다.

와인드업을 하고 공을 던졌다. 하지만 내가 던진 슬라이더는 역시 예상보다 훨씬 왼쪽으로 휘어져 들어갔다. 포수는 아예 글러브를 내밀 생각도 하지 못했다. 그리고 당황한 표정으로 나를 쳐다봤다. 뭐야, 저 녀석. 포수 맞아?

다음은 체인지업. 그러나 포수는 이번에도 떨어지는 공을 간신히 몸으로 막는 정도였다. 그리고 황급히 포수마스크를 벗어 던지더니 숨을 헐떡거렸다. 뒤에 서 있던 키 큰 남자가 포수에게 몇 가지를 물었다. 그리고 이내 알겠다는 듯 고개를 재차 끄덕이더니 내게로 걸어왔다.

"이봐, 이상한 놈. 넌 대체 어디 있다가 나타난 거지? 어디 북에서 내려온 건 아니겠지?"

키 큰 남자는 투수코치고 이름은 리종근이라고 했다.

리 코치는 나에게 이런저런 걸 물었다. 물론 나는 거의 제대로 대답을 하지 못했다. 리 코치는 내게 잠깐 기다리라고 하더니 잠시 후 어떤 덩치 큰 남자를 데려왔다.

"인사해. 우리 감독님이시니까. 존함은 들어봤지?"

감독은 눈을 가늘게 뜨고서 나를 쳐다봤다.

"그래, 정말 어디서 이상한 녀석이 나타났군."

감독은 나를 위아래로 훑더니 나지막이 중얼거렸다.

"하긴, 야구공만 던질 줄 안다면 북에서 내려왔든 달에서 떨어졌든 상관없지."

감독은 오른손으로 코를 긁적였는데, 노란 장갑이 눈에 띄었다.

감독 옆에는 동그란 안경을 낀 왜소한 체구의 남자가 함께서 있었다. 정장 차림의 그는 슈트 안에 몸에 딱 붙는 조끼를 입고 있었다. 안경은 내게 꾸벅 고개를 숙이더니 말했다.

"회장님께는 간단히 보고를 드렸습니다. 우선 정식 선수는 아닙니다. 연봉은 기본부터 시작합니다. 계약금은 없습니다. 괜찮으시다면 여기 사인을……."

안경은 내게 빳빳한 종이를 내밀었다. 계약 내용이 적혀 있었다. 입단 계약서인 것 같았다. 물론 내가 알고 있는 계약서보다 아주 얇았다. 한두 장 정도인 듯했다. 그리고 역시나 지랄맞게 한자가 많았다.

나는 이 갑작스러운 상황에서 사인을 해도 될지 확신이 서지 않았다.

"이봐, 간첩 양반. 하루 정도 생각해봐. 공만 제대로 던진다면 박철순처럼 돈을 잔뜩 벌지도 모르잖아. 저기 썩어빠진 창고에서 공 씨랑 뒹구는 것보단 낫잖아, 안 그래?"

리 코치가 내 어깨를 두드렸다. 그리고 이렇게 덧붙였다.

"그리고 한국프로야구의 역사적인 시작을 함께하는 것도 의미가 있지 않겠어?"

그날 밤도 거의 잠을 잘 수 없었다. 딱딱한 바닥에 누워 천장만 쳐다봤다. 거미처럼 생긴 벌레 하나가 느릿느릿 기어갔다. 그 장면이 크게 확대되어 내 시야에 들어왔다. 정말이다. 이곳은. 아무리 봐도. 실존하는 세계다.

안경이 주고 간 종이를 꺼내 펼쳤다. 누런 종이에 한자가 대부분이었지만 내용은 제대로 전달되었다. 종이의 가장 아래에 내 이름이 적혀 있었다. 구경남. 그 옆에 사인을 하면 정말 이곳 마운드에서 뛰게 되는 걸까.

리 코치는 "한국프로야구의 역사적인 시작"이라고 했다. 그리고 슈퍼스타즈. 이곳은 정말 한국에서 프로야구가 막 시작되는 시대인 것 같았다. 그럼 정말 지금이 1982년이라는 말이겠지?

그렇게 생각하면 섬뜩해졌다. 1982년이면 내가 태어나기도 전이다. 그 시절의 일은 '테레비'로만 봤으니까.

어쩌면 이 모든 게 그 노숙자—나는 편의상 앞으로 그를 노숙자 'K'라고 부르기로 했다—와 관련이 있을까. 암만 생각해도 그 사람이 의심스럽다. 그 거지 같은 술을 마신 이후에 이 모든 일이 벌어졌으니까.

그때 창고 밖에서 공을 주고받는 소리가 들렸다. 한밤중이었지만, 소리는 진짜였다. 퍽퍽. 글러브에 공이 꽂히는 소리였다. 일찍 일어난 선수가 왔을지도 모른다는 생각이 들었다. 선수에게 한번 물어보고 싶었다.

문을 열고 밖으로 나오자 소리는 사라졌다. 대신 멀리서 닭이 우는 소리가 들렸다. 닭은 한두 마리가 아닌 것 같았다. 꼭꼬고. 이런 소리가 사방에서 울렸다. 그리고 저 멀리서 파랗게, 하늘이 밝아오고 있었다.

바닥에 굴러다니는 야구공 하나를 집었다. 야구공의 눅눅한 기운이 그대로 전해졌다. 야구공을 손 안에서 빙그르 돌리다가…… 충동적으로 밖으로 달려 나갔다.

야구장 밖은 이미 분주했다. 새벽이었지만 부지런한 어부와 상인들이 시장 골목을 정신없이 쏘다녔다. 그들이 내지르는 소리가 거리에 무질서하게 울려 퍼졌다.

길을 건넜다. 클랙슨 소리가 들렸지만 무시했다. 새벽녘이라 그런지 차들은 더 빠르게, 더 급하게 달렸다. 시커먼 건물들 사이에서 바삐 다니는 사람들을 스쳐서 지나갔다. 그러다가 멈춰 서서 고개를 돌려 야구장을 바라봤다. 슈퍼스타즈의 마스코트가 그려진 현수막이 펄럭였다. 슈퍼맨을 모델로 한 게 뻔한 조악한 남자가 그려진.

몸을 돌려 시장으로 들어갔다. 더 깊숙하게 안으로 들어갈수록 지독한 생선 비린내가 코를 찔렀다. 사람들과 어깨가 부딪쳐도 계속 걸었다. 그들은 땅만 보면서 뛰듯이 걸었었다. 빨간 털모자를 눌러쓴 상인이 끄는 수레와 거의 충돌할 뻔했다가 간신히 피했다. 상인은 돌아보지도 않고 그대로 앞으로 걸어갔다. 사람들 사이에서 하얀 연기가 뿜어져 나왔다. 연기는 바닥에서 피어올랐다. 그 아래 하수구 같은 게 있는 듯했다.

계속해서 걷자 어두운 골목길 하나가 나왔고, 그 안으로 들어서자 커다란 드럼통에 불을 피워놓고 주변을 둘러싼 초로의 남자들이 보였다. 남자들이 일제히 나를 쳐다봤다. 그중 눈이 마주친 한 남자가 씩 미소를 지었다. 그의 앞니는 전부 빠져 있었다.

빠르게 그쪽을 벗어나고 싶었다. 지난날 뒷골목에서 만났던 무리가 떠올랐다. 그 이후 내 인생이 꼬였다. 다시는 싸움 따위에 휩쓸리고 싶지 않았다.

남자들은 신이 난 듯 뒤에서 소리쳤다.

"어이, 어딜 그렇게 바쁘게 가나? 엄마 젖이라도 먹으러 가는 거야?"

"꺼져버려, 겁쟁이 녀석!"

그곳에서 조금 떨어진 곳에는 여자들이 모여 있었다. 그들은 정육점처럼 빨간 불빛을 등지고 서 있었다. 눈동자가 텅 빈 여자들은 내가 나타나자 신기하다는 듯 쳐다봤다. 나이를 가늠할 수 없는 어떤 여자는 입을 벌리고 있었는데, 침이 입에서 턱 밑으로 주룩 흘러내렸다.

그때 옆에서 누군가 내 팔짱을 휙 꼈다. 머리를 갈색으로 염색한 여자가 교태를 부리며 이상한 목소리로 말을 걸었다.

"뭘 찾아요, 도련님? 내가 다 들어줄게. 저기 저쪽에서."

갈색 머리를 쓸어 넘기는 여자의 입에서 하얀 입김이 뿜어져 나왔고 지독한 악취가 풍겼다. 여자의 손톱에는 까만 이물질이 껴 있었다.

갈색 머리 여자의 팔을 뿌리치고 걸음을 재촉했다. 갑자기 머리가 아파왔다. 극심한 두통이 찾아와 내 머리를 쥐고 흔들었다. 이 정도의 두통은 처음이었다. 머릿속에서 악독한 타자가 거대한 야구방망이로 나를 두들겨 패는 것 같은 통증이었다. 나는 머리를 움켜쥔 채 그대로 바닥에 주저앉았다.

그때 바로 뒤에서 누군가 앙칼지게 소리를 질렀다.

"오, 주님! 대체 이게 무슨 일인가요?"

나는 머리를 부여잡은 채 뒤를 돌아봤다.

흰머리를 산발로 늘어뜨린 노파가 나를 보면서 악을 지르고 있었다. 노파는 나를 향해 손을 뻗으며 분하다는 듯 부들부들 떨었다. 덩달아 더러운 머리카락도 제멋대로 흔들렸다. 옷은 원래 흰색이었던 것 같은데, 얼룩이 잔뜩 묻어서 검고 꼬질꼬질했다. 치마는 바닥에 거의 닿을 정도로 길었다. 노파의 눈동자는 약간 위를 향해 있었고, 실핏줄이 터져 새빨갰다.

"너, 이놈! 여기가 어디라고 왔냐? 얼른 꺼지지 못해! 이런 배은망덕한 놈 같으니라고!"

노파가 거의 실성한 사람처럼 소리를 질러 나는 한 발 뒤로 물러섰다. 그러나 노파는 아랑곳하지 않고 나를 위협하듯 코앞으로 성큼 다가왔다. 그의 몸에서 동물 사체 썩는 것 같은 지독한 냄새가 났다.

"얼른 꺼져라! 이 악마 같은 놈. 여긴 너 같은 놈이 있을 곳이 아니다, 얼른!"

두통이 더 극심해져서 정신을 차릴 수가 없었다. 어느새 강한 햇빛이 골목 안까지 비춰왔다. 뒤로 몇 걸음 물러서다가 거의 달리다시피 그곳을 빠져나왔다.

노파는 계속 등 뒤에서 미친 사람처럼 소리를 질러댔다.

다행히 골목길을 벗어나자 두통이 조금씩 가셨다.

도로에는 이제 차들이 가득했고, 갓길에는 짐을 오르내리는 차들이 무질서하게 늘어서 있었다. 그 너머로 슈퍼스타즈의 로고가 보였다.

그대로 멍하니 도로를 달리는 차들을 바라봤다. 그리고 한 발, 두 발 가까이 다가갔다. 여기서 차에 치이면 나는 어떻게 될까? 눈을 뜨면 이 미친 곳에서 벗어나 내가 원래 있던 곳으로 돌아가 있지 않을까? 아니면 혹시, 그게 아니라면. 나는 여기서 차에 치인 채로 죽는 걸까? 설마 이런 곳에서?

생각하기가 귀찮았다. 이대로 죽어버린다면, 그것도 그것대로 나쁘지 않았다.

생선이 가득 담긴 박스를 내리고 있는 파란 봉고차를 스쳐 그대로 도로 가까이 다가갔다. 저 멀리 커다란 트럭 한 대가 휘청거리며 달려왔다.

눈을 질끈 감고 한 발 더 나갔다.

"뭐 하시는 거예요!"

누군가의 앙칼진 목소리가 귓전을 때리자마자 몸이 옆으로 휘청 넘어가 땅바닥으로 쓰러졌다. 정신을 차려보니 나는 땅에 덩그러니 누워 눈을 끔뻑이고 있었다. 옆에 어떤 여자가 보였다. 저 여자가 내 몸을 민 것 같았다. 여자는 땅에 처박힌 무릎을 문지르며 뭐라고 중얼거렸다.

그 뒤로 똘똘하게 생긴 남자아이가 놀란 표정을 짓고서 나를 쳐다봤다. 열 살 정도 되어 보이는 아이는 또래에 비해 몸이 다부졌다.

"아니, 새벽부터 미쳤나. 뒤에서 그렇게 소리를 질렀는데."

여자가 고개를 홱 돌려 나를 쏘아봤다. 무턱대고 도로에 뛰어든 나에게 해명을 요구하는 듯했다.

그러나 여자의 얼굴을 보는 순간 다시 어지러움을 느꼈다. 낯익은 얼굴이었다. 어디서 봤더라, 저 얼굴.

문득 시애틀 뒷골목에서 스쳤던 여자의 얼굴이 겹쳤다. 물론 그때처럼 새빨간 원피스를 입은 것도 아니고 화장법도 달랐지만, 분명 그 얼굴이었다. 내 기억을 입증하듯 여자의 귀에서 별 모양의 귀걸이가 반짝거렸다.

내 시선을 의식했는지 여자의 얼굴이 붉어졌다. 여자의 입술도 아주 빨갰다. 여자는 내 시선을 피하면서 투덜거렸다.

"보아하니 아직 젊은 것 같은데. 대체 뭔 일이래요? 그리고

여기서, 웅? 댁이 그렇게 되면 이 동네 사람들은 어쩌고. 우린
또 어쩌라고요. 얼마나 무섭겠어요? 트럭 운전사는 뭘 잘못이
고. 안 그래요?"

여자의 목소리는 점점 작아지더니 마지막 말은 거의 속삭이
듯 내뱉었다.

"하여간……. 사람들이 죄다 이기적이야."

여자는 무릎을 툭툭 털고 일어나 남자아이의 눈치를 살폈
다. 자신의 행동이 아이에게 어떻게 받아들여졌을지 고민하는
것 같았다. 그리고 한 번 더 나를 노려봤다.

"어쨌든 여기서는 안 돼요, 알겠죠?

여자는 아이의 손을 낚아채며 아이를 다그쳤다.

"가자, 주원아. 학교 늦겠다."

아이는 걱정스럽다는 표정으로 내게서 시선을 떼지 않다가
여자의 손을 꼭 잡았다.

나는 그대로 자리에 주저앉은 채 얼마간 있었다. 방금 벌어
진 일에 대해 생각했다. 여자는 마치 혼령처럼 갑자기 나타났
다가 사라졌다. 여자와 아이가 사라진 자리를 오랫동안 바라
보았다.

*

계약서에 사인을 마치고 안경을 따라나섰다. 구단주실로 간

다고 했다.

"회장님은 슈퍼스타즈와 계약한 선수들을 꼭 직접 만나 보십니다. 그게 우리 구단의 철학이죠."

계약서에 묻은 잉크를 입김으로 후 불면서 안경이 말했다.

계약서 하단에는 구단 이름과 구단주의 이름이 쓰여 있었고, 그 아래 내 이름이 있었다. 구단주의 이름도 한자였다.

내 시선을 의식한 안경이 자랑스레 말했다.

"네, 맞습니다. 바로 무진건설의 도지웅 회장님이 우리 구단의 구단주를 겸하고 계십니다."

구단주실은 야구장 맞은편 길로 5분 정도 차를 타고 달리다 보면 보이는 대형 빌딩의 가장 높은 층에 위치했다. 그곳이 무진건설의 본사였다. 이곳 인천에 연고를 둔, 한창 성장 중인 중견 건설회사. 슈퍼스타즈의 모기업이 있는 곳.

안경을 따라서 건물 입구로 들어섰다. 회전문을 지나자 지나치게 볼록 솟은 파란 모자를 쓴 여자 직원 둘이 90도로 인사를 건넸다. 그러면서 곁눈질로 나를 훔쳐봤다.

그들을 애써 등지고 안경을 따라 걸었다. 바로 뒤에서 수군거리는 소리가 들렸다.

"야구선수가 방문한다고 소문이 난 것 같습니다."

안경은 괜히 신이 난 듯 우쭐거리는 표정으로 뒤를 힐끔거리며 속삭였다. 나는 고개를 끄덕였다. 아무래도 지금 이 시대에는 프로야구선수라는 존재 자체가 화제인 모양이었다.

"대기업 부장급보다 훨씬 높은 연봉을 받으니까요."

안경은 엘리베이터에서 내리는 사람들에게서 슬쩍 비켜나며 말했다. 그리고 동의를 구한다는 듯 나를 빤히 쳐다봤다.

나는 가볍게 어깨를 으쓱했다. 이곳의 화폐 개념은 아직 전혀 모르겠지만, 계약서에는 1천만 원이 적혀 있었다. "우선은 가장 기본부터 시작합니다. 우린 공정한 평가 방식으로 선수들의 등급을 나눠서 연봉을 책정합니다." 계약서에 사인하기 전 안경이 자부심을 드러내며 건넸던 말이다. 계약금이 없다는 게 조금 께름칙했지만 그냥 사인했다. 왠지 그래야 할 것 같았다.

오전 내내 고민한 끝에 내린 결정이었다. '우선은'이라고 생각했다. 지금 내가 여기에 있는 이유가 분명 있지 않을까. 노숙자 K도 걸렸지만 그 여자도 걸렸다. 트럭에 뛰어들던 나를 구했던 그 여자. 어딘가 익숙하고 특별한 그 여자를 다시 만난 이유가 분명 있을 것 같았다.

생각이 길어졌지만 그럴수록 단순해져야 했다. 우선은 이곳에 머문다. 그리고 마운드에 올라서 공을 던진다. 마운드는 어디나 똑같다. 루돌프 형이 항상 하던 말이 떠올랐다. 그래, 여기도, 1982년에도 마운드는 있으니까. 공만 던질 수 있으면 어디든 좋다.

띵, 소리와 함께 엘리베이터가 멈췄다. 동시에 층수를 알리는 화면에 숫자 '20'이 떴다. 안경을 따라 내리자 바로 앞에 나무로 만든 위압적인 문이 보였고, 1층에서 본 직원들과 똑같은 옷을 입은 직원들이 똑같은 자세로 머리를 숙이며 우리를 맞았다. 문 위에는 역시나 한자가 적혀 있었는데, 아마 '회장실'이나 '사장실'이라는 의미가 아닐까 싶다.

안경은 긴장된 표정으로 바들바들 떨며 조심스럽게 문을 두드렸다. 노크 소리와 거의 동시에 안에서 누군가 "들어와"라고 소리쳤다. 아주 날카롭고 신경질적인 목소리였다. 안경과 문을 열고 안으로 들어서자 커다란 의자에 앉은 머리가 벗겨진 남자가 보였다. 남자는 안경을 흘끔 쳐다보고서 바로 옆에 서 있는 내게로 시선을 옮겼다.

갑자기 남자의 얼굴이 밝아졌다. 그는 자리에서 일어나 두 손을 쭉 펼치며 내게로 걸어왔다. 아무래도 이 남자가 슈퍼스타즈의 구단주인 모양이었다. 물론 여기선 다들 '회장님'이라고 부르지만. 무진건설의 대단하신 도지웅 회장.

"자네로구만. 그 달나라에서 떨어졌다는 이상한 투수 말이지. 하나님이 하늘에서 우리 슈퍼스타즈에 선물을 보내주셨다고 우 감독이 얼마나 떠들던지."

도 회장은 내 손을 잡고 위아래로 크게 흔들었다. 그리고 내가 공을 던지는 오른손을 대신 펼치더니 진귀한 보물을 구경하듯 조심스레 내 손을 관찰하며 중얼거렸다.

"역시, 손이 아주 크군. 아주 커."

언제쯤 손을 빼야 하는지 고민되기 시작했다. 아무리 구단주라고 해도, 처음 보는 남자에게 손을 덥썩 잡히니 기분이 그리 유쾌하지는 않았다. 그러나 도 회장은 월척을 낚은 어부처럼 그대로 한참을 더―최소한 내 생각에는 그랬다― 손을 더듬었다.

마침내 손 구경을 마친 도 회장은 만족했다는 듯 입맛을 쩝쩝 다시며 응접실 탁자의 중앙에 위치한 자리에 털썩 앉았다. 그리고 내게 손짓했다.

"자, 앉지. 오늘 계약서에 사인했다며?"

나는 그를 따라 자리에 앉으며 구단주실을 훑었다. 도 회장이 앉아 있던 의자 뒤로 커다란 창문이 있어서 바깥 풍경이 그대로 보였다. 그리고 그 바로 옆에 고풍스럽고 커다란 초상화가 걸려 있었다. 초상화 속 도 회장은 실물보다 열 살은 어려 보였다. 젊은 시절에 그린 것일 수도 있지만, 아마 눈치 빠른 화가가 더 젊어 보이게 그렸을 것이다. 초상화 아래에는 옛날 영화에서나 볼 법한 커다란 벽난로가 있었고, 그 안에서 장작이 타고 있었다. 소방법 같은 건 신경도 쓰지 않는 시대에서나 가능한 그런 벽난로였다.

"계약조건은 어땠나? 좀 실망했지?"

도 회장은 커다란 시가 하나를 두 손으로 조심스럽게 쓰다듬더니 성냥으로 불을 붙였다. 그는 자신이 먼저 깊이 한 모금을 빨더니 반대편으로 시가를 돌려 나에게 건넸다.

"아, 네. 감사합니다."

잠깐 망설이다가 시가를 받았다. 일단 주는 거라 받긴 했지만 조금 난감했다. 안경은 초조한 표정으로 나를 바라볼 뿐이었다. 이런 거대한 시가를 정말 인간이 피워도 되는지 확신이 들지 않았다. 한 모금만 빨아도 그대로 기절해버릴 것처럼 독해 보였다. 그러나 나를 쳐다보는 시선에 어쩔 수 없이 한 입 빨아들였다. 1980년대의 지독한 시가 향이 입을 지나 폐에 닿자마자 쿨럭, 하고 기침이 나왔다.

"허허, 이거 야구 외엔 아직 배울 게 많고만. 그거 버마에서 들여온 거야. 양놈들이 환장하는 품종이라고."

도 회장은 기분이 좋은 듯 껄껄 웃고는 안경에게 손짓했다. 안경은 자리에서 벌떡 일어서더니 구단주실 한편에 놓인 냉장고를 열고 아주 커다란 위스키 병을 꺼내 잔 두 개와 함께 가지고 왔다.

도 회장은 두 개의 잔에 모두 위스키를 가득 채우고서 그중 하나를 나에게 내밀었다. 그리고 얼른 마시라는 듯 나를 쳐다봤다. 잔을 가득 채운 위스키를 앞에 두고 또다시 고민했지만, 곧 그걸 목구멍에 털어 넣었다. 알코올이 식도를 타고 쭉 내려가는 게 느껴졌다. 아주 독했다. 실제로 이 시대의 위스키가 훨씬 더 독한 걸지도 몰랐다.

도 회장은 내가 마시는 걸 지켜보다가 자신도 쭉 들이켰다. 그리고 그 잔을 벽난로에 집어 던졌다. 순간 잔이 깨지는 소리가 날카롭게 울렸다. 깜짝 놀라 도 회장을 쳐다봤지만 그는 여전히 기분이 좋아 보였다.

"아, 미안. 놀라지 말라고. 원래 내가 선수 계약을 마치면 이렇게 잔을 처리하거든. 메이저리그에서도 이렇게 한다던데."

나는 설마 나에게도 잔을 던지라고 시킬까 싶어 그를 흘끔 쳐다봤지만, 다행히 그런 요구는 하지 않았다. 대신 몸을 숙이더니 나에게 한 뼘 더 가까이 다가왔다.

"우선 연봉은 그 정도로 시작하자고. 그것도 원래 등급보다는 더 쳐준 거야. 솔직히 자네가 무슨 최동훈이나 박철순도 아니고, 실업 야구를 씹어 먹은 것도 아니잖아."

도 회장은 말을 마치고 내 반응을 기다렸다. 내가 아무런 반응도 하지 않자 만족한 듯 턱을 쓰다듬었다.

"그래도 우 감독 말처럼, 정말 장난 아닌 공만 던져주면 내가 한턱 두둑하게 쏘지."

그는 안경을 흘끔 쳐다보더니 목소리를 한 톤 낮췄다.

"이번 시즌에 30승만 따내봐. 그럼 내가 보너스로 1억을 찔러줄게."

1억이라는 말에 놀라 움찔거리며 도 회장을 쳐다보자, 그는 강조하듯 검지를 추켜올렸다.

"1억이요?"

도 회장은 눈을 더 크게 뜨며 나와 시선을 맞추었다. 그의 눈 안에 있는 실핏줄까지 보일 정도로 거리가 가까웠다. 안경은 아무것도 못 들은 척 고개를 숙이고 있었다.

심장이 빠르게 뛰기 시작했다. 1억이면 미래에서도 큰돈이다. 억대 연봉을 받는 선수는 언제나 주목을 받으니까. 그런데 심지어 이 시대의 1억이라면……. 그건 정말 어마어마한 돈이다. 시선을 창밖으로 돌렸다. 이 근처에서는 이 빌딩이 가장 높은 것 같았다. 20층 정도의 높이라면 초고층빌딩에 속할지도 모른다. 여기는 그런 시대니까.

침을 꼴깍 삼킨 다음 도 회장에게 꾸벅 인사를 했다.

"최선을 다하겠습니다."

갑자기 몸이 뜨거워지며 의욕이 솟았다.

도 회장은 만족스러운 듯 고개를 끄덕였다.

"그래, 그래. 야구만 잘하면 된다고. 다른 건 신경 쓰지 말고."

*

첫날 안경의 안내를 받아 도착한 하숙집은 야구장에서 걸어서 10분 정도 걸리는 거리에 있었다. 빨간 벽돌로 만든 2층 가정집이었다. 내가 지낼 방은 안쪽에 위치한 널찍한 방이었다.

"이 근처에선 여기가 가장 넓은 방입니다. 야구장도 가깝고, 삼시 세끼 밥도 나오고. 여기 하숙집 주인이 음식을 그렇게 잘한다고……."

방을 둘러보고 있는데 때마침 하숙집 주인이 들어왔다. 갓 삼십대를 넘긴 듯한 곱슬머리의 여자였다. 그런데 여자가 고개를 드는 순간, 나도 모르게 소리쳤다.

"엄마!"

손을 덜덜 떨면서 주인에게로 한 걸음 다가갔다. 눈앞에는 정말 엄마가 있었다. 내 기억보다 훨씬 젊은 얼굴이지만, 정말 우리 엄마였다. 얼굴을 만지려 손을 뻗자 주인 여자가 내 손을 획 쳐냈다. 볼이 빨개진 그녀는 불쾌하다는 듯 눈을 치켜뜨면서 투덜거렸다.

"아니, 이 사람이! 누가 들을까 무섭게시리 무슨 엄마야. 나랑 나이 차이도 얼마 안 나는고만."

주인 여자는 주위를 두리번거리면서 목청을 높였다. 그리고 안경에게 하소연을 했다.

"아니, 진짜라니까요. 내가 이 나이까지 시집도 안 갔어요. 그놈의 시댁살이라면 우리 엄마가 당하는 걸 지겹게 봤거든. 우리 엄마가 나한테 누누이 말했다고요. 시집 따윈 가지 말고 돈을 모으라고. 그래서 이러고 살고 있는데……. 참 나, 남사스럽게."

안경은 곤란하다는 듯 헛기침을 했다.

나는 그저 멍하니 서서 엄마―혹은 주인 여자―의 얼굴만 바라봤다.

그날 밤, 하숙집 바닥에 누워 천장에 달린 알전구를 쳐다봤다. 느리게 깜빡거리는 알전구 주변으로 말라죽은 벌레들의 흔적이 보였다.

방 한편에 놓인 텔레비전에서 뉴스가 흘러나왔다. 아니, 이곳에서는 그러니까 '테레비'라고 부르는 물건이다. 북한의 간첩 활동이 나날이 대담해지고 있습니다. 이에 우리 대통령 각하께서는…….

머리가 복잡했다.

그렇게 한참을 뜬눈으로 있었다. 텔레비전 브라운관—이 또한 얼마나 고풍스러운 단어인지—에 삼색의 선과 함께 "화면 조정"이라는 글자가 떴다. 그와 동시에 삐익, 하고 날카로운 소리가 흘러나왔다.

버튼을 눌러서 텔레비전을 끄려고 시도하다가 그냥 포기했다. 채널을 돌리는 버튼도 전원을 누르는 버튼도 모두 구식이었다. 날카로운 효과음이 정신을 더 몽롱하게 만들었다.

그때 브라운관에서 치지직 소리가 들리더니 화면이 이리저리 흔들리기 시작했다. 그리고 곧 생경한 말소리가 들렸다.

"어때, 잘 적응하는 것 같아?"

"모르겠어요. 아직은 혼란스러운 것 같아요."

"역시…… 그렇군."

남자와 여자의 목소리였다. 둘 다 오래전 영화에 나오는 사람들처럼 높낮이가 크게 차이 나는 말씨를 쓰고 있었다. 그리고 동시녹음을 한 것처럼 소리 사이에 깊은 공간감이 느껴졌다. 방송이 혼선이 돼서 어떤 영화의 음성이 흘러나오는 것 같았다.

두 사람은 말을 더 이었다.

"설마 내가 잘못 고른 건 아니겠지?"

"그럴 리가요. 당신이 얼마나 고민했는지 내가 잘 알잖아요."

두 사람의 말이 점점 또렷하게 들렸다.

그때, 남자의 목소리가 정확히 귀에 박혔다.

"이봐요, 거기. 혹시 내 말 들려요?"

자리에서 벌떡 일어났다. 이건 분명히 나를 부르는 소리다.

나는 다급히 외쳤다.

"네, 들려요! 여보세요!"

그러나 브라운관 안에 있는 남자와 여자는 내 말을 듣지 못한 듯했다.

"아무래도 아직은 안 되겠어."

"그래요. 다음에 다시 찾아와요."

손을 뻗어 다급히 브라운관을 짚었지만 강렬한 정전기만 느껴질 뿐이었다.

"잠시만요, 가지 마세요! 물어보고 싶은 게 많아요. 이봐요!"

브라운관에 거의 입술을 가져다 붙인 채 소리쳤다. 그러나 브라운관 안에 있는 남자는 냉정한 톤으로 그리고 일방적으로 말을 끝맺었다.

"일단 이상해도 견뎌봐요. 알겠죠?"

두 사람의 말소리가 끊기고 치지직거리는 효과음이 방 안에 맴돌았다.

급하게 채널을 돌렸으나 아무리 돌려봐도 말소리는 더 이상 들려오지 않았다.

*

1982년 10월 5일 프로야구 창립계획이 정부 관계기관의 심의를 거쳐 최종 확정됐다. 그리고 12월 11일. 한국프로야구위원회 창립총회에 서울, 경기도, 경상도 등 각 지역을 대표하는 여섯 개의 기업체가 참가했다. 각 구단은 프로구단 최초의 드래프트를 거쳐 원년 선수단을 확정했다. 선수들은 구단별 창단식에서 대중에게 소개되었다.

그리고.

그 역사적인 프로야구 창단식에 나도 서게 되었다. 그것도 슈퍼맨이 그려진 유니폼을 입고. 슈퍼스타즈의 선수로. 설마 했는데 정말 그 자리에 서게 된 것이다.

아침 일찍 야구장에 도착하자 이미 구단 버스가 기다리고 있었다. 정장은 이틀 전 밤 하숙집으로 들어서는 골목 입구의 양장점에서 맞췄다. 다른 선수들도 옷을 맞춘 곳이라고 했다. 가운데가 휑하니 벗겨진 머리를 오른쪽으로 바짝 끌어 붙인

양장점 주인은 내 몸 이곳저곳을 더듬더니 얼굴을 붉혔다. 그리고 은밀하게 신앙을 고백하는 사람처럼 "저도…… 사실은 저도 한때 야구공 좀 만졌습니다" 하고 속삭였다.

딱히 할 말이 없어서 "아, 네" 정도로 대답했다. 양장점 주인은 이후로도 더듬더듬 야구에 대한 자신의 사랑을 늘어놓았다. "이번에 우리 인천이 다들 약세라고 하지만 그건 또 모르는 일입니다. 야구를 무슨 선수로만 한답니까? 우리 인천 선수들이 정신력 하나는 끝내주잖아요. 안 그렇습니까?" 마지막엔 점점 목소리를 높이더니 침을 튀기면서 웅변하듯 소리쳤다. 대충 고개를 끄덕였다. 그가 들고 있는 바늘이 신경 쓰였다. 괜히 흥분해서 바늘로 내 몸 어딘가를 찌르지나 않을지 걱정이 되었다.

그래도 새로 맞춘 검은색 정장은 몸에 딱 맞았다. 버튼이 네 개나 있는 게 좀 걸리긴 했지만 나름대로 나쁘지 않았다.

버스 중간 창가 자리에 앉았다. 선수들이 하나둘 올랐다. 그들은 이미 자기들끼리 친한 듯 농담을 주고받았다. 몇몇 낯이 익은 선수들도 있었고 첫날 내 공을 받았던 통통한 포수도 보였다. 눈이 마주쳐 살짝 고개를 숙여 인사를 주고받았다.

가장 마지막으로 리 코치와 다른 코치 한 명 그리고 우 감독이 커다란 몸을 뒤뚱거리며 올라탔다. 감독이 낀 노란 장갑이 눈에 띄었다.

선수들이 잔뜩 기합 든 목소리로 일제히 외쳤다.

"안녕하십니까!"

확실히 군기가 살아 있는 시대다웠다. 운동부 체벌 같은 것도 남아 있을 테니까.

창단식은 인천상공회의소에서 진행한다고 했다. 아주 커다란 대강당에서. 지역 언론에서도 잔뜩 찾아오고, 인천 시장도 찾는다고 했다. 이 지역에선 정말 슈퍼스타 같은 대접을 받는 모양이었다.

시청과 가까워지자 거리 곳곳에 걸린 현수막이 눈에 들어왔다. 전봇대 사이에 걸린 현수막엔 흰 바탕에 검은 글씨로 이렇게 쓰여 있었다.

환 무진 슈퍼스타즈 프로야구단 영

그 아래 서 있던 시민들이 구단 버스를 발견하고는 손을 흔들어줬다. 선팅이 전혀 안 된 버스 창문 너머로 선수들의 모습이 그대로 보일 것 같아 살짝 손을 들어 시민들에게 답해줬다.

상공회의소 대강당은 정말 사람들로 가득했다. 선수들이 들어서자 카메라플래시가 일제히 터졌다.

나는 가장 뒤 세 번째 열의 끝에 섰다. 불만은 없었다. 지금 내 이름을 아는 사람은 거의 없을 테니까. 심지어 우리 엄마를 닮은 하숙집 주인도 나를 모르지 않는가.

카메라는 가장 앞줄에 앉은 선수들을 집중적으로 비췄다.

반가운 얼굴들이 보였다. 선수들 중 가운데 선수는 등 뒤에 '임호준'이라는 이름을 달고 있었다. 나도 아는 이름이다. 프로야구 초창기 에이스로 이름을 날렸던 선수였고 야구 게임에서 봤던 기억이 났다.

잠시 후 도 회장과 함께 정장을 입은 사람들이 들어서자 선수들이 자리에서 일어나 합창하듯 인사를 건넸다.

"안녕하십니까."

선수들의 목소리가 강당을 빼곡히 채우자 카메라플래시가 또다시 곳곳에서 터졌다.

도 회장과 귀빈들은 선수단 맞은편의 푹신해 보이는 의자에 나란히 착석했다. 도 회장과 언뜻 눈이 마주쳤지만 그가 먼저 시선을 피했다. 며칠 전 보았던 얼굴과 달리 꽤 냉정해 보였다. 나는 괜히 민망해져서 머리를 긁적였다.

시선을 돌리자 무대 위 한쪽에 세워진 구단 깃발이 보였다. 구겨진 깃발에서 슈퍼맨의 얼굴만이 크게 도드라졌다. 그 뒤에 걸린 현수막에는 구단 창단을 축하하는 메시지가 쓰여 있었고 그 아래 오늘을 기록하는 날짜가 정확히 박혀 있었다.

경 인천 연고 프로야구단 무진 슈퍼스타즈 창단 기념 축
1982년 2월 5일.

사회자가 마이크를 잡자 삐익, 하는 소리가 귓속을 때렸다.

이어서 사회자의 멘트가 시작되었다.

"지금부터 인천 연고 프로야구단, 무진 슈퍼스타즈의 역사적인 창단식을 거행하겠습니다."

창단식은 한국야구위원회 총재의 축사와 도 회장의 축사 순으로 진행되었다. 강당 곳곳을 채운 무진건설 임직원의 표정은 들떠 있었다. 자신들이 다니는 회사 이름으로 야구단이 생긴다는 것에 자부심을 느끼는 듯했다.

창단식의 하이라이트는 도 회장이 우 감독에게 구단 깃발을 전달하는 순서였다. 도 회장은 깃발을 전달하며 엄중하면서도 부드럽게 말했다.

"그라운드에서 페어플레이로 국민의 여가 선용에 이바지하는 모범 구단이 될 수 있도록 노력해주십시오."

우 감독은 도 회장과 잠시 눈을 맞추고는 꾸벅 고개를 숙였다. 그리고 깃발을 건네받아 양옆으로 크게 휘저었다. 동시에 사람들의 박수가 쏟아졌고 선수들도 따라서 박수를 쳤다. 앞에 있는 녀석 하나는 눈물까지 훔치고 있었다. 이 시대의 감상적인 면이었다.

창단식을 마치고 다 같이 카메라를 향해 포즈를 취했다.

주먹을 쥔 채로.

"파이팅!"

플래시 펑.

이 사진은 아주 오랫동안 인천 야구장 벽에 걸리겠지, 아마도. 이런 생각이 스쳐갔다.

*

창단식을 마치고 며칠 지나지 않아 드디어 전지훈련을 떠나게 되었다. 1982년 2월의 어느 날이었다. 전지훈련을 떠나는 날에도 정장을 입고 버스에 올랐다. "우리 슈퍼스타즈 선수들은 언제 어디서든 깔끔한 차림으로 국민 앞에 섭니다." 도 회장의 지시 사항이었다.

그러나 정장 차림으로 폼을 잡기에는 너무 추운 날이었다. 전날 눈이 내려서 길도 미끄러웠다. 하지만 야구장 앞에는 전지훈련을 떠나는 선수들을 응원하러 수많은 인천 시민들이 나와 있었고, 어디서 구했는지 야구 모자와 글러브를 챙긴 사람들도 제법 보였다. 그들의 얼굴은 상기되어 있었다.

그리고 임호준 등장.

"우와! 임호준 선수다!"

사람들이 순식간에 그쪽으로 몰렸고 아이들은 비명을 내지르며 임호준에게 달려갔다. 임호준은 그들 중 몇몇에게 사인을 해주고 머리를 쓰다듬어주었다. 아이들이 선수에게 사인을 받는 모습은 언제나 보기 좋았다.

버스가 출발할 땐 어디서 준비했는지 모를 고적대가 연주를 시작했다. 빰빠빠. 나팔 소리를 시작으로 쿵작거리면서 연주가 시작되었다. 참, 이거야말로 전쟁터로 떠나는 모양새고만. 창문 너머로 멍하니 고적대를 바라보며 이런 생각을 했다. 하긴, 그라운드도 전쟁터라면 전쟁터겠지.

무진 슈퍼스타즈의 역사적인 첫 전지훈련지는 남쪽의 마산 공설운동장이었다. 아직 해외 전지훈련 같은 건 꿈도 꾸지 못할 시기였기에 나름 남쪽 지방에 장소를 마련한 것 같았다. 마산에 도착할 무렵에는 이미 해가 진 때였다. 아직 경부고속도로에는 차들이 많이 없었지만, 버스 자체가 속도를 내지 못해 시간이 꽤 걸렸다.

우리 팀이 묵을 마산 관광호텔에서도 커다란 현수막을 걸고 우리를 맞아줬다. 호텔 직원들이 로비로 나와 손을 흔들었다. 그들은 결혼식에 참석하는 사람들처럼 흰 장갑을 끼고 있었다. 예의의 표시인 듯했다.

매니저에게 방을 배정받아 올라갔다. 이름만 호텔이지 거의 모텔 수준이었다. 침대도 돌처럼 딱딱했다. 하긴 이 시대에서 이 정도면 특급 호텔일지도 모르지.

첫날은 침대에 누워서 멍하니 천장만 봤다. 창문을 열어놓았더니 멀리서 뱃고동 소리와 시끄러운 음악 소리가 들렸다. 37년간의 통행금지가 해제된 지 얼마 되지 않은 밤거리는 사람들로 북적였다. 사람들은 술집을 몰려다니면서 소리를 질렀다. 나이트클럽도 성행했다. 저 음악 소리도 나이트클럽에서 나오는 것 같았다.

그렇게 거의 잠을 못 이루다가 새벽에 잠깐 곯아떨어졌다.

다음 날 전지훈련이 펼쳐지는 마산 공설운동장으로 향했다. 나의 본격적인 첫 팀 훈련이었다. 그동안은 개인 운동 위주로 진행했던 터라 팀원들을 전부 마주하는 건 처음이었다.

유니폼도 입었다. 내 등번호는 18번이다. 안경에게 부탁해서 달게 됐다. 야구를 처음 시작하면서부터 사용했던 내 번호.

유니폼은 지나치게 꽉 끼었다. 특히 바지가 타이트했다. 바지통을 이리저리 늘리면서 그라운드로 나갔다. 선수들 몇이 내 쪽을 흘끔 쳐다봤다. 뭐라고 수군거리는 선수들도 있었지만 그쪽을 무시했다. 내 야구만 하면 되니까. 그리고 야구는 어디서 하나 똑같으니까.

곧이어 코치들과 함께 우용일 감독이 그라운드로 들어섰다. 커다란 덩치의 감독은 아주 작은 모자를 쓰고 있었다. 수염이 군데군데 하얗게 세서 첫날보다 더 나이가 들어 보였다. 그리고 오늘도 노란 장갑을 끼고 있었다.

리종근 투수코치가 감독을 대신해 선수들에게 한 마디 했다.

"다들 이제부터 프로선수니까, 에, 또, 정신을 똑바로 차리라고. 알겠나?"

리 코치의 억양은 확실히 이상했다. 일본말을 하는 것처럼 중간 어미를 길게 늘어뜨리며 말했다. 프로 초창기엔 일본 출신 지도자들이 활약했다고 들은 기억이 났다.

다 같이 간단히 스트레칭을 하고 투수조는 리 코치를 따라서 보조 구장으로 이동했다.

그때 누군가 옆에서 어깨동무를 해왔다.

"이봐, 너 나랑 동갑이라며?"

첫날 공을 받아줬던 포수 녀석이었다. 가까이에서 보니 키는 멀리서 볼 때보다 더 작았고, 얼굴엔 역시나 여드름이 가득했다. 포수마스크를 벗으니 곱슬머리가 드러났는데, 관리를 제대로 안 했는지 머리가 제멋대로 흩어져 있었다.

"저기 투수코치 말이야, 리종근. 별명이 뭔지 알아? 일본 순사야, 일본 순사. 가끔 열받으면 혼자 일본말을 지껄인다니까. 바카야로, 이러면서. 감독 앞잡이 역할도 하지."

그때 이번에는 반대쪽에서 키가 파울 폴대같이 커다란 선수하나가 내 어깨에 손을 얹었다. 그리고 포수를 쳐다 보면서 물었다.

"어이, 찐. 어제 네가 말한 사람이 이 사람이지?"

투수용 글러브를 든 그는 말할 때마다 어깨를 흔들어댔고 그때마다 갈색 머리도 같이 흔들렸다.

찐이라고 불린 포수는 진지한 표정으로 고개를 끄덕였다.

"그래, 맞아. 무슨 외계인이 던지는 공 같았다니까. 달나라에서 날아온 것처럼."

나는 잠시 서서 두 사람을 쳐다봤다. 땅땅한 체구에 포수마스크를 든 키 작은 녀석과 갈색 머리에 키가 전봇대같이 큰 녀석. 작은 녀석은 시종일관 웃음기 없이 진지한 표정이고, 큰 녀석은 싱글벙글 웃는 낯이었다. 개그프로에 나오는 만담 콤비를 보는 것 같았다.

둘은 서로 몇 마디 더 주고받더니 내게 악수를 건넸다.

"참, 난 진이야. 진성준. 다들 찐이라고 불러."

포수 녀석이 먼저 말했다.

"뭐, 워낙 무명이라서 이름은 못 들어봤겠지만 말이야."

그리고 이렇게 중얼거렸다. 농담인가 싶었지만, 표정이 너무 진지해서 헷갈렸다.

이어서 전봇대 녀석이 손을 내밀었다.

"내 이름은 차동수. 너랑 같은 투수야. 그냥 차라고 불러도 돼."

그러자 찐이 옆에서 쏘아붙였다.

"야, 그냥 차가 아니지. 하도 여기저기 시끄럽게 떠들고 다녀서 다들 참새라고 부르잖아."

참새라고 불린 녀석이 바로 찐을 쏘아봤다.

"그러는 넌? 하도 아는 척을 많이 해서 찐 할배라고 불리잖아. 그것도 일러바치시지 그래?"

"찐 할배라니. 너나 그렇게 부르지. 우리 동네에선 진 박사님이라고 부르거든?"

둘은 그대로 더 으르렁거렸다. 난 둘 사이에 멀뚱히 서 있어야 하는 신세가 됐다. 그러다가 찐이 갑자기 생각났다는 듯 날 쳐다봤다.

"근데 너 말이야, 어디 출신이야? 인천은 아니지? 우리랑 동갑이면 분명 야구하다가 어디선가 봤을 텐데 말이지."

찐의 말에 참새가 대답했다.

"아무려면 어때. 간첩만 아니면 됐지. 설마 북에서 내려온 빨갱이는 아니지?"

참새는 제 말이 웃긴지 바람 빠진 인형처럼 웃어댔다. 참새의 머리카락이 햇빛을 받으니 더 밝아졌다. 거의 머리에서 빛이 날 정도였다. 싸구려 염색이라도 한 모양이었다.

"근데 친구, 이름이?"

찐이 물었다.

참새의 머리를 관찰하던 난 흠칫 놀라 더듬더듬 대답했다.

"난 쿠, 구경남."

참새는 내 이름이 재미있는지 웃으며 말했다.

"야, 그럼 넌 쿠라고 부르면 되겠다. 쿠, 쿠, 무슨 비둘기 소리 같잖아."

다행히 내 출신에 대해선 더 이상 묻지 않았다. 아직 프로 초기라서 다들 들떠 있는 분위기였다.

낄낄거리면서 웃던 참새가 갑자기 표정을 바꾸며 턱으로 우 감독을 가리켰다.

"야, 어쨌든 일단 불펜으로 가자고. 계속 수다를 떨다간 저기 있는 곰 감독이 이쪽으로 총알을 날려버릴지도 모르니까."

"곰 감독?"

참새에게 물었다.

"그래, 곰 감독."

참새는 주변을 두리번거렸다.

"근데 말이 좋아서 곰 감독이지. 선수 굴릴 때 보면 살인 곰이야, 살인 곰. 저 노란 장갑도 그런 의미라고. 말을 안 들으면 저 장갑으로 선수 목을 조르거든. 남들은 뭘 모르니까 노란 장갑의 마술사라면서 치켜세우지만 말이야."

참새가 고개를 절레절레 흔들었다.

저 멀리 우 감독이 보였다. 우 감독은 벤치 앞에 기대서 한 손으로 평고용 배트를 땅에 받치고 서 있었다. 둥근 선글라스를 쓰고 있어서 표정은 읽을 수 없었다. 커다란 덩치 때문에 정말 곰이 서 있는 것처럼 보이기도 했다.

찐과 참새는 불펜으로 걸어가는 내내 계속 수다를 떨었다. 둘은 꽤 친한 사이인 것 같았다. 좀 부러웠다. 사실 나에겐 저정도로 친한 동료가 없었다. 그나마 루돌프 형이 현역으로 뛸 땐 제법 친했지만 그 외의 동료들과는 이상하게도 가까워지기 어려웠다. 내가 다가서는 법도 몰랐다. 언제나 무리와 한발 떨어져 있는 느낌을 받았었다.

둘을 따라가면서 그라운드를 관찰했다. 마산 야구장도 잔디가 거의 없었다. 내야 쪽에 띄엄띄엄 돋아 있는 정도였다. 그 외엔 흙뭉치였다. 그라운드 상태는 프로가 훈련할 상태가 아니었다. 물론 여기선 다들 신경 쓰지 않는 눈치였지만.

하긴 이 시대에선 어쩔 수 없을지도 모른다. 나도 미래의 마산 야구장에서 몇 번 뛴 적이 있다. 신축 구장이 생기기 전의 마산 야구장에서. 그때도 시설이 낙후된 곳이었다. 그리고 아주 열광적인 마산 아저씨들이 일방적으로 응원을 쏟아내던 곳이었다.

마산 야구장 관중석엔 낡은 나무 의자들이 놓여 있었다. 말 그대로 정말 나무 의자였다. 그 위에 파란색으로 칠을 했는데 곳곳에 페인트가 벗겨져 있었다. 당연히 테이블석 같은 현대식 좌석은 없었다.

외야를 감싸고 있는 담장도 눈에 띄었다. 외야는 거의 콘크리트 덩어리였다. 그 앞에 나무판을 덧댄 듯했다. 광고판은 군데군데 비어 있어서 전체적으로 을씨년스러웠다. 외야 훈련을 하다가 저기에 부딪치면 그대로 응급실로 직행할 것 같았다. 원래 프로야구가 시작된 이후 꽤 오랜 기간 외야는 벽돌 덩어리였다. 거기에 부딪쳐서 선수 생활이 끝난 사람들도 여럿 있었다.

"근데 쿠, 어제 그 공 말이야. 그거 팜볼이지? 박철순이 던지는?"

앞서 가던 쩐이 갑자기 돌아보면서 물었다. 웃음기 없이 진지한 얼굴로.

"팜볼?"

난 어깨를 으쓱했다.

찐은 아예 걸음을 멈추더니 더 진중해진 표정을 지었다. 그리고 정말 박사님 같은 말투로 설명했다.

"그래, 팜볼. 박철순이 미국에서 배워 왔다는 거 있잖아. 손바닥으로 밀어서 던지는 공. 방향을 예측하기 어렵다던데. 오다가 뚝 떨어지는 게 딱 그거던데."

찐이 손으로 공을 미는 흉내를 냈다.

나는 다시 한번 어깨를 으쓱했다. 아마 내가 던졌던 체인지업을 말하는 듯했다. 하지만 이 시대 프로야구에서 체인지업이라는 게 존재하는지 확신을 할 수 없었다.

"이봐요, 할배. 모든 사람이 너처럼 야구 박사는 아니라고. 더군다나 여기 있는 달나라 어르신이 팜볼인지 뭔지를 왜 알아야 하는 거야? 아마 커브볼 같은 거겠지, 안 그래?"

참새가 나를 향해 눈을 찡긋했다. 하지만 찐은 포기하지 않았다.

"쿠의 공은 정말 마구처럼 뚝 떨어졌다니까. 커브는 아니었어. 쿠, 미국에서 뛰는 놀란 라이언이라고 들어봤지?"

찐이 눈을 동그랗게 뜨고 쳐다봤다. 나는 슬쩍 고개를 끄덕였다. 나도 아는 선수다. 놀란 라이언. 야구 게임을 할 때 유용하게 써먹던 선수였다. 공이 아주 지랄맞게 빨랐으니까.

찐은 비로소 만족한다는 듯 입맛을 다셨다.

"물론 쿠의 직구가 놀란 라이언 정도는 아니지. 그래도 움직

임은 대단했다니까. 공의 움직임만 보면 임호준보다 더 좋을
지도 몰라. 여기에 그 팜볼같이 떨어지는 공을 섞으면 상당할
것 같단 말이지."

찐은 꼭 홈런 공을 잡은 아이처럼 흥분한 듯 보였다. 그리고
글러브를 팡팡 치더니 불펜 한편을 가리켰다.

"쿠, 일단 지난번 던졌던 거 한번 테스트해보자고. 그날은 처
음이라 놓쳤지만, 이번에는 확실히 잡아줄 테니까."

이후 이어진 마산 야구장에서의 전지훈련은 좀 별났다. 최
소한 내 눈엔 그렇게 보였다. 아무리 시대 보정을 해보려 했지
만 이상한 건 이상한 거였다.

우선 몸을 푸는 방식이 좀 웃겼다. 아직 전문적인 스트레칭
같은 게 도입되기 전이라 그런지 몸을 푸는 게 제각각이었다.
어떤 녀석은 복싱 흉내를 내고, 어떤 녀석은 발레리나처럼 다
리를 쭉 펴면서 뛰는가 하면, 또 어떤 녀석은 가부좌를 틀고 염
불하며 부처님을 찾았다. 그게 스트레칭이었다. 난 한쪽 구석
에서 몸을 풀며 그 모습을 지켜봤다. 뒤에서 보면 웃겼으나 다
들 너무 진지했다.

그 외의 훈련은 그나마 비슷했다. 캐치볼을 하고, 기본 훈련
을 하고, 불펜 투구를 했다. 투수 파트를 담당하는 코치는 리종
근 코치 혼자였다. 타격코치도 단 한 명이었다. 아직 2군도 창
설되기 전의 프로야구단은 소박했다.

하지만 무엇보다 난감했던 건 식사였다. 식단 중 단백질은 국에 들어 있는 고기와 계란프라이 정도였다. 그 외엔 김치와 산나물, 멸치볶음이나 김자반이 반찬으로 나왔다.

대신 밥을 엄청 많이 줬다. 소위 '머슴밥'이라고 불릴 만큼 공기를 가득 채운 흰쌀밥이었다. 밥 양이 부담스러워서 조금 달라고 했다가 이모님께 "아니, 그것도 못 먹어서 어떻게 야구인지 뭔지를 한대?"라며 꾸중을 듣기도 했다.

내 전담포수는 찐이 맡았다. 주전포수는 다른 선수였지만, 찐은 나와 배터리를 이뤘다. 내 공의 움직임이 크다는 이유도 있었지만, 아직 내가 전력 외의 선수라는 의미이기도 했다. 우 감독도 날 비슷하게 평가하는 것 같았다.

가끔 방송사가 우리 캠프를 찾았다. 그런 날엔 다 같이 모여서 감독의 인터뷰를 뉴스에서 봤다. 선글라스를 낀 우 감독이 진지한 말투로 말했다.

"물론 우리 팀이 국가대표 하나 없는 약팀이라고 하지만, 우린 자신 있습니다. 우리의 목표는 야구를 통한 자기 수양입니다. 성적은 물론, 스포츠맨십과 젠틀맨십을 갖춘 그런 팀을 만들겠습니다."

야구를 통한 자기 수양이 뭔가 싶었지만, 감독은 진지했다. 방송에서 말할 원고도 미리 준비한다고 했다. 꽤 꼼꼼한 성격인 것 같았다.

그렇게 지내던 어떤 날은 괴상한 훈련을 하기도 했다. 주로

도 회장이 내려오거나 방송국 카메라가 출동할 때 그랬다. 마산 바닷가에서 다들 웃통을 까고 그대로 가부좌를 튼 채 다가오는 파도를 맞는 훈련이 그중 하나였다. 한겨울의 바닷물은 정말 차가웠다. 몸에 물이 닿을 때마다 칼날로 도려내는 것 같은 고통을 느꼈다.

"이런, 씨발."

곳곳에서 욕설이 튀어나왔지만 동시에 다들 카메라를 의식했다. 아직 카메라만 보면 순한 양이 되는, 그런 시절이었다.

하루는 한술 더 떠서 뒷산을 오르더니 계곡물에 입수를 하라는 지시를 받았다. 정말 산에 있는 그런 계곡물이었다. 바닷물보다 훨씬 차가워 보였다. 그땐 하도 어이가 없어서 웃음이 나왔다. 이런 게 무슨 훈련이냐. 속으로 그런 생각을 했다.

하지만 선수들은 양파처럼 웃통을 까더니 하나씩 시퍼런 계곡물로 풍덩 뛰어들었다. '풍덩'이 중요했다. 카메라 앞에서 최대한 극적으로 뛰어들어야 단독 숏을 받을 수 있었다.

나도 에라 모르겠다, 하는 심정으로 뛰어들었다. 차가운 계곡물이 내 몸을 날카롭게 찔렀다. 이대로 심장이 멈춰도 이상하지 않을 것 같았다. 그리고 내가 뛰어드는 동시에 카메라플래시가 터졌다. 동물원에 있는 펭귄이 된 심정이었지만, 한편으론 지금 상황이 웃겨서 웃음이 나왔다. 멀리서 어떤 기자가 소리쳤다.

"저 선수는 강심장이네. 입수하면서 웃잖아."

그 말에 더 웃음이 나왔다. 멀리서 도 회장과 우 감독이 흐뭇한 표정으로 날 쳐다봤다. 본의 아니게 점수를 딴 셈이 됐다.

그런데 이보다 더 기가 막힌 훈련이 우리를 기다렸다. 장소는 마산 동물원이었다. 처음엔 훈련을 열심히 했다고 주어진 자유 시간인 줄 알았어서 이동하는 내내 선수들도 잔뜩 들떠 있었다.

선수들을 태운 버스는 동물원 입구에서 멈췄다. 그런데 입구에서부터 분위기가 이상했다. 도 회장을 비롯한 카메라가 일렬로 쫙 서 있던 것이다. 그래도 그땐 선수들 휴식일을 격려하는 자리라고 생각했다.

하지만 선수들은 전부 곰이 있는 우리 앞으로 안내됐다.

"자, 지금부터 에, 또, 저기 있는 곰과 눈싸움을 시작한다. 눈싸움에서 진 녀석들은 오늘 야간 훈련이다. 알겠나?"

리종근 코치가 진지한 표정으로 말했다. 농담이 아닌 것 같았다. 선수들은 모두 놀라서 서로를 쳐다봤다. 눈싸움? 곰이랑? 저기 있는, 저 곰 말이지?

리종근 코치는 다시 한번 강조했다.

"살살 웃으면서 장난치는 녀석들은 에, 또, 야간 훈련 두 배다. 너흰 프로다. 장난이 아니란 말이다."

코치는 진지한 것 같았다. 이제야 선수들이 투덜거리기 시작했다.

옆에서 참새가 중얼거렸다.

"저 간신 순사 새끼. 어디서 이상한 거 보고 와서 지랄이야."

찐이 거들었다.

"보니까 작은 악마가 시킨 거네. 얼마 전 타이거즈 애들이 호랑이랑 눈싸움했다더니 그거 보고 따라 하나 봐."

찐이 턱을 주욱 내밀면서 도 회장을 가리켰다. 선수들 사이에서 도 회장은 작은 악마로 불렸다. 키는 작지만 악마처럼 지독하다는 의미였다.

찐의 말을 듣고 보니 어렴풋이 기억이 났다. 호랑이와의 눈싸움. 유튜브 같은 곳에서 봤다. 영상 속 선수들은 피식피식 웃으면서 호랑이 우리 앞에서 호랑이를 쏘아봤다. 호랑이는 앞에 있는 인간들이 이상하다는 듯 하품을 해댈 뿐이었다. 당연히 댓글엔 다들 웃기는 쇼라는 반응이었다. 그런데 그걸 내가 할 줄이야.

"근데 왜 하필 곰이야?"

나의 물음에 찐이 답했다.

"그렇다고 뭐, 슈퍼맨이랑 눈싸움을 할 순 없잖아. 그나마 곰은 우리 감독이라고 생각하면 되겠네."

그렇게 내가 속한 조는 겨울날, 곰 우리 앞에 가부좌를 틀고 앉게 됐다. 곰을 쏘아보려 했지만 자꾸 웃음이 나왔다. 입술을 깨물고 웃음을 참았다. 저놈의 카메라가 보고 있으니까. 흘끔 기자들을 쳐다봤는데, 다들 진지해 보였다. 설마 저들은 이걸 정말 프로선수들의 훈련이라고 생각하는 걸까. 아니면 도 회장의 눈치라도 보는 걸까.

곰과 시선을 맞추는 건 생각보다 어려웠다. 곰은 앞에 앉은 인간들을 한번 무심하게 쳐다보더니 커다란 혀를 날름거리며 코를 훔쳤다.

이어서 선수들에게 커다란 고깃덩어리가 하나씩 주어졌다.

"자, 다음은, 에, 또, 곰에게 고기를 던지면서 심신을 단련하는 거다."

리종근 코치는 진지하게 말했다. 하지만 자기도 찔리는지 마지막엔 말소리가 작아졌다.

고기 던지는 것과 심신 단련이 대체 무슨 상관인가 싶었지만, 그냥 시키는 대로 했다. 생각해보니 곰에게 밥을 주는 경험을 언제 하겠나 싶었다.

곰은 비로소 활동을 시작했다. 바닥에 떨어진 고기를 향해 엉금엉금 기어가더니 이빨을 내밀고 뜯어먹기 시작했다. 나는 최대한 곰에게 가깝게 고기를 던져줬다. 저러고 있는 곰이나 내 신세가 비슷하다는 생각이 들었다. 고기를 던지는 것도 투구 연습의 하나로 생각해도 될까. 여기 있는 사람들이라면 정말 그렇게 생각할 것 같았다.

*

환 인천 연고 프로야구단 영

슈퍼스타즈 선수단 전지훈련 복귀

1982년 3월 13일 토요일. 인천 연고 무진 슈퍼스타즈 프로 야구단의 복귀를 반기는 인파는 대단했다. 이미 인천 톨게이트로 빠지는 입구에서부터 저런 현수막이 보였고 톨게이트를 지나 거리로 들어서자 우리를 기다리는 사람들이 있었다. 사람들은 버스를 향해 야구 모자를 흔들었다.

"우리 인천의 자랑, 슈퍼스타즈 선수 여러분. 정말 수고 많으셨습니다."

누군가 확성기를 들고 소리쳤다. 그 소리를 시작으로 사람들도 따라서 환호를 했다.

"완전 개선장군이네."

옆에서 참새가 말했다. 그리고 창밖을 향해 손을 흔들었다. 참새의 시선을 받은 여성 팬 한 명이 꺄악 비명을 질렀다.

"그러게, 거의 개선장군이야."

내가 대답했다. 그리고 똑같이 손을 흔들었다.

사실 조금 감동을 받았다. 선팅이 빠진 유리창 너머로 사람들의 들뜬 표정이 그대로 보였다. 좀 더 자세히 보려고 버스 창문에 있는 커튼까지 걷었다. 사실 전지훈련 중간중간 어처구니없는 훈련 때문에 탈출을 해버릴까 고민을 하기도 했지만, 인천 시민들의 표정을 보니 훈련을 한 보람이 느껴졌다.

물론 미래에도 전지훈련을 다녀오면 팬들이 환영을 해주긴

했다. 커다란 대포 카메라를 들고 와서 선물을 건네주는 팬들도 있었다. 하지만 선물을 받는 건 대부분 젊은 선수들의 몫이었다. 나도 처음엔 제법 선물을 받았다. 그러나 대중의 관심은 빠르게 식었다.

뭐, 여기서도 무명이긴 하지만 이곳의 팬들은 더 순수해 보였다. 여기선 남녀노소 모두 어린이 같은 표정을 지으며 손을 흔들었다. 그 모습을 보면서 뭉클해졌다.

"야, 근데 이거 이러다가 꼴찌 하면 어쩌려나?"

비관주의자 찐이 분위기를 깼다. 나와 참새가 동시에 쳐다봤다. 찐은 무심하게 창밖을 쳐다보고 있었다.

"사실 우리 전력이 그렇잖아. 국가대표급이 없다고. 기껏해야 투수에 임호준, 타격에 김준우, 둘 말고 누가 있어?"

"야구는 해봐야 아는 거 모르나?"

참새가 원망스럽다는 듯 찐을 노려보며 따졌다.

하지만 찐은 고개를 저었다.

"그건 팬들이나 하는 생각이고. 냉정하게 따져봐야지. 다른 팀엔 장효수에, 이만구에……. 미국 물 먹은 박철순까지 있어. 타자에 투수까지 죄다 국가대표급이라고. 근데 우릴 봐봐."

찐이 버스를 돌아봤다. 그러다가 나와 눈이 마주쳤다.

"알겠지? 이게 우리 현실이야. 냉정하게 돌아봐야지. 우리 밑엔 기껏해야 타이거즈 정도야."

참새가 옆에서 계속 투덜거렸지만 찐의 말이 맞았다. 냉정하게 우리 팀의 전력은 그 정도니까. 언론에서도 '슈퍼스타 없는 슈퍼스타즈'라면서 조롱하고 있었다.

"그래도…… 뭐. 의외의 전력이 나와준다면…… 또 모르지."

찐이 창밖을 보면서 중얼거렸다.

나는 그 말을 못 들은 척하면서 시선을 밖으로 돌렸다. 버스는 제물포 사거리를 지나 어시장으로 막 들어서고 있었다. 저 멀리 야구장이 보였고, 길에는 팬들이 더 많아졌다.

프로 원년에 슈퍼스타즈가 얼마나 비참한 성적을 냈는지 잘 알고 있다. 지금 보내주는 팬들의 환호도 삽시간에 실망으로 바뀔 수 있다. 하지만 여기서 난 전력 외의 카드다.

어쩌면 내가 여기에 온 이유도 그런 게 아닐까.

혼자 창밖을 보면서 그런 생각을 했다.

*

그 바로 다음 주 월요일에는 훈련을 일찍 마치고 제물포 시내로 갔다. 무진건설 본사가 위치한 빌딩이었다. 본사 로비에서 어린이회원 모집을 시작한다고 했고, 선수들은 그 옆에서 사인회를 갖는다고 했다.

버스가 빌딩 앞에 서자 엄청난 인파가 기다리고 있었다.

"임호준 선수, 사인 좀 해줘요! 제발요!"

어린이 팬들이 볼펜과 종이를 들고 버스를 향해 그대로 달려오는 바람에 버스는 예정보다 훨씬 앞에서 멈췄다. 임호준이 가장 먼저 내렸고, 그 뒤로 나머지 선수들이 따랐다. 임호준이 버스에서 내리자 어린이들의 함성이 들렸다. 슈퍼스타즈에선 국가대표 경험이 있는 임호준이 가장 인기가 좋았다. 그리고 김준우와 인호중 정도의 선수가 알려졌다. 그 외엔 거의 무명이었다. 물론 나, 구경남이라는 사람도. 덕분에 이런 자리에서 다른 선수들은 좀 편안했다.

저 앞에서 임호준이 어린이들에게 둘러싸여 곤혹스러운 표정을 짓고 있었다. 난 그쪽을 기웃거리면서 로비로 들어섰다.

로비에도 이미 엄청난 사람들이 있었다. 선수들이 들어가자 그들의 시선이 일제히 우리 쪽으로 쏟아졌다. 그리고 그들이 웅성웅성 말을 하는 소리가 로비를 가득 채웠다.

사람들 위로 커다란 현수막이 걸려 있었다.

1982년도 제1호 무진 슈퍼스타즈 어린이 팬클럽 회원 大모집!

현수막 아래에 테이블이 일렬로 놓여 있었고 그 위에 선수들의 이름이 적힌 팻말이 쭉 늘어서 있었다. 테이블의 가장 끝에 찐과 내 이름이 있었다. 진성준, 구경남.

그 앞에 가서 앉았다. 좀 뻘쭘한 기분이 들어서 벽면을 둘러봤다. 거기에 어린이회원 모집 포스터가 있었다. "제1호 어린이회원 모집"이라는 글씨와 함께 "구도 인천의 슈퍼맨 무진 슈퍼스타즈와 함께 승리의 기쁨을! 가입비 단돈 5000원!"이라는 문구가 적혀 있었다. 선수들이 전지훈련을 하는 사진이 흑백으로 인쇄되어 한자리를 차지했다. 곰과의 눈싸움, 얼음물 입수, 계곡물 입수, 웃통 깐 채로 파도에 맞서기 등등. 내 얼굴도 조그맣게 보였다. 나중에 루돌프 형이 이 사진을 보면 얼마나 비웃을까. 그런 생각을 얼핏 했다.

사인회는 무작위인 것 같았다. 팬들은 그냥 자기가 선 줄에 있는 선수에게 사인을 받는 모양이었다. 하긴 지금 슈퍼스타즈에선 누구에게 사인을 받으나 똑같을 것 같았다. 임호준이나 김준우를 빼곤 공평하게 무명이니까.

바로 앞에 서 있는 아이와 눈이 마주쳤다. 볼이 아주 빨갛고 통통한 남자아이였다. 한 열 살 정도 됐을까. 아이는 막 어린이회원에 가입한 것 같았다. 어린이회원 상품을 담았을 박스는 뒤에 엄마로 보이는 여자가 들고 있었다. 아이는 오른손엔 모나미 볼펜—내가 미래에 쓰던 것과 거의 비슷했다—을, 왼손엔 박스에서 막 꺼낸 무진 슈퍼스타즈의 모자를 들고 있었다. 긴장을 했는지 손과 다리를 덜덜 떨었다.

"얘, 이름이 뭐야?"

아이에게 먼저 인사를 건넸다. 아이는 깜짝 놀란 듯 날 한번 보더니, 고개를 돌려서 엄마를 쳐다봤다.

"현동아, 너한테 이름 묻잖아. 김현동이에요, 이렇게 해야지."

엄마가 아이를 대신해서 말했다. 현동이라는 아이는 좀 더 주춤거렸지만 곧 굳은 표정으로 모자와 펜을 내밀었다. 아이의 행동에 빙그레 웃음이 나왔다.

"사인은 어디에 해줄까? 모자에? 아니면 모자챙에?"

아이는 잠깐 망설이더니 모자 앞을 가리키며 말했다.

"크게, 완전 크게 해주세요."

"그래, 삼촌 첫 사인이니까 아주 크게 해줄게. 그리고 펜은 볼펜보다는 이걸로 하자."

아이의 모자를 받아 든 나는 모나미 매직펜을 꺼냈다. 그리고 크게 사인을 한 뒤에 아래에 "to. 1호 팬 현동이에게"라고 적었다.

아이는 사인을 한 모자를 받더니 믿기지 않는 듯 눈 가까이 가져가 한참 쳐다봤다. 엄마가 대신 인사를 했다.

"현동아. 감사합니다, 해야지. 감사합니다, 선수님."

엄마와 아이가 함께 꾸벅 고개를 숙였다. 나도 미소를 지으며 고개를 숙였다.

인사를 마친 아이가 갑자기 모자를 들고 뒤로 달려갔다. 그곳에 친구들이 있는 모양이었다. 아이가 친구들에게 소리를 질렀다.

"야, 야, 내가 지금 사인을 받았다. 봐봐. 진짜 프로선수 사인이라니까!"

내 앞에 있을 때와 달리 아이는 마음껏 소리를 지르고 있었다. 그리고 모자를 들어서 친구들에게 흔들어 보였다.

미소를 지으며 그 모습을 지켜봤다. 어린이 팬들은 미래나 여기서나 똑같다. 사인을 받으면 그 자체로 최고의 자랑거리가 되니까.

이날은 오후 내내 사인을 했다. 미래에서는 사인회를 할 때 시간이나 인원을 한정해서 진행했다. 하지만 이 시대에 그런 건 없었다. 대체 어린이회원을 몇 명이나 모집했는지 어린이들이 끝없이 줄을 섰다. 사인회를 마쳤을 때는 이미 창밖이 어두워져 있었다.

하루 종일 사인을 하느라 손이 아팠지만 기분은 좋았다. 생각해보면 이렇게 오랫동안 사인을 한 건 처음이었다. 사인회에 참석하는 것 자체가 오랜만이기도 했다. 사인회는 대체로 어리고 야구 잘하는 선수들이 했으니까. 하도 사인을 안 해서 까먹을 뻔한 적도 있었다.

"이제 좀 끝이 보이네. 대체 몇 명이야, 어린이회원들은?"

옆에서 참새가 투덜거렸다.

"몰라. 한 2만 명이라던가, 3만 명이라던가. 작은 악마가 무조건 다른 구단보다 인원은 많이, 구성품은 더 좋게 만들라고 했대."

쩐이 손을 주무르면서 말했다.

*

그렇게 개막까지 며칠이 더 흘렀다. 그동안 신기한 일들은
계속 이어졌다.

텔레비전에서는 매일 프로야구와 관련된 영상이 흘러나왔
다. 미국의 베이브 루스와 일본의 왕정치의 홈런 신기록 장면
같은 거였다. 한국에서 활약하게 된 백인산 선수 겸 감독의 인
터뷰도 이어졌다. 백인산 감독은 리그에서 가장 주목받는 선
수 중 하나였다. 덕분에 '게브랄티'라는 광고도 찍었다. 종합영
양제의 이름이라고 했다.

특히 초기 프로야구단 중 하나였던 방송국 JBC가 분위기를
잡는 데 앞장섰다. 공식 개막전도 JBC와 우승 후보인 라이온
즈의 매치업이었다.

막 창간한 《레이디경향》 같은 여성잡지에선 신랑감 투표를
진행했는데 거기서 프로야구선수들이 상위권에 올랐다. 1위는
박철순이었다.

"근데 여기 네 이름도 있다."

쩐의 말에 잡지를 봤다. 정말 10위권 밖 기타에 내 이름, '구
경남'이 있었다. 옆에서 참새가 날 위아래로 훑어봤다.

"하긴 쿠가 피부가 좀 하얗긴 하지. 좀 분위기가 다르다고
할까."

신기했다. 물론 기분도 좋았다. 하지만 좀 묘했다. 날 알아본

사람이 있다는 점도 이상했고, 정말 이 시대의 야구선수가 됐다는 점도 믿기지 않았다.

개막을 정확히 일주일 앞둔 3월 20일, 프로야구 개막에 앞서 서울운동장에서 시민 환영식도 열렸다.

꽤 따뜻한 날이었다. 동대문에 위치한 서울운동장은 정말 '시민'들로 가득했다. 각 구단의 마스코트들도 그날 발표됐다. 고적대의 음악에 맞춰 운동장에 입장해서 6열로 늘어섰다. 그리고 가장 앞에 마스코트가 섰다. 곰도 있었고, 사자—하지만 털로 뒤덮인 고릴라처럼 보이기도 했다—도 보였고, 용도 보였다. 그리고 우리 슈퍼스타즈 앞엔…… 네모난 머리를 달고 슈퍼맨 복장을 흉내 낸 괴상한 마스코트가 서 있었다.

"그래서 이름이 뭐야?"

야구 박사 찐에게 속삭였다.

"뭐가?"

"우리 마스코트 말이야. 이름이 있을 거 아니야?"

하지만 마스코트는 야구 박사님의 관심사가 아닌 것 같다. 찐은 심드렁한 투로 말했다.

"몰라, 슈퍼맨이나 뭐 그런 거겠지."

슈퍼맨이라……. 그 말을 증명하듯 마스코트 옆엔 검은 가면을 쓴 원더 우먼이 서 있었다. 원더 우먼은 별 모양으로 장식된 몸에 딱 달라붙는 타이츠 같은 걸 입고 있었는데, 이런 날씨엔 아주 추울 것 같았다.

"꼭 국풍 81 축제 같지 않냐?"

옆에서 참새가 주머니에 손을 넣은 채 들뜬 목소리로 떠들었다.

찐과 참새는 작은 소리로 다른 팀의 선수들에 대한 감상평을 주고받았다. 실제로 보니 너무 배가 나왔다, 팔이 짧다, 허벅지가 장난 아니다 등의 얘기였다.

운동장 위엔 애드벌룬이 떠 있었고, 애드벌룬엔 커다란 현수막이 걸려 있었다. 익숙한 문구가 펄럭였다.

어린이들에게 꿈과 희망을, 젊은이에게는 낭만을, 국민들에게는 여가 선용을.

잠시 숙자매—분명 그런 이름이었다—라는 듀오가 등장해서 도라지 타령—정말이다—을 불렀다. 이어서 다른 자매 그룹들이 더 나와 민요 메들리를 불렀다.

공연을 마치자 갑자기 앞에서 펑 소리가 나며 폭죽이 터졌다. 그 소리를 시작으로 사람들이 소리를 지르며 박수를 쳤다. 프로야구 원년 현장에 서 있다는 게 실감이 났다. 솔직히 말해서 살짝 감동을 받았다.

개막전은 여관—여긴 정말 여관이었다. 동대문 근처에 있는 곳이었는데 화장실에 욕조 대신 빨간 고무 '다라이'가 있는, 그런 곳이었다—에 있는 텔레비전으로 봤다. 슈퍼스타즈는 다음 날 서울운동장에서 JBC 드래곤스와의 경기가 예정되어 있었다. "하루 먼저 올라가서 하나 되는 분위기를 만들어보자"라는 도 회장의 배려였다. 여관 숙박이지만 당시 상황을 생각해보면 나름 큰 결정이었다.

개막전은 머리가 벗겨진 대통령의 시구로 시작됐다. 이미 방송에서 여러 번 봤던 장면이지만, 그 장면을 실시간으로 본다는 점은 확실히 달랐다. 가슴이 뛰기 시작했다. 주변에서 같이 화면을 보던 선수들 몇 명도 감동한 듯 박수를 쳤다.

경기는 꽤 치열했다. 라이온즈가 먼저 점수를 냈다. 프로 1호 타점과 홈런은 모두 이만구의 몫이었다. 하지만 줄곧 끌려다니던 드래곤스는 7회에 동점을 만들더니 10회 역전 만루홈런을 날렸다. 그걸로 경기는 끝. 11 대 7. 대단한 승부였다.

그날 저녁 내내 텔레비전에선 프로야구 개막전 소식을 떠드느라 바빴다. 특히 역전승을 거둔 JBC에선 아나운서가 떨리는 목소리로 반복해서 홈런 장면을 소개했다―그 아나운서는 정말 감동을 받은 것 같았다. 방송에 들어가기 전에 진짜 눈물을 흘린 게 아닐까 싶을 정도였다.

그날 밤 자려고 누웠지만 전혀 잠이 오지 않았다. 같이 방을 쓰게 된 쩐은 이미 아까 전부터 코를 골고 있었다. 코 고는 소리와 창밖에서 들리는 클랙슨 소리가 정신을 더 또렷하게 만들었다. 볼을 꼬집어봤다. 아팠다. 그것도 엄청.

*

"플레이볼!"

심판의 우렁찬 목소리를 신호로 경기가 시작되었다.

무진 슈퍼스타즈의 역사적인 개막전. 장소는 드래곤스의 홈 구장인 서울운동장. 아직 쌀쌀한 1982년 3월 28일 일요일 오후였다.

경기 전 간단히 훈련을 마치고 점심을 먹었다. 아직 야간경기는 시작되지 않았는데, 한창 조명탑 시설을 준비 중이라고 했다. 점심은 햄버거였다. 눈물 젖은…… 같은 상투적인 단어가 생각나는 그런 빵이었다. 1982년의 소박한 햄버거를 야구장 계단에 앉아서 먹었다. 브랜드는 없었고 양상추와 토마토 그리고 커다란 소고기가 전부인 그런 버거였다. 하지만 정말 눈물이 날 것 같은 건 그걸 먹는 선수들의 모습이었다. 그들은 계단에서 햄버거를 급히 욱여넣은 다음 아무렇게나 신문지를 깔고 누워 낮잠을 잤다. 신문에는 전날 대단했던 만루홈런에 대한 기사가 적혀 있었다.

한쪽 벽에 기대서 멍하니 그들을 봤다. 조금은 안타까웠지만, 흥미롭기도 했다. 1982년 프로야구의 풍경이 지금 내 눈앞에 펼쳐져 있으니까. 카메라가 없는 게 아쉬웠다. 이걸 찍어서 유튜브에 올리면 조회수가 대박 나지 않을까. 미래의 선수들도 깜짝 놀랄 것 같았다. 특히 우리나라 야구장에는 쉴 공간이 없다며 메이저리그가 어쩌고저쩌고하며 투덜거리던 녀석들에게 보여주고 싶었다. 예전엔 말이야, 그냥 맨바닥에 신문지를 깔고 쉬다가 야구하러 나갔어! 내가 다 봤다고, 어!

대충 훈련을 마칠 때쯤 드디어 경기가 시작됐다. 먼저 애국가 제창 순서였다. 포수 뒤편에서 커다란 색소폰을 든 늙은 남자와 빨간 모자를 쓴 여자가 나타났다. 관중들이 환호하는 걸 보니 꽤 유명한 사람들인 것 같았다. 남자는 자리를 잡고 신호를 보내더니 색소폰을 불었다. 그리고 이에 맞춰 여자가 노래를 시작했다.

"동해물과 백두산이 마르고 닳도록……."

경기마다 들었던 멜로디지만, 여기서 듣는 느낌은 또 달랐다. 특히 관중석에서 보이는 표정들이 그렇게 만들었다. 다들 비장했다.

"대한 사람 대한으로 길이 보전하세."

여자가 고개를 쳐들면서 마지막 음을 길게 빼자, 사람들이 큰 소리로 환호를 했다. 노래를 마친 남자와 여자는 감격스럽다는 듯 청중을 둘러보고서 정중하게 고개를 숙였다. 그리고 천천히 그라운드를 빠져나갔다.

이어서 시구가 이어졌다. 이날 시구는 연예인이었다. 최근 드라마에서 인기를 얻은 여자주인공이라고 했다.

"와, 내가 탤런트를 두 눈으로 보다니. 출세했네, 출세했어."

옆에서 참새가 감격스럽다는 듯 말했다.

시구를 맡은 연예인은 무려 정장을 입고 그라운드로 들어섰다. 당연히 신발은 뾰족구두였다. 구두로 운동장 바닥을 찍어 내리면서 성큼성큼 마운드로 걸어갔다. 그리고 관중들에게 손을 한번 흔들더니, 포수에게 공을 던졌다. 공은 포수의 한참 앞에 떨어졌다. 하지만 더그아웃에 있던 선수들은 일제히 일어나서 물개처럼 박수를 치며 환호를 했다. 제발 여길 한 번만 봐달라는 듯.

연예인의 얼굴이 낯익었다. 희미하게 기억이 났다. 내가 있던 시대에서 '추억의 스타'라 불리며 간간히 텔레비전에 나왔던 중견배우였다. "내가 한때는 책받침 스타였어요. 학교 앞 문방구 같은 데에 내 사진이 쫙 깔렸다니까요." 나이를 먹었어도 여전히 아름다웠던 그 배우는 화면에서 이렇게 말하며 웃었다. 물론 지금은 거의 딸뻘의 나이로 보이지만.

시구를 마친 연예인은 상대 팀 더그아웃 쪽으로 걸어가서 선수들과 악수를 나눈 후 퇴장했다.

"에이, 방송국 없는 팀은 어디 서러워서 살겠냐?"

참새가 투덜거렸다.

이어서 심판이 주머니에서 야구공 하나를 꺼내 쓱쓱 문지르더니 드래곤스의 선발투수에게 던져줬다. 이날 드래곤스의 선발투수는 언더핸드로 던지는 잠수함 투수였다. 나보다 팔 각도가 더 낮은 정통 잠수함이었다. 국가대표 경력이 있는 유명한 투수라고 했다. 드래곤스는 전날 대단했던 승리 덕분에 잔뜩 흥분한 분위기였다.

"분위기 싸움에서 밀리면 안 된다."

경기 전 리종근 코치가 투수들을 불러놓고 말했다.

"누구라도 경기에 나갈 수 있으니까 에, 또, 천천히 준비하도록."

이런 주문을 하면서 나와 눈이 잠깐 마주쳤다.

공을 몇 개 던지던 상대 투수가 심판에게 준비가 됐다는 사인을 보냈다.

그리고 플레이볼.

야구다. 무려 1982년의.

나는 눈을 크게 뜨고 그라운드 구석구석을 훑었다. 그라운드의 한순간도 놓치고 싶지 않았다. 심장이 거의 튀어나올 듯 뛰고 있었다. 그 소리가 내 귀에 들릴 정도였다.

1회 초 우리의 공격은 허무하게 끝났다. 아직 우리 타자들이 실전 감각을 찾지 못한 듯했다.

이어서 슈퍼스타즈 선발투수 임호준이 마운드에 올랐다. 3루에 위치한 슈퍼스타즈 원정 응원석이 들썩거리기 시작했다. 나름 응원단도 있었다. 양복을 입은 남자가 아주 좁은 응원단상 위에 서서 337 박수를 유도했고 그 옆에서 원더 우먼 복장을 한 여자들이 같이 박자를 맞췄다. 치어리더처럼 보였다. 나중에 들어보니 그들은 모두 무진건설의 직원들이었다. 사내 공고를 통해서 응원단을 모집했는데, 경쟁률이 꽤 치열했다고 한다.

관중석엔 팬들이 가득했다. 입장권이 삼천 원이라고 했는데, 당시에는 짜장면 여섯 그릇을 사 먹을 돈이었다. 그런데도 표는 일찍이 매진이 됐고, 암표상들이 진을 쳤다고 했다. 홈런을 반복해서 보여준 방송의 영향도 큰 것 같았다. 이 시대의 사람들에게 방송은 절대적이었으니까.

물론 관중들은 아직 좀 부자연스러워 보였다. 대체로 고깔 모양의 종이 모자를 쓰고 있었는데, 응원단의 응원을 멍하니 쳐다보고만 있었다. 박수를 좀 치는가 싶었지만, 금방 엇박자로 흘러갔다.

그래도 사람들의 표정은 밝았다. 어시장에서 보던 어두운 표정과는 달랐다. 이제 막 시작된 프로야구의 현장에 함께 있다는 벅찬 감정이 느껴졌다.

"브이 아이 씨 티, 오 알 와이, 빅토리, 빅토리, 슈퍼스타즈, 야!"

점점 응원단장의 목소리에 힘이 실렸고, 분위기도 살아났다. 응원 덕분인지 임호준은 삼진을 곁들여서 1회를 깔끔하게 막았다.

"임호준, 임호준!"

임호준이 마운드에서 내려오자 팬들이 입을 모아서 소리를 질렀다. 임호준이 수줍게 손을 흔들자 그와 동시에 아이들이 벼락을 맞은 사람처럼 일제히 비명을 질렀다. 더그아웃에서도 웃음이 터졌다.

아이들 옆 담배를 문 어른들이 제법 보였다. 손에 소주병을 들고 있는 사람들도 많았다. 담배와 술에 관대한 시대니까. 그리고 관중들은 대체로 남자들이었다. 간혹 보이는 여자들도 아이들을 데리고 온 보호자로 보였다.

우리 더그아웃 앞으로 자랑스러운 우리의 슈퍼맨 마스코트도 왔다 갔다 했다. 여기선 경기 중에도 마스코트가 그라운드 안에 있었다. 아직 야구공이 얼마나 무서운지 다들 모르는 듯했다. 저 작은 공에 맞아서 생을 마감한 사람도 있는데.

마스코트는 아직 자신이 그라운드에서 뭘 해야 할지 갈피를 못 잡은 듯 했다. 선수들을 봐도 낯을 가리는 건지 멀찍이 서 있기만 했다. 원래 마스코트라면 선수들이나 팬들과 장난을 치는 퍼포먼스를 보여줘야 하는데 말이다. 내성적인 마스코트였다.

하지만 이날 경기는 진짜였다. 물론 좀 이상한 부분도 있었지만, 그 안에서 펼쳐지는 야구는 현실이었다. 그 이질감이 묘한 분위기를 만들었다.

양 팀 투수들의 호투가 이어졌다. 그리고 6회 초. 우리 팀의 선두타자가 내야안타로 1루를 밟았다. 그리고 바로 다음 타자의 희생번트로 앞선 주자를 2루로 보냈다. 드래곤스 불펜이 분주해지기 시작했고 얼마 지나지 않아 투수를 바꿨다. 왼손투수였다.

드래곤스 벤치에선 선수 겸 감독인 백인산이 지시를 내리고 있었다. 그는 드래곤스의 4번 타자 자리에도 이름을 올리고 있었다. 광고모델까지 하고, 아주 바쁘시네.

하지만 백인산 감독의 선택이 적중했다. 이어서 나온 왼손 투수는 우리 팀 타자들을 삼진과 땅볼로 돌려보냈다. 그렇게 공수교대.

이번엔 임호준이 흔들렸다. 첫 타자의 몸을 맞힌 게 시작이었다. 공은 타자의 엉덩이 부분을 세게 맞혔다. 공에 맞은 타자는 뜨거운 것에 닿은 사람처럼 펄쩍 뛰더니, 양손으로 엉덩이를 문질렀다. 관중석에서 웃음이 터졌다. 임호준은 타자에게 미안하다는 제스처를 보냈다. 그리고 다음 타자를 땅볼아웃으로 잡았지만, 다음 타자에게 또다시 볼넷을 내주었다. 주자는 1루와 2루.

그때 리종근 코치가 느릿느릿 내게 걸어왔다. 키가 큰 코치를 올려다봤다. 아래에서 보니 코치의 키는 하도 커서 햇빛을 거의 가릴 정도였다.

코치는 일본말이 섞인 말투로 느릿느릿 말했다.

"이봐, 오늘 바로 마운드에서 저 녀석들 코를 납작하게 만드는 게 어때? 자신 있지?"

코치를 올려다봤다. 자신은 있었지만, 정말 첫날부터 등판할 거라고는 예상하지 못했다.

코치는 감독 쪽을 가리켰다.

"감독님이 한번 써보자고 하신다. 감독님 기대에 부응해야 돼. 알겠지?"

리 코치가 어깨를 두드려줬다.

멀리 노란 장갑을 낀 우 감독이 이쪽을 보고 있었다. 난 잠깐 감독을 보다가 코치에게 고개를 끄덕였다. 그리고 바로 글러브를 집었다. 생각보다 이른 감이 있었지만 컨디션은 좋았다.

특히 팔꿈치가 갓 잡은 물고기처럼 싱싱했다. 어떤 타자든 잡을 수 있을 것 같았다. 상대가 백인산이든, 이만구든.

불펜으로 가니 찐이 맞아줬다. 내가 공을 던질 때마다 전담 포수 역할을 맡았다. 여기서 내 공은 좀 이상하다는 평을 듣고 있으니까. 특히 공의 움직임이.

"오늘은 일단 직구 위주로 가보자고."

찐이 내 어깨를 주무르며 말했다. 바로 옆에서 참새가 경기에 나서는 나를 부럽다는 듯 쳐다봤다.

찐과 캐치볼을 시작했다. 점점 거리를 넓히며 공을 주고받았다. 그리고 어느 정도 어깨가 풀리자 찐에게 앉아달라고 부탁했다. 그리고 찐의 글러브를 향해 공을 하나씩 던졌다. 팔을 오른쪽으로 기울이면서 하체의 이동에 신경을 썼다. 아직 이 시대의 마운드는 낯설다. 적응할 때까진 좀 더 신중해야 했다.

우리 쪽 관중석이 웅성거리기 시작했다.

"야, 야, 저기 봐."

누군가 속삭이는 소리가 들렸다. 생소한 투수의 등장에 놀란 모양이었다. 아이들 몇 명은 아예 그물에 매달려서 눈을 동그랗게 뜨고 이쪽을 보고 있었다. 그리고 내가 공을 던질 때마다 와아, 하고 탄성을 질렀다.

그럴수록 정신을 집중했다. 첫 등판이다. 망치고 싶지 않다.

신인 시절 한국시리즈에서 등판했던 때가 생각났다. 옆에선 다들 긴장하지 말라고 했지만, 막상 나 자신은 전혀 긴장이 되지 않았다. 빨리 마운드로 달려가고 싶었다. 나, 구경남의 이름을 세상에 알리고 싶었다. 그리고 마운드에 오르자 집중력도 높아졌다. 포수의 마운드가 광활한 대지만큼 넓어 보였다.

임호준은 다음 타자를 뜬공으로 잡더니 그다음 타자에게 다시 볼넷을 줬다. 그리고 바로 안타를 얻어맞았다. 드래곤스 관중석에서 소리를 지르고 난리가 났다. 전날 역전승의 분위기가 이어지는 흐름이었다.

"아주 잔치 났네. 잔치 났어."

참새가 혀를 끌끌 찼다.

임호준은 홈으로 들어오는 주자 두 명을 허무한 표정으로 쳐다봤다. 그리고 모자를 벗어서 땀을 닦더니 바닥에 침을 뱉었다. 하지만 침이 입술에 달라붙어서 잘 떨어지지 않았다. 바닥에 침을 뱉을 기운도 없어 보였다. 개막전이라서 무리하게 힘을 쓴 건지도 모른다.

결국 리종근 코치가 마운드로 올라갔다. 그리고 임호준에게서 공을 받았다. 임호준은 리 코치의 시선을 피하면서 터덜터덜 마운드에서 내려왔다.

리 코치가 나를 쳐다봤다. 아직 불펜 코치가 따로 없다 보니 선수가 알아서 뛰어나가는 분위기였다.

리 코치에게 고개를 끄덕이고 모자를 눌러썼다. 그리고 마운드를 향해 뛰어갔다.

드디어 올랐다. 1982년의 마운드. 그라운드에서 가장 높은 곳. 그라운드의 무덤이라고 불리는 곳. 어떤 투수들은 그 무게감 때문에 스스로 무너지기도 했다. 마운드는 외로운 곳이다. 오로지 타자와의 일대일 승부만 존재했다. 그곳에서 끌려 내려갈 때의 비참한 기분은 투수 자신밖에 모른다.

그런 마운드에 서서 포수마스크를 쓰고 있는 찐을 응시했다. 마스크 뒤로 잔뜩 긴장한 찐의 얼굴이 보였다. 찐의 이마에서 흐른 땀이 아주 천천히 여드름투성이인 뺨을 지나 바닥으로 떨어졌다.

나는 잠시 마운드에서 벗어나 크게 숨을 내쉬었다. 그리고 관중석을 쳐다봤다. 드래곤스 관중석은 축제처럼 흥분해 있었다. 반면 우리 쪽 관중들은 초상집처럼 풀이 죽어 있었다.

어쩌다 여기까지 왔는지 모르겠지만, 일단 이 순간 최선을 다하기로 했다. 물론 그동안 던졌던 마운드와는 조금 다르지만, 최선을 다하는 것이 내가 배운 야구였다. 그리고 야구는 어디서나 똑같다.

하늘색 유니폼을 입은 드래곤스 타자가 심판에게 귓속말을

했다. 얼굴엔 장난기가 가득했다. 내 쪽을 보고 비웃는 것처럼
도 보였다. 타자의 얼굴은 까맣게 그을렸고, 덥수룩하게 수염
을 기르고 있었다. 거의 중년 아저씨 같은 얼굴이었지만, 어쩌
면 나와 동갑내기일지도 몰랐다.

대기타석에선 백인산 감독이 붕붕 방망이를 돌리고 있었다.
전광판을 봤다. 투아웃에 주자는 1루와 3루. 안타를 맞으면 바
로 실점이고, 백인산과 승부해야 한다.

연습 투구를 마친 뒤 심판에게 준비가 끝났다는 사인을 보
냈다.

타자가 타석에 서는 걸 확인한 뒤 글러브로 입을 가렸다. 그
리고 오른손으로 공의 실밥을 확인했다. 자, 그럼.

바로 자세를 잡았다. 글러브에 공을 두 번 튕긴 뒤, 크게 왼
발을 차면서 오른손을 40도 방향으로 긁었다. 그리고 포수글
러브를 향해 공을 뿌렸다. 그런데…… 발이 미끄러지면서 공
을 놓쳤다. 아차. 뒤늦게 투구 자세를 잡아봤지만 이미 공은 손
에서 떠난 뒤였고, 손을 떠나간 공을 원망할 수는 없었다. 그저
완전한 실투였다.

하지만 타자는 공이 포수글러브에 들어간 지 한참이 지나서
야 방망이를 휘둘렀다. 타자의 눈이 커졌다. 동시에 입도 떡 벌
어졌다.

다행이다. 완전 실투였는데……. 아직 새로운 팔꿈치에 적
응이 필요한지도 모른다. 평소보다 훨씬 강하게 공에 힘이 실

렸다.

난 잠시 마운드에서 물러나 호흡을 가다듬었다. 그리고 다시 마운드에 섰다. 투구폼을 좀 작게 가야겠다고 생각했다. 조금 전보다 발을 낮게 차올리면서 신중하게 공을 던졌다. 이번엔 바깥쪽을 노렸다. 타자의 성향을 보고 싶었다.

타자는 이번엔 아예 방망이를 휘두르지도 못하고 멍하니 공을 쳐다보기만 했다.

"스트라이크!"

심판이 뒤늦게 외쳤다.

뭐야, 저 녀석. 칠 생각은 있는 거야? 마지막 공은 체인지업으로 정했다. 찐이 달나라 마구라면서 감탄했던 공.

찐과 사인을 주고받은 뒤 투구 동작에 들어갔다. 체인지업을 던지겠다는 사인을 보내자 찐이 긴장된 표정으로 고개를 끄덕였다. 공을 놓칠까 봐 걱정하는 것 같았다.

체인지업 그립을 잡고 공을 던졌다. 공이 손에서 빠질 때 실밥이 좌르르 빠지는 느낌이 검지에 고스란히 전해졌다. 제대로 회전이 걸렸다.

내 예상대로 공은 타자를 향해 속구처럼 빠르게 날아가다가, 타자 앞에서 회전이 걸리며 바닥으로 착 가라앉았다. 타자는 날아오는 공을 보고 방망이를 돌리다가 수줍은 소녀처럼 그대로 주저앉았다.

"와!"

그와 동시에 우리 쪽 관중석에서 함성이 터져 나왔다.

"스트라이크아웃!"

심판이 외친 삼진 콜은 관중들의 함성 소리에 묻혔다.

나는 관중들의 환호를 들으며 마운드에서 뛰어 내려갔다. 반대편 드래곤스 관중석에선 모두들 믿기지 않는다는 듯 머리를 쥐어뜯고 있었다. 대기타석에 있던 백인산은 내 쪽을 쏘아보면서 망연히 서 있었다.

쩐과 주먹 인사를 나눈 뒤 더그아웃으로 향했다. 쩐은 평소답지 않게 잔뜩 흥분한 것 같았다. 나를 향해 보고 뭐라고 소리를 질렀지만 관중들의 함성 때문에 알아들을 수 없었다.

팀 동료들도 벤치에서 일어나 날 맞아줬다. 얼마 만이야, 이런 환대가. 오랜만의 반응에 좀 얼떨떨했지만 기분은 좋았다. 동료들과 차례로 하이 파이브를 했다. 참새가 다가오더니 내 몸을 번쩍 들어 올렸다.

"역시 달나라에서 온 녀석. 해낼 줄 알았다니까."

리 코치도 다가와서 어깨를 토닥였다.

"감독님의 선택이 옳았군. 잘했다."

코치의 격려도 오랜만이었다.

이어진 공격에서 우린 바로 3점을 내면서 역전을 했다. 게임의 흐름이 완전히 우리 쪽으로 넘어왔다.

그리고 난 그대로 9회까지 마운드를 지켰다. 상대 타자들은 내 공을 제대로 따라오지 못했다. 백인산은 좀 끈질겼지만, 내 체인지업엔 속수무책이었다. 그의 분한 표정을 보니 짜릿했다. 광고에서 보던 표정과는 전혀 달랐으니까.

마지막 타자에게도 한가운데 투심 패스트볼을 꽂아서 루킹 삼진으로 잡았다. 맞지 않는다는 확신이 있었다. 이런 자신감도 신인 시절 이후 처음이었다.

마지막 타자를 잡고 전광판을 돌아봤다. 내가 올라온 뒤로 한 명도 내보내지 않았다. 그리고 삼진은 일곱 개를 잡았다. 한마디로 퍼펙트 피칭. 컨디션도 베스트였다.

삼진 콜과 동시에 찐이 포수마스크를 공중에 벗어 던지며 달려왔다. 그리고 나를 와락 끌어안았다. 찐의 머리에서 땀 냄새가 훅 끼쳐왔지만, 그 더러운 정수리에 키스라도 하고 싶은 기분이었다.

경기가 끝나자 딩동댕 종소리와 함께 시끄러운 사이렌 소리가 삐익 울렸다. 그리고 저쪽 외야에서 사람들이 담장을 넘어서 그라운드로 뛰어 들어왔다. 멀리서 보고 깜짝 놀랐지만 승리에 감격한 인천 팬들인 것 같았다. 팬들은 선수단을 향해 소리를 지르면서 뛰어왔다. 그리고 나에게 과격한 악수를 요청했다. 몇 명과는 하이 파이브를 나눴다. 그때 어떤 여자가 달려오더니 나를 와락 껴안았다.

"선수님, 나 완전 반했어!"

그러더니 내 뺨에 격한 입맞춤을 했다. 여자의 머리는 헝클어져 있었지만, 시구를 맡았던 탤런트만큼 예뻤다. "PEACE"라고 적힌 티셔츠를 입은 여자는 아주 시뻘건 립스틱을 발랐는데, 덕분에 내가 볼을 닦아내자 손에 빨간 립스틱이 묻어 나왔다.

나도 모르게 입이 떡 벌어졌다. 이런 광경은 처음이었다. 그렇구나! 이게 바로 야구지! 태초의 야구는 뜨거웠다.

그렇게 한참 팬들에게 둘러싸여 있는데 저 멀리 관중석에서 익숙한 얼굴이 보였다. 어떤 여자가 남자아이의 손을 잡고 있었다. 여자는 빨간색 원피스를 입고 있어서 관중들 가운데서도 눈에 띄었다.

그 여자였다. 여자와 아이는 그렇게 잠깐 서 있다가 사람들 사이로 사라졌다. 난 여자가 사라진 곳을 한참 쳐다봤다. 아무래도 인천에서 여기까지 야구를 보러 온 것 같았다.

여자는 그날 밤처럼 빨간색 원피스를 입고 있었다. 아무리 생각해도 그 여자가 맞았다. 물론 말도 안 되는 소리였다. 하지만 동시에 간첩이라며 신문에 실렸던 노숙자 K도 생각났다. 그를 생각하면 여자가 이 시대에 있으면 안 될 이유도 없는 듯했다.

*

'자고 일어나니 유명해졌다'는 말이 실감이 났다. 하긴 프로에 데뷔했을 때도 그랬다. 신인 시절 등판해서 구원승을 따낸 날 포털사이트 실시간검색 1위에 올랐다. SNS 팔로워 숫자도 확 늘었다.

그런데 이 시대에서 다시 한번 그런 일을 겪은 것이다. 물론 여기선 인스타도 유튜브도 없었다. 대신 아직 신문이 살아 있었다.

등판 다음 날, 인천 시내에 깔린 신문 1면에 전날 야구 경기에 대한 소식이 실렸고 거기엔 내 사진이 들어갔다. 화질이 안 좋은 흑백사진이었지만, 신기했다. 그 위에 적힌 날짜를 보면 더 그랬다. 1982년 3월 29일자.

다음 날 야구장에 가서 훈련을 하다가 도 회장의 호출을 받았다. 안경이 직접 차를 대절해줬다. 검은색 세단이었다. 차를 타고 무진건설 본사로 가 곧장 회장실로 들어갔다. 벽난로 앞에 서 있던 도 회장이 활짝 웃으면서 다가왔다.

"오, 우리 팀의 보물. 미스터 쿠."

도 회장은 과장된 몸짓으로 손을 내밀었다. 그리고 내 손을 더듬더듬 만지며 손바닥을 관찰했다. 키가 작은 도 회장의 훤한 정수리가 그대로 보였다. 머리에 잔뜩 바른 기름 때문에 머리가 반질반질했다. 손으로 만지면 획 미끄러질 것 같았다.

도 회장은 소파에 앉더니 시가를 물었다. 그리고 맞은편 자리를 권했다.

"역시 감독의 추천대로군. 노란 장갑의 마술사가 선수 하나는 제대로 본다니까."

도 회장은 흡족하게 웃으며 담배 연기를 내뱉었다. 시가의 독한 향이 테이블을 넘어와 그대로 전해졌다. 여기서 우 감독은 노란 장갑의 마술사라고 불렸다.

"지금처럼만 해주면 돼. 보너스 알지? 보너스 받으면 예쁜 아가씨라도 만나보라고. 통금도 해제됐겠다, 얼마나 좋은 시대야? 다른 건 신경 쓰지 마. 야구만 잘하면 돼."

도 회장이 눈을 지그시 뜨면서 말했다.

도 회장의 환대가 좀 부담스럽긴 했지만 기분은 좋았다. 누군가에게서 이렇게 관심을 받아본 게 대체 얼마 만인지.

다음 날, 불펜에서 몸을 풀 때도 동료들이 부쩍 친절해진 게 느껴졌다. 선수 무리가 나에게 성큼 다가오더니 말을 걸었다.

"정말 대단한 공이었어."

"맞아, 대단했어. 그래도 곰 감독은 조심해. 투수가 조금 잘 던진다 싶으면 그냥 씹어 먹어버리니까. 원래 그걸로 유명했어. 내가 일부러 슬슬 던지는 거 알지? 애들 클 때까진 야구로 돈 좀 벌어야 되잖아."

"대학 감독할 때부터 그랬어. 내가 그 피해자야. 감독은 항상 '이봐, 더 던질 수 있지?' 하고 물어. 좀 머뭇거려도 계속 물어본다고. 결국 '젠장, 제발 좀 내보내주십쇼' 하고 말할 수밖에 없지."

선수들은 감독 험담이 재미있는 듯 큭큭 웃어댔다.

그때 옆에 있던 다른 선수 하나가 종이 하나를 구겨 쓰레기통에 집어 던지면서 투덜거렸다.

"이런 쓰레기 같은 카드는 누구 맘대로 만든 거야? 대체 누가 담배 회사에서 내 얼굴을 맘대로 가져다 써도 된다고 한 거냐고. 교회 다니시는 우리 할머니가 보시면 기절할 일이잖아."

선수는 욕설을 내뱉으면서 사라졌다.

쓰레기통을 보니 가장 위에 구겨진 종이가 있었다. 초기 야구 카드였다. 메이저리그에선 초기 야구 카드가 고가에 거래된다고 들었다. 이 카드도 그만한 가치가 있을지 몰랐다. 난 주변을 두리번거리다 카드를 쓱 집어서 품에 넣었다.

그때 누군가 어깨를 툭 쳐서 깜짝 놀라 돌아봤다. 찐과 참새였다. 카드를 넣는 걸 들킨 것 같아서 눈치를 봤지만 다행히 둘은 야구 카드 같은 거엔 전혀 관심이 없는 것 같았다.

대신 둘은 전날 게임에 대해 얘기를 했다.

"이봐, 어제 던지던 그 팜볼인가 하는 마구 말이야. 정말 대단하던데."

참새가 입을 커다랗게 벌리며 말했다.

"그것 봐, 내가 뭐랬어? 정말 대단한 공이라니까."

찐은 어느새 평소의 무표정한 얼굴로 돌아가서 심드렁하게 대답했다. 표정이 없어서 칭찬인지 아닌지 헷갈렸다.

둘에게 도 회장이 약속한 보너스에 대해서 슬쩍 언급했다.

하지만 둘 다 피식 웃는 반응이었다.

"그 짠돌이 작은 악마가 말이야?"

참새가 기가 막히다는 듯 말했다.

"그럴 돈 있으면 이놈의 야구장 좀 정비해달라고 해줘. 저놈의 흙바닥에서 야구하다간 뼈가 몇 개 부러져도 모자랄걸?"

참새는 고개를 절레절레 흔들며 한참 구단주 욕을 했다.

"근데 지금 제일 잘 치는 타자가 누구야?"

화제도 전환할 겸 둘에게 문자 찐이 눈을 반짝이며 말했다.

"누구긴, 이만구지. 이만구는 포수만 잘 보는 게 아니야. 공도 제대로 맞힌다고. 여기에 라이온즈엔 장효수도 있잖아. 둘만 해도 웬만한 팀의 타자들보다 훨씬 낫지."

"이봐, 황소 김봉윤도 있잖아. 거인 김용성도 빼놓으면 안 되지. 아마에서 잘 치던 베어스의 김우철도 있고."

참새가 덧붙였다. 그러자 찐은 한참 멀었다는 듯 한심하게 쳐다보면서 말했다.

"네가 그러니까 안 된다는 거야. 그런 타자들도 대단하지만 솔직히 이만구하고 장효수한텐 안 되지. 거기에 라이온즈엔 국가대표 투수들까지 즐비하다고. 야구는 결국 팀 스포츠야. 그렇게 치면 차라리 일본 야구에서 3할을 쳤던 백인산이 이끄는 드래곤스가 낫지."

하지만 참새는 인정할 수 없다는 듯 얼굴까지 빨개지면서 반발했다. 둘은 그렇게 한참을 으르렁거렸다. 어쩌다 내가 싸

움을 붙인 모양새가 됐다. 저러다 진짜 싸우는 게 아닌가 걱정
이 되기 시작했다. 하지만 둘은 오래된 부부처럼 싸움과 화해
를 반복했다.

"그럼 우리 슈퍼스타즈는 어때? 정말 어렵나?"

내가 물었다. 둘은 동시에 나를 쳐다보며 나란히 한숨을 쉬
더니 어깨를 으쓱했다. 그게 대답이었다.

고개를 돌려서 다른 선수들이 몸 푸는 모습을 관찰했다. 선
수들은 저마다의 방식으로 몸을 풀고 있었다. 그 옆에서 우용
일 감독과 리종근 코치가 관조하는 듯 서 있었다. 우 감독이 리
코치에게 뭔가 농담 같은 걸 건네자, 리 코치는 배를 잡고 웃었
다. 일부러 오버하는 모습이 눈살을 찌푸리게 했지만, 리 코치
는 상관하지 않는 것 같았다.

타격 파트는 강승필 코치가 맡고 있었다. 강 코치는 목소리
가 상당히 커서 투수 파트에서 다 들을 수 있었다. 고래고래 소
리를 지르면서 타자들을 다그치고 있었다.

찐과 참새의 우려는 바로 다음 경기부터 현실이 됐다.

다음 경기는 4월 4일. 장소는 춘천 야구장이었다. 공식 홈 개
막전을 춘천에서 갖게 됐다. 아직 우리 홈구장인 인천 숭의 야
구장의 보수가 끝나지 않은 이유 때문이었다.

이날 선발도 임호준이 나섰다. 상대 팀은 우승 후보라는 라
이온즈. 임호준은 라이온즈를 상대로 꽤 잘 던졌다. 첫 경기의

기세를 이어가는 것처럼 보였다. 나도 등판을 준비했다.

하지만 6회에 들어서면서 게임은 한쪽으로 확 기울었다. 장효수와 이만구의 안타를 시작으로 라이온즈에서 단숨에 5점을 올린 것이다. 임호준 다음에 나온 투수도 난타를 당했다. 결국 점수는 8 대 0까지 벌어졌다.

나도 마운드에 올랐다. 가장 마지막 9회였다. 솔직히 나설 필요가 없는 경기였지만, 프로 초창기엔 모든 팀이 투수가 부족했다. 내 공은 잘 통했다. 9회에 라이온즈 하위 타순의 세 명을 가볍게 틀어막았다. 하지만 그대로 경기가 끝났고, 그날 나는 아무 기록도 따내지 못했다.

그렇게 맥 빠지는 경기를 마치고 응원석 쪽에 인사를 했다. 인천에서 왔을 홈 팬들이 크게 박수를 치면서 격려를 해줬다.

그런데 그물망 가장 앞에 익숙한 얼굴이 보였다. 지난번 길에서 날 구해줬던 그 아이였다. 주원이라는 이름이 기억났다. 주원은 나와 눈이 마주치자 모자를 벗어서 흔들었다. 주원이 뒤엔 그 여자가 있었다. 난 그들에게 다가갔다.

"야, 주원. 너 여기까지 어떻게 왔어?"

내가 아는 척을 하자 주원은 신이 난 듯 떠들었다.

"지하철 1호선 타고, 청량리역에서 비둘기호 갈아타고 왔어요. 엄마가 기차에서 계란이랑 사이다도 사줬어요."

여자와 눈이 마주쳤다. 여자는 부끄러운 듯 입을 가리고 웃었다. 오늘 여자는 편안한 차림이었고, 화장도 옅어 보였다.

"주원이가 하도 야구를 좋아해서……."

여자가 말했다.

"맞아요, 삼촌. 저희 지난번에 삼촌이 던지는 거 다 봤어요. 저도 나중에 삼촌처럼 대단한 야구선수가 될 거예요."

주원이 엄지손가락을 치켜올렸다.

"참, 삼촌이라고 불러도 되죠?"

난 주원에게 똑같이 엄지를 세워 보였다.

"그럼, 삼촌이라고 해도 되지. 내가 다음에 야구 알려줄게. 우리 같이 캐치볼이나 해보자."

"와, 진짜요? 삼촌?"

"그래, 캐치볼 정도는 얼마든지 가능하지."

나는 주원에게 웃어 보였다. 주원이 엄마를 보고 환하게 웃자 여자의 얼굴도 밝아졌다.

그때 뒤에서 매니저가 부르는 소리가 들렸다.

난 두 사람에게 손을 흔들었다.

"그럼 조심히 가고."

"네, 삼촌. 다음에 같이 꼭 캐치볼 해요."

주원에게 약속의 표시로 새끼손가락을 내보였다. 두 사람은 그물 앞에서 계속 손을 흔들었다. 기차를 타고 인천까지 갈 두 사람이 신경 쓰였지만, 나는 선수단 버스에 올라야 했다.

한동안 주원이와의 캐치볼 약속은 미뤄야 했다. 슈퍼스타즈의 부진 때문이었다. 춘천에서의 홈경기를 시작으로 팀은 바로 연패에 빠졌다. 첫 경기의 승리는 어느새 까마득한 옛날 일이 됐다. 이게 슈퍼스타즈의 역사라는 실감이 났다. 프로 원년의 압도적인 꼴찌 팀.

물론 나도 계속 등판했다. 하지만 승리와 상관없는 마구잡이 등판이었다. 이미 승부가 난 경기에서 공을 던지는 건 힘 빠지는 일이었다. 그나마 경기가 띄엄띄엄 있는 게 다행이었다.

그렇게 5월이 됐고, 도 회장은 승부수를 두었다.

*

"20승은 충분히 가능하고, 한 30승 정도도 올릴 수 있습니다."

방송에서 그는 이렇게 말했다. 그 장면을 우리 팀 라커 룸에 있는 조그만 브라운관을 통해서 다 같이 봤다. 그 말은 곧 비웃음을 샀다.

"일본에서 볼 장 다 봤으면서. 여긴 뭐 만만한 줄 아나?"

하지만 화면 속 그의 눈은 자신감이 넘쳐 보였다.

그렇게 일본 리그에서 뛰던 투수가 팀에 합류했다. 장일봉. 나에게도 익숙한 이름이었다. 프로 초창기에 대단한 이닝과 승수를 기록했던 전설적인 투수였다.

장일봉 영입은 도 회장의 야심작이었다. 도 회장이 직접 일본에 건너가 호크스 구단과 협상을 했고, 몇 번의 설득 끝에 장일봉 영입을 합의했다. 거액의 트레이드 머니가 오갔다는 소문도 있었고, 이제 막 시작된 한국프로야구를 살려달라는 읍소가 먹혔다는 소문도 있었다. 그리고 도 회장이 장일봉에게 30승을 올리면 억대의 보너스를 주기로 약속했다는 루머도 돌았다. 다른 선수들은 말도 안 된다며 비웃었지만, 난 그 말을 믿었다. 나도 그런 약속을 받았으니까.

장일봉은 오자마자 바로 팀에 합류했다. 그리고 다음 경기에 선발로 등판했다.

이날 서울에서 열린 장일봉의 데뷔전은 강렬했다. 상대는 리그 1위를 질주 중이던 베어스. 베어스는 박철순을 비롯한 투수들의 역투와 김우철, 윤동준과 같은 베테랑 타자들의 활약으로 선두를 달리고 있었다. 1루에서 다리를 쫙 찢으며 공을 잡아서 '학다리'로 불리는 신경천의 활약도 돋보였다.

경기 전 야외에서 러닝을 하다가 베어스 점퍼를 입은 박철순과 잠깐 마주쳤다. 이십대인 박철순은 야구 모자 아래로 긴 머리를 휘날리며 뛰고 있었다. 그리고 철망 너머에서 기다리던 팬들에게 일일이 사인을 해줬다.

"슈퍼스타 납셨네."

참새가 이죽거렸지만, 난 박철순의 모습을 멀리서 바라보며 경외심 비슷한 감정을 느꼈다. 프로야구의 전설을 영접하는 기분이었다.

장일봉은 등판을 하기 전에 벤치 한 구석에서 사포 같은 걸로 스파이크 날을 갈았다. 스파이크 날이 시퍼런 빛을 내면서 바짝 설 정도였다.

장일봉의 모습을 멍하니 쳐다봤다. 이쪽에도 전설이 있었다. 눈앞에 있는 장일봉은 뭔가에 찔린 사람처럼 인상을 잔뜩 쓴 채로 스파이크를 쏘아봤다. 사진으로 보던 그대로였다. 프로 초창기에 어마어마한 성적을 올리며 약팀이던 슈퍼스타즈를 상위권으로 끌어올렸던 그 시절의 레전드는, 내가 알던 것보다 조금 더 젊어 보였다.

사인이라도 받고 싶었다. 사인을 받아서 루돌프 형에게 보여주면 어떨까 상상했다. 루돌프 형은 술에 취하면 항상 말하곤 했다. 박철순도 정말 대단했지만, 프로야구 최초의 에이스는 바로 저 장일봉이라고.

내 시선을 느꼈는지 장일봉이 내 쪽을 흘끔 쳐다봤다. 시선이 마주치자 입술을 일그러뜨리더니 "뭘 봐, 애송이?"라고 쏘아붙였다. 그리고 그대로 자리에서 일어서서 돌아섰다.

멍하니 서 있었다. 애송이? 나를 보고 한 말인가? 야구의 전설에게서 직접 비아냥거리는 소리를 들었지만, 하도 현실감이 없어서 기분이 나쁘진 않았다.

역시 소문대로 친절한 성격은 아닌 것 같았다. 루돌프 형에게서 들은 기억이 났다. 거의 혼자서 던지고, 혼자서 야구했다고. 그래서 더 멋있다고.

그리고 그날 경기가 시작되자, 바로 장일봉은 일을 저질렀다. 장일봉이 베이스의 1번 타자 머리쪽으로 공을 날려버린 것이다. 간신히 공을 피한 타자는 어이없다는 듯 투수를 쏘아봤다. 장일봉은 손을 들어서 씨익 웃음을 지었다—나중에 언론에선 그 미소를 너구리 미소라고 불렀다. 일부러 타자의 머리쪽을 노려서 공을 던진 뒤 짓는, 그런 미소라며. 타자는 빈정상한 얼굴로 입으로 혼잣말을 중얼거리면서 다시 타석에 섰다. 하지만 겁을 먹었는지 이전보다 홈플레이트에서 반 발 정도 떨어져서 섰다. 결국 바깥쪽 공을 밀어 쳤고, 그 공은 힘없는 땅볼이 됐다.

다음 타자는 공 세 개로 삼진을 잡았다. 장일봉은 비록 일본에선 한물간 투수일지 몰라도, 여기선 충분히 통할 만한 공을 보여줬다. 일단 속구의 구위 자체가 달랐다. 더 빨라 보였고, 공끝에 힘이 실려 있었다. 뒤에서 봐도 공이 살아서 꽂히는 느낌이 들었다. 여기에 변화구가 상당히 다양했다. 특히 박철순의 팜볼에 뒤지지 않을 만한 몸쪽으로 휘는 변화구—나중에 언론에선 장일봉의 너구리 스크류볼이라고 별명을 붙여줬다—를 던졌다.

그리고 이어서 등장한 3번 타자. 그 바로 뒤엔 최근 타격감이 뜨거운 베이스의 4번 타자 김우철이 버티고 있었다.

타자는 장일봉의 공 두 개를 커트했다. 그러자 장일봉은 글러브로 입을 가리더니 씨익 웃음을 지었다. 분명 내 눈으로 봤다. 글러브 뒤에서 너구리 미소를 짓는 그의 얼굴이 또렷하게 보였다. 설마, 싶었다. 그런데…….

장일봉이 던진 다음 공은 타자를 박살 낼 듯이 몸쪽으로 날아가 타자의 허리를 맞혔다. 공에 맞은 타자는 한참 동안 자리에 주저앉아서 일어나질 못했다. 아직 빈볼이라는 개념에 익숙하지 않던 관중들도 당황한 듯 보였다. 그리고 처음에 무슨 일이 일이 났는지 어리둥절해하던 베어스 벤치가 웅성거리기 시작했고, 서서히 선수들이 그라운드로 나왔다. 가장 먼저 나온 선수는 베어스의 주장 윤동준이었다. 그 뒤를 김우철이 따랐다. 박철순을 비롯한 투수조도 뒤쪽에 붙어서 나왔다.

"당장 투수 같지도 않은 새끼 끌어내!"

성난 베어스 팬들이 그물망에 올라타면서 소리를 질렀다.

"뭐 하냐? 너희도 얼른 나가!"

우 감독이 선수들에게 버럭 소리를 질렀다.

그 소리를 신호로 우리 쪽에서도 주춤주춤 더그아웃을 벗어나 그라운드로 걸어 나갔다. 그렇게 양쪽 벤치가 비었다. 프로야구 첫 벤치클리어링이었다.

하지만 아직 벤치클리어링이라는 용어도 없던 시절이었다. 선수들은 주머니에 손을 집어넣거나 머리를 긁적이면서 그라운드로 어슬렁어슬렁 걸어갔다. 그리고 베어스 선수들을 만나서 잡담을 나눴다.

"야, 좀 살살하지 그랬냐?"

"그러게, 좀 봐줘. 일본에서 넘어오느라 아직 시차 적응이 안

됐나 봐."

"오늘 끝나고 호프나 한잔 쏴."

이런 시시한 대화가 오갔다.

그 뒤로 박철순이 보였다. 박철순도 오랜만에 만난 슈퍼스타즈 투수들과 잡담을 나누고 있었다.

그때 갑자기 마운드 주변이 시끄러워지며 욕설이 들렸다.

"야, 지금 뭐라고 했어?"

베어스 유니폼을 입은 선수들이 마운드를 둘러싸면서 험악한 분위기를 만들고 있었다.

"못 들었어? 다시 말해주랴? 공에 맞았으면 얌전히 1루로 나가라고 했다. 어차피 못 칠 거 요란하게 폼 잡지 말고."

장일봉이 실실 웃으며 말했다.

"이 자식이!"

베어스 유니폼을 입은 선수가 장일봉의 멱살을 잡으려 했다. 순간 장일봉이 그 손을 툭 치더니 그대로 얼굴에 주먹을 날렸다. 주먹은 상대 선수의 턱을 가격했다. 맞은 선수의 몸이 휘청일 정도였다.

순간 그라운드에 정적이 감돌았다. 모든 선수들이 지금 일어난 일을 이해할 수 없다는 듯 서 있었다.

"심판 뭐 하는 거야? 저딴 새끼 퇴장 안 시키고!"

베어스 감독이 벤치를 박차고 튀어나오면서 소리를 질렀다.

"새끼? 너 지금 우리 선수보고 새끼라고 했냐? 어?"

우 감독도 벤치를 박차고 튀어나왔다. 그리고 일본말을 섞어서 욕설을 내뱉었다.

순간 그라운드에 있던 선수들이 반으로 갈라졌다. 양 팀 감독은 코치들을 데리고 그라운드 중앙으로 향했다. 충돌하기 전 일촉즉발의 상황이었다.

뒤늦게 심판이 그라운드로 뛰어들어 왔다. 그리고 양 팀 감독을 말렸다. 심판들은 홈플레이트 뒤에 모여서 잠시 토론을 했다. 프로야구 최초의 벤치클리어링을 어떻게 처분할지 고민하는 것 같았다.

잠시 후 이날의 주심이 손을 높이 치켜들면서 외쳤다.

"투수 장일봉과 여기에 맞선 베어스 타자들 전부 퇴장!"

베어스 선수들이 뒤늦게 반발했다. 특히 베어스 감독은 심판을 한 대 칠 기세로 달려들었다.

"아니, 우리 선수들이 뭘 잘못했다고? 일부러 사람 맞힌 놈이 문제 아냐? 어? 당신이 심판이야?"

베어스 감독은 검지를 세워서 불룩 튀어나온 심판의 옆구리 살을 쿡쿡 찌르며 항의했다. 결국 심판도 감정이 상한 듯 얼굴을 붉히더니 베어스 벤치 쪽을 가리키며 소리쳤다.

"베어스 감독, 퇴장!"

순간 베어스 감독이 미친 곰처럼 심판에게 달려들었다. 뒤에서 코치들이 간신히 말려야 했다.

관중석도 달아올랐다. 신문지 뭉치를 시작으로 소주병까지 날아들었다.

"심판은 눈을 똑바로 뜨고 봐라."

"저 투수 놈은 영원히 추방시켜버려!"

"심판, 돈이라도 받아 처먹었냐?"

베어스 쪽 관중들이 야유를 보냈다. 뒤늦게 우리 팀 응원석에서도 야유가 쏟아졌다. 현대 야구에선 볼 수 없는 야성적인 장면이었다.

막상 그 사태를 일으킨 장일봉은 가장 먼저 벤치에 들어와서 수건을 뒤집어쓴 채 다리를 꼬고 앉았다. 그리고 난 들었다. 그가 특유의 미소를 지으며 내뱉은 말을.

"촌스러운 놈들. 흥분해 봤자 지들 손해지."

그리고 잠시 후 우 감독이 장일봉에게 다가와 어깨를 두드리더니 시원한 음료수를 건넸다. 칭찬을 하는 것처럼.

그렇게 우리나라 프로야구의 역사적인 첫 벤치클리어링이 마무리됐다. 우리 팀은 선발투수 장일봉 한 명이 빠졌지만, 상대 팀은 타자들 셋에 감독까지 퇴장을 당했다.

이후 경기의 흐름은 우리 쪽으로 넘어왔다. 흥분한 베어스 타자들은 잔뜩 힘이 들어간 채로 방망이를 휘둘렀다.

우리 팀은 5점을 올렸고, 5회에 내가 마운드에 올랐다. 이날 베어스 타자들은 확실히 급해 보였다. 잔뜩 약이 오른 벌들처럼 공을 보고 달려들었다. 덕분에 난 힘을 빼고 편하게 던졌다. 파울이 날 만한 코스로 넣으면 타자들은 그 공을 쉽게 건드렸다. 그리고 아웃카운트가 차곡차곡 쌓였다.

그렇게 우리는 일방적으로 승리를 거뒀다. 그리고 나도 오랜만에 2승째를 올렸다.

이날 경기는 한동안 화제를 모았다. 몸쪽 공을 던진 후 씨익 웃는 장일봉의 얼굴이 신문에 실렸고, 뉴스에도 나왔다. 지나친 승부욕이 프로답지 않았고, 시민들의 눈살을 찌푸리게 만들었다는 논조였다.

우용일 감독은 다음 날 서울 경찰서로 호출되었다. 지나친 승부욕으로 인해 미풍양속을 해쳤다는 이유였다. 고작 야구 때문에 경찰서까지 끌려간다는 게 웃겼지만, 다행히 감독은 그날 밤에 풀려났다.

그리고 장일봉의 입지는 더욱 탄탄해졌다. 감독과 투수코치는 장일봉의 투구를 투혼으로 봤다. 도 회장도 장일봉을 따로 불러서 격려를 했다는 소문이 돌았다.

이후 우리 팀은 상승세를 탔다. 다섯 경기 출장정지를 당했던 장일봉은 다음 복귀전에서 바로 완봉승을 기록했다. 그리고 그다음 경기에선 완투승을 올렸다. 대단한 페이스였다.

나도 힘을 보탰다. 여기에 임호준까지 가세하면서 우리 팀은 단숨에 리그에서 가장 강한 투수진을 보유한 팀이 됐다.

우용일 감독의 역량도 빛났다. 매 경기 노란 장갑을 낀 채로 벤치를 지키던 감독의 명성은 그냥 만들어진 게 아니었다.

당시 프로야구는 매일 열리지 않았고, 중간중간 쉬는 날이 많았다. 감독은 이 점을 이용했다. 이길 것 같은 경기에선 장일봉과 나, 임호준을 모두 투입해서 경기를 잡았다. 덕분에 우리 팀 투수들은 돌아가면서 승을 따냈다.

그리고 타선도 살아나기 시작했다. 우 감독은 빈약한 중심 타선을 대신해서 테이블세터를 다듬었다.

우리 팀에는 원래 유격수를 보는 이용식이 있었다. 타격은 좀 약했지만 발이 아주 빨랐고, 공을 잘 봐서 주로 1번 타자로 출전했다. 여기에 도 회장이 5월 중순 중견수를 보는 또 다른 이용식을 데려왔다. 원래 인천 소재의 대학에서 야구를 하던 선수였는데, 도 회장의 설득에 대학 자퇴를 하고, 바로 프로로 입단했다. 두 명의 이용식은 모두 키는 작았지만 발이 아주 빨랐다. 그리고 공을 잘 봤다. 나이가 많은 유격수 이용식은 큰 이용식, 어린 중견수 이용식은 작은 이용식으로 불렸다. 그리고 나중엔 아예 대大식이, 소小식이라고 불렸다.

그리고 감독은 이 둘을 1번과 2번 타순에 기용했다. 두 용식이들은 컨디션에 따라 1번 타자와 2번 타자 자리를 왔다 갔다 했다. 당시 2번 타순은 대체로 번트를 대는 자리였다. 그리고 타점은 4번 타자에게 집중됐다.

하지만 우 감독은 테이블세터에 출루가 좋은 선수들을 배치했고, 이어지는 3번 타자에 팀에서 타격감이 가장 좋은 타자들을 번갈아 가면서 넣었다. 덕분에 여섯 개 구단 중 가장 타격이 떨어지던 우리 팀도 득점 공식이 생겼다. 1번과 2번이 출루한 뒤, 빠른 발로 상대 베이스를 흔들면, 이어지는 타자가 득점을 올리는 식이었다. 그리고 이어서 우리 팀의 투수들이 그 점수를 끝까지 지켰다. 다른 팀이 많은 배팅으로 점수를 냈다면, 우린 이미 벤치에 의한 작전야구를 펼친 셈이다.

그렇게 5월을 마무리했고, 우린 4월과 전혀 다른 팀이 되어 있었다. 팀 승률은 거의 5할에 육박했고, 나도 6승을 올렸다. 대체로 구원승이었지만 기분은 좋았다.

처음에 애송이라면서 날 무시하던 장일봉도 서서히 나를 인정하기 시작했다. 아마 내가 타자의 몸쪽으로 공을 꽂아 넣는 걸 본 이후부터였던 것 같았다. 당시 드래곤스와의 경기에서 나는 구원 등판을 하자마자 좌타자의 배쪽으로 공을 꽂아 넣었다. 타자는 감전을 당한 것처럼 흠칫 놀라더니 곧 나를 향해 성큼성큼 걸어왔다. 나도 걸어갔다. 나보다 나이는 많아 보였지만, 그라운드에서 나이는 상관없었다. 그렇게 우리 팀의 두 번째 벤치클리어링을 내가 이끌었다. 이날 벤치클리어링은 적당히 끝났지만, 이후 나를 보는 장일봉의 시선이 바뀐 게 느껴졌다.

그렇게 우리 둘 모두 구단주가 약속한 억대의 보너스를 향해 한 발씩 걸어갔다.

*

6월에도 슈퍼스타즈의 상승세는 그대로 이어졌다. 날씨가 더워질수록 상대 팀의 투수들은 지친 기색이 역력했다. 하지만 나와 장일봉이 버티는 우리 팀의 마운드는 상대적으로 굳건했다. 나중엔 우리 둘이 거의 대부분의 이닝을 나눠서 먹었다. 1승, 1승, 승을 따냈고 패는 기록하지 않았다. 장일봉이 2패를 당한 데에 비해서 운이 좋았다. 그렇게 연승으로 10승을 올렸다.

언론에서 내 별명도 만들었다. 핵잠수함. 당시 사회면엔 남미에서 영국과 벌어진 포클랜드전쟁에 대한 소식으로 가득했다. 그리고 거기에 핵잠수함이 있을지도 모른다는 으스스한 분석이 나왔다.

내 별명도 거기서 따왔다. 당시 사람들에겐 좀 섬뜩한 별명이었지만, 그만큼 내 실력을 인정받았다는 생각이 들어서 기분은 좋았다. 처음엔 핵잠수함이라고 불리다가 누군가 중계에서 나를 '써마린submarine'이라고 불렀고, 이후 사람들은 모두 '써마린'이라고 불렀다. 특히 어린이들이 좋아했다. 어린이들은 내가 나타나면 "써마린, 써마린"이라고 외치면서 따라다녔다.

원정경기는 그 자체로 흥미로웠다. 그 시절의 야구장을 찾는 재미도 있었고, 경기를 마치고 그 지역에서 선수들과 어울리는 재미도 있었다. 대체로 참새를 비롯한 투수들과 어울렸

156

다. 나는 술을 자제했다. 아직 술을 마시긴 좀 그랬다. 술 때문에 여기까지 왔으니까 당분간 자제하기로 했다. 대신 오렌지주스를 마셨다. 이때의 오렌지주스는 단 맛이 덜했고, 더 시큼했다. 설탕을 빼고 진짜 오렌지를 갈아서 만든 것 같았다. 그리고 아주 비쌌다. 수입 과일이기 때문인 것 같았다.

또래들과 어울려서 맛집을 갔다가 나중엔 나이트클럽으로 향했다. 그곳에선 야구선수라는 자체로 꽤 인기를 끌었다. 클럽에서 그 시절 인기를 끄는 팝 음악이 나왔다. 후렴에 '섹시 뮤직'이라는 부분이 나오면 모두들 합창을 했다. 노래의 인기 덕분에 섹시하다는 말이 유행이었다. 특히 참새가 작업 멘트로 자주 써먹었다. 참새는 여자들에게 접근한 뒤 "섹시하십니다"라고 속삭였다.

찐은 우리와 함께하지 않았다. 대체로 방에 처박혀서 뭔가를 읽는 것 같았다. 정말 야구 박사 같은 모습이었다.

가끔 지방으로 이동을 하다가 버스가 멈추는 경우도 있었다. 엔진이 과열되거나 하는 이유였다. 선수들은 볼멘소리를 냈지만, 나는 오히려 좋았다. 버스에서 내려 아직 오염되지 않은 공기를 마시며 경치를 감상했다. 찐이나 참새와 캐치볼을 하면서 주변을 구경하기도 했다. 전망대 같은 데서 멈추면 자판기 커피를 뽑아 먹는 재미도 있었다. 평소에 안 먹던 믹스커피 맛도 제대로 느낄 수 있었다.

하루는 버스를 타고 이동하다가 버스가 어떤 들판에 정차했다. 버스에서 몸을 구기고 있던 선수들이 느리게 기지개를 켜면서 밖으로 나갔다. 버스를 수리하는 데 두세 시간은 걸린다고 했다. 누군가 글러브를 챙겨 왔는지 몇 명이 캐치볼을 하기 시작했다.

캐치볼을 하는 저쪽 편에서 선수들 몇 명이 무언가에 대해서 토론하고 있었다. 타자조에 속한 선수들이었다.

"왜들 저래?"

내가 참새에게 물었다.

"몰라. 쟤네들이랑은 어울리지 마. 빨갱이 같은 놈들이니까."

참새가 입술을 찌그러뜨리며 중얼거렸다.

그때 거기에 있던 무리 중 한 명이 이쪽으로 성큼 걸어왔다. 기름 바른 머리를 한쪽으로 붙인 코가 납작한 외야수였다. 참새는 신음 소리를 내면서 바닥에 침을 뱉더니 자리를 피했다.

"이봐, 쿠. 넌 우리가 받는 월급에 대해서 어떻게 생각해?"

"글쎄, 난 뭐 별로."

코가 납작한 외야수가 갑자기 목에 핏대를 세우며 소리쳤다.

"그 개자식들이 우릴 착취하고 있다고."

"착취? 누가?"

내가 물었다.

"누구긴. 작은 악마와 그 잔당들이지."

외야수는 바닥에 가래침을 한 번 뱉더니 나에게 속삭였다.

"이번에 우린 파업을 할 거야. 어때, 쿠? 같이 안 할래?"

난 어깨를 으쓱했다.

"잘 모르겠는데."

그때 쩐이 다가왔다.

"이봐, 쿠. 우리 저쪽에 가서 캐치볼이나 하자고. 버스가 출발하기 전에 어깨를 풀어놔야지."

쩐을 따라 걸었다. 쩐이 돌아보며 말했다.

"쿠, 저런 애들하고 어울리면 안 돼. 아무리 작은 악마한테 열받아도 물면 안 된다고. 주인을 문 개는 바로 이렇게 되니까."

쩐이 손으로 목을 긋는 시늉을 했다.

*

장일봉은 마운드에서 미친 사람처럼 공을 던져댔다. 아무리 당시 시대상을 반영한다고 해도, 정말 거의 매 경기에 나왔다. 그것도 자기가 자원해서 나섰다.

타자를 상대하는 요령도 좋았다. 미리 상대 타자의 성향을 분석해서 거기에 맞는 공으로 살살 꼬셔내는 투구였다. 그렇게 힘을 빼면서 '너구리'처럼 던지다가, 위기 상황이 오면 갑자기 구속을 끌어 올렸다. 굶주린 사람처럼 이닝을 먹어 치웠다.

리그 최고 페이스였다.

　나도 바로 옆에서 지켜보면서 많은 걸 배웠다. 타자 성향에 맞춰서 빠른 공보다 유인하는 공을 우선 던지기 시작했다. 팀에서 던질 투수가 워낙 부족한 상황이라 매 경기 전력투구를 하다간 어깨가 뽑혀버릴 것 같았다.

　장일봉은 자기가 등판한 경기에서 호수비를 하거나 홈런을 친 타자들에게 경기를 마친 뒤 따로 선물을 하기도 했다. 일본에서 가져왔다는 시계나 전자제품을 건넸다. 선물을 받은 선수들은 신기한 듯 입을 벌린 채 감탄했다. 그리고 그다음 경기에서 더 악착같이 뛰었다. 선수들과 특별히 친하게 지내진 않았지만, 덕분에 장일봉이 마운드에 있을 땐 동료들의 덕을 꽤 봤다.

　하지만 난 아무래도 이 시절의 구내식당과는 맞지 않았다. 머슴밥은 여전했다. 커다란 국그릇—거의 우동 그릇만큼 컸다—에 흰쌀밥을 가득 담아서 줬다. 내가 조금만 달라고 하면 바로 여사님에게 한소리를 들었다.

　"아니, 요즘 물가가 얼마나 비싼데. 비싼 밥 잔뜩 주면 고맙다고 할 일이지. 야구선수가 뭐 그렇게 입이 짧대?"

　반찬도 먹을 게 없었다. 특히 운동선수 관점에선 더욱 그랬다. 아주 짠 국물에 김치와 나물이 주된 반찬이었고, 단백질은 계란 정도가 다였다. 가끔 고기가 나오면 그날은 식당으로 아주 일찍 가야 했다. 다들 고기를 처음 보는 사람처럼 먹어 치웠으니까.

부산 경기 때는 이런 일도 있었다. 화장실에 갔다가 복도를 지나서 우리 더그아웃으로 향하던 때였다. 자이언츠 구단 점퍼를 입은 직원과 선수 한 명이 나누는 대화가 귀에 들어왔다.

"행님, 우리 부산을 대표하는 뭔가 생각나는 거 없습니까? 그냥 마, 관중석을 확 뽀사버릴 만한 뭐 그런 거 말입니다."

"안마, 그걸 왜 나한테 묻노? 그건 네 일 아이가?"

둘의 대화를 듣고 그대로 지나치려다가 발걸음을 멈췄다. 문득 내 머리에 뭔가 스쳐 지나갔다.

"저기, 제가 생각나는 게 하나 있는데요."

둘이 동시에 나를 쳐다봤다. 경계하는 눈빛이었다.

"와요? 뭐 부산에 대해 아는 거 있습니까?"

그중 한 명이 나를 위아래로 훑어보더니 비아냥거리는 투로 물었다.

"〈부산 갈매기〉, 그거 어떻습니까?"

내가 말했다.

"〈부산 갈매기〉요? 빠라바라바 빠라바라바, 이렇게 시작하는 노래?"

직원이 눈을 동그랗게 떴다.

"네, 그 노래요. 부산하면 그 노래죠."

두 사람은 잠시 서로 쳐다봤다. 그리고 〈부산 갈매기〉 멜로디를 흥얼거리기 시작했다.

"근데 노래가 좀 구슬프다 아입니까? 이별 노래 같은데."

선수가 고개를 갸웃거렸다. 난 어깨를 으쓱하고 미소를 지어 보였다. 그리고 더그아웃으로 발걸음을 옮겼다. 뒤에서 두 사람이 〈부산 갈매기〉를 흥얼거리는 소리가 들렸다.

바로 다음 날부터 부산 야구장 응원석에선 〈부산 갈매기〉가 흘러나왔다. 부산 팬들은 아직 그 노래가 낯선지 멍하니 있었다. 하지만 난 그 모습을 보면서 피식 웃음이 나왔다.

언젠가 저 노래가 이곳 부산 야구장을 가득 채울 날이 그려졌다. 그 장면을 떠올리면 꽤 짜릿했다. 미래를 아는 사람만 느낄 수 있는, 그런 감정이었다.

그다음 날, 일요일 점심에 부산의 원정 호텔 앞 식당에서 우리 슈퍼스타즈의 응원단을 마주쳤다. 참새와 함께 근처 유명한 복국집을 찾았는데, 거기에 응원단이 있었다.

"아이고, 이게 누구십니까? 우리 써마린, 쿠 선생님 아니십니까?"

응원단장이 먼저 손을 내밀었다. 야구장 밖에서 만난 응원단장은 사복 차림이었다. 흰색 셔츠의 깃을 바짝 세우고, 빳빳한 청바지를 입고 있었다. 그리고 아주 커다란 선글라스를 꼈다. 응원단장이 있던 테이블엔 치어리더들도 함께 있었다. 모두 티셔츠에 청바지 차림이었다. 그리고 야구장에서 볼 때보다 훨씬 어려 보였다. 갓 고등학교를 졸업한 것 같았다.

회의를 했는지 테이블엔 커다란 노트와 응원복을 만들 때 쓰는 것으로 보이는 천 조각이 널려 있었다. 그리고 빨간색 라벨이 붙은 소주병이 여러 병 놓여 있었다.

응원단장은 소주병을 보더니 머리를 긁적였다. 응원단장도 평소보다 훨씬 어려 보였다.

"저희끼리 이것저것 회의를 하다 보니까…….”

참새는 이미 치어리더들 옆에 자리를 깔고 앉아 있었다. 자연스럽게 합석을 하게 됐다.

"임만정입니다.”

응원단장이 명함을 내밀었다. 무진건설 명함이었다. 한자로 그의 이름 석 자가 적혀 있었다.

"무슨 회의 같은 거 하고 있었나 봐요?”

내가 물었다.

"네, 오늘 응원에 대해서 얘기하고 있었어요. 평일엔 다들 일하느라 시간이 없잖아요. 이렇게 모일 때 짬짬이 의견을 모아봐야죠.”

임만정 단장이 나에게 소주잔을 내밀었다. 그러더니 곧 자신의 이마를 치면서 말했다.

"아차, 두 분은 오늘 운동하셔야죠? 내 정신 좀 봐.”

그리고 다시 소주잔을 자기 앞으로 가져갔다.

다른 치어리더들도 우리에게 명함을 줬다. 모두 무진건설의 명함이었다. 난 명함들을 하나씩 관찰했다. 다양한 부서에서 온 직원들이었다. 임 단장의 부서는 영업 2팀이라고 적혀 있었다. 다들 일하는 틈틈이 응원단 일까지 맡은 모양이었다.

"일하면서 응원단까지 하면 힘들지 않으세요?"

"힘들죠, 당연히."

임 단장이 소주잔을 입에 털어 넣더니 내 물음에 답했다. 그리고 곧 미소를 지었다.

"근데 또 재밌어요. 사람들이 우릴 보면서 따라 하면. 그리고 요즘 우리 팀이 성적까지 좋으니까 너무 재밌어요. 안 그러냐?"

임 단장의 물음에 치어리더로 활동하는 직원들도 "네, 재밌어요!" 하고 대답했다.

점심값은 내가 냈다.

"아니, 저희가 더 많이 먹었는데."

임 단장이 곤란한 표정을 지으며 지갑을 꺼냈지만 애써 말렸다.

"응원하느라 힘드시잖아요. 점심값으로 나중에 아이스크림이라도 사 드세요."

난 재빨리 카운터에 만 원짜리 지폐를 내밀었다. 임만정 단장과 다른 직원들이 잘 먹었다면서 인사를 했다. 사실 내가 더 고마웠다. 응원을 하기엔 너무 더운 날이었다. 이런 날 자신들의 소중한 주말까지 반납하고 응원하는 그들이 자랑스러웠다.

"야, 애송이. 너 이런 거 먹어봤어? 얼른 먹어봐."

장일봉이 접시에 놓인 산낙지를 가리키며 말했다. 접시에선 참기름을 뒤집어쓴 채 숭덩숭덩 잘린 산낙지들이 꿈틀거리고 있었다. 그 주변을 육회가 감싸고 있었다.

"이건 이렇게 터뜨리는 거야."

장일봉이 가운데 있는 노른자를 젓가락으로 툭 찌르면서 말했다. 곧 노른자가 낙지를 뒤덮었다.

"주량은 얼마나 돼?"

장일봉이 소주병을 내밀며 물었다.

"뭐, 꽤 마십니다."

소주잔이 채워지는 걸 내려다보며 내가 말했다. 최근 술을 마신 지 오래됐지만, 오랜만에 잔이 채워지는 걸 보니 목이 말랐다.

"그래? 마냥 애송이는 아니군."

장일봉은 기분 좋다는 듯 웃었다.

둘이 그대로 잔을 들어서 입에 털어 넣었다. 20도가 넘는 이 시대의 독한 소주가 식도를 지나서 내려갔다. 크으, 하는 소리가 저절로 나왔다. 장일봉이 대견하다는 듯 미소를 지으며 쳐다봤다. 그리고 나무젓가락으로 육회와 산낙지를 한 움큼 집어서 내밀었다.

"자, 여기 안주."

장일봉이 내민 안주를 받아먹었다. 산낙지가 바둥거리면서 입천장에 달라붙었다. 아주 신선한 것 같았다. 그리고 고소했다. 어쩌면 아직 오염되지 않은 이 시대의 바다 덕분일지도 몰랐다.

이날 광주 경기를 마치고 장일봉이 한잔하자고 제안했다. 6월의 마지막 날이었다. 이날 우리 팀은 타이거즈를 격파하고 연승 가도를 달리고 있었다.

장일봉은 자신이 아는 집이 있다면서 광주 시내의 어떤 허름한 대폿집으로 데려갔다. 나무들이 삐걱거리는 유리문에 "낙지탕탕이 전문"이라는 글씨가 빨간색 페인트로 휘갈겨 있었다. 그 위 "목포 식당. 안주 일체. 산낙지 전문"이라고 쓴 글씨도 보였다.

마구잡이로 수염을 기른 주인은 장일봉과 잘 아는 사이인 듯 반갑게 인사를 했다.

"야, 장일뽕이. 일본에서 죽지도 않고 살아서 돌아왔네."

"뭐야, 형은. 손님들한테 얼마나 구라를 쳤길래 이렇게 식당이 커졌어?"

식당은 지역에서 소문난 맛집인 듯 손님들로 가득했다. 지역 손님들이 대부분이라 그런지 지역 사투리가 들렸다. 그중 일부는 우리를 알아본 것처럼 우리 쪽을 흘끔거렸다. 타이거즈를 큰 점수 차로 이긴 터라 시비를 걸면 어쩌나 싶어 긴장이 됐다.

장일봉은 예상대로 술이 아주 셌다. 그리고 마시는 페이스가 무척 빨랐다. 술이 식도를 지나서 내려가기도 전에 잔을 내밀더니 다음 잔을 꺾었다.

나에게도 오랜만에 마시는 술이 달았다. 그렇게 둘이 30분도 지나지 않아서 소주 네 병을 깠다.

"좋아, 아주 좋아."

장일봉은 내가 술을 마시는 걸 보고 기분이 좋은 듯 중얼거렸다. 나에 대해서 뭔가 물어볼 것 같아, 미리 생각도 해놨다. 하지만 장일봉은 소주만 들이켰다. 그리고 "좋아, 아주 좋아"라는 말만 되뇌었다.

"야, 너 이제부터 형이라고 해라. 알겠지?"

장일봉이 갑자기 고개를 들더니 말했다. 말을 마치자 입에서 주룩 침이 흘러 내렸다. 이미 꽤 취한 것 같았다.

나는 잠깐 생각을 하다가 말했다.

"그냥 선배, 선배라고 할게요. 그게 편해요."

장일봉은 입으로 선배, 라고 몇 번 중얼거리더니 씨익 너구리 미소를 지었다.

"그래, 인마. 그럼 너 편한 대로 해라. 형이든, 선배든."

그리고 한 잔 더 털어 넣었다.

"그런데 넌 보너스 자신 있냐?"

장일봉, 아니 장 선배가 낙지를 집으며 물었다.

"보너스요?"

"그래, 보너스. 내가 모를 줄 알았냐? 너한테도 약속했지? 20승이야, 아니면 30승이야?"

그 말에 어떻게 대답할지 고민했다. 보너스의 존재를 말해도 될지 확신이 서지 않았다. 장 선배는 손가락질을 하면서 쯧쯧 소리를 냈다.

"야, 야구선수가 야구로 보너스를 타겠다는데 뭐가 어때서 그래? 무슨 장영자처럼 사기 쳐서 돈 벌자는 것도 아니잖아?"

나는 어색하게 웃어 보였다. 장 선배가 계속 말했다.

"어쨌거나 난 반드시 보너스를 받을 거야. 그리고 이놈의 야구도 때려 칠 거야. 내가 언제까지 야구공을 던질 수 있겠어? 물 들어올 때 확 당겨야지. 그리고 그 돈으로 하와이에 땅 사고 거기서 살 거야. 일본 사람들은 죄다 돈 벌면 하와이로 가. 거기선 여자들이 전부 비키니를 입고 산다고."

장 선배는 먼 곳을 보면서 흐뭇하게 웃었다. 그리고 꿀꺽 소주를 삼키더니 입술을 오물거렸다.

그리고 잠시 뒤에 일행이 합류했다.

"어이, 너구리. 아따 여기 허여멀건 달나라 투수 놈하고 대체 얼마나 마신겨?"

타격코치 강승필과 작은 이용식, 소식이었다. 소식이는 코치 뒤에서 멋쩍은 듯 머리를 긁적였다.

"아, 형. 간단히 한잔하고 있었어. 여기 앉아."

장 선배가 주인을 불렀다.

"형, 여기 탕탕이 한 접시 추가해주고, 국물 좀 있으면 아끼지 말고 가져와봐."

강 코치는 앉자마자 글라스에 소주를 가득 따랐다. 그리고 그대로 원샷을 하더니 크으, 좋다, 하고 추임새를 넣었다.

"그래서 시방 얼마나 마셨냐?"

강 코치가 장 선배의 젓가락으로 김치를 하나 집더니 입에 쭉 찢어 넣으며 물었다.

"아이, 글쎄. 얼마 안 마셨다니까."

그리고 소식이를 가리켰다.

"이 쪼그만 애송이는 왜 데리고 오셨어?"

"야, 요즘 우리 팀 점수는 얘가 다 내잖아. 안 그냐? 네가 시방, 달나라 놈 데리고 온다길래 나도 데리고 와부렸지."

강 코치와 장 선배는 꽤 친한 사이인 듯 했다. 강 코치와 가까이에서 얘기를 하는 건 처음이었다. 멀리서 봤을 땐 항상 선수들에게 윽박이나 지르는 꼰대 같은 코치라고 생각했다. 하지만 바로 옆에서 보니 선수와 격의 없이 지내는 성격인 것 같았다. 그리고 이 지역 사투리가 아주 심했다.

"여하튼 니도 쎄빠지게 던진다고 아주 고생이 많다잉. 자, 한 잔 받아서 쭉 들이켜보라고."

강 코치가 글라스에 소주를 가득 따라 내게 내밀었다. 양이 많아서 부담스러웠지만, 그대로 목구멍으로 넘겼다. 강 코치는 추임새를 넣으며 내가 마시는 걸 지켜보더니 박수를 쳤다.

"아따. 인마, 완전 사나이네, 사나이야."

그렇게 넷이 본격적으로 소주를 들이부었다. 듣고 보니 장일봉 선배와 강승필 코치는 예전에 실업팀에서 함께 야구를 했던 사이라고 했다.

"그땐 이 녀석 공이 더 대단했지. 최동훈 저리 가라였다니께."

강 코치의 말에 장 선배가 손을 휘저었다.

"아이고, 형. 무슨 말씀을. 지금은 변화구로 먹고 삽니다. 공이 포수한테 간신히 날아가요."

나중엔 대폿집 사장까지 자리를 잡고 앉았다. 사장도 야구를 했던 야구계 선배라고 했다. 낙지탕탕이에 이어서 연포탕과 묵은지찜까지 나오더니, 마지막엔 계란프라이를 쌓아놓고 안주 삼아 마셨다.

다들 주량이 대단했다. 장 선배와 강 코치 그리고 가게 주인까지 한이 맺힌 것처럼 술을 들이부었다. 소식이도 옆에서 조용히 잔을 비웠다. 녀석도 술이 꽤 센 것 같았다. 테이블에 소주병이 쌓여갔다. 나중엔 테이블이 좁아서 바닥에 세워놓을 정도였다. 장 선배와 강 코치는 술을 마시다가 더웠는지 아예 입고 있던 셔츠를 벗고, 소위 '난닝구'라고 부르는 메리야스 차림으로 술을 마셨다.

나도 꽤 마셨다. 오랜만에 술을 마셔서 그런지 마실수록 정신이 더 또렷해졌다. 한편으론 1982년 광주의 대폿집에서, 야구의 전설과 술을 마신다는 게 실감이 나지 않았다. 처음엔 독하게 느껴졌던 소주가 나중엔 물처럼 술술 넘어갔다.

다음 날 타이거즈와 경기가 있었지만 그대로 한참 술을 마셨다. 나중엔 아예 가게 문을 잠그고 쏟아부었다. 나도 점점 정신줄을 놓게 됐다. 그리고 말이 많아졌다. 이런저런 소릴 떠들면서 낄낄 웃었다. 기분이 좋았다. 마지막엔 다 같이 택시를 타고 어딘가로 가서 또 마셔댔다. 그즈음 기억이 차츰 끊겼다. 다음 날 눈을 떴을 땐 이미 해가 중천에 걸려 있었다.

그 상태로 야구장으로 갔다. 술 냄새가 풀풀 풍길 것 같아서 최대한 말을 안 하고 구석에서 훈련을 했다. 가끔 토기가 올라와 화장실을 찾았다. 그리고 더러운 변기를 붙잡고 오바이트를 했다.

쩐과 참새는 내가 술을 마신 걸 기가 막히게 알아차렸다. 쩐이 한심하다는 듯 날 쳐다보며 말했다.

"야, 너 대체 몇 시까지 마셨냐? 네가 무슨 장일봉이냐?"

난 어깨를 으쓱했다. 그리고 시선을 피했다. 밤새도록 술을 마셨다는 게 부끄럽기도 했다.

그리고 이날 선발에 이어서 다시 장일봉 선배가 등판했다. 장 선배는 새벽까지 술 마신 사람답지 않게 강한 공을 던졌다. 그리고 이날도 타자 한 명을 맞혀서 내보냈다. 타자는 투수 마운드를 한참 쏘아보다가 1루로 걸어갔다.

우리 팀이 3점을 낸 다음엔 내 차례였다. 난 술 냄새를 풀풀 풍기며 마운드로 걸어갔다. 장 선배가 마운드를 내려가면서 내 어깨를 툭 쳤다. 난 고개를 끄덕였다. 마운드에 서서 호흡을 가다듬었다. 아직 술이 깨지 않아서 좀 어지러웠다. 잠깐 눈을 감았다가 뜨고 연습 투구를 몇 개 가져갔다. 숙취 때문인지 평소보다 회전이 더 잘 먹는 느낌이었다.

그리고 그대로 9회까지 마운드를 지켰다. 내 공은 평소보다 더 휘어져 들어갔다. 이게 다 전날 마신 소주 덕분이라고 생각하니 한편으론 기가 찼지만, 그래도 기분은 좋았다.

이날의 승리투수는 장일봉 선배였다. 그리고 난 경기를 끝까지 막아서 세이브포인트를 하나 기록했다. 이곳에 온 뒤 처음으로 올린 세이브포인트 기록이었다.

*

원정경기를 마치고 오랜만에 인천으로 돌아왔다. 자취방은 그대로였다. 엄마를 닮은 주인 여자도 그대로였고.

주인은 아무리 봐도 우리 엄마를 닮았다. 말투도 똑같았고, 코 옆의 커다란 점도 그랬다. 대신 아주 젊었다. 기껏해야 서른 중반 정도 돼 보였다. 아빠는 보이지 않았다. 아직 아빠를 만나기 전인지도 몰랐다.

하지만 엄마가 결혼을 한 건 이십대였다. 항상 말씀하시길,

네 아빠를 잘못 만나서 청춘을 낭비했다고……. 그렇다면 여기에 있는 주인은 우리 엄마와 다른 사람이기도 했다.

갑자기 예전에 봤던 영화가 떠올랐다. 만약 아빠를 만나지 못하면 내 존재는 어떻게 되는 걸까? 갑자기 흐려지다가 사라지는 건 아닐까?

하지만 다행히 난 아직 흐려지지도 않았고 의식을 잃고 쓰러지지도 않았다. 단지 혼란스러울 뿐이었고, 어쩌다 지독한 두통에 시달릴 뿐이었다.

그렇지만 주인 여자가 차려주는 음식 맛은 정말 우리 엄마가 차려주던 그 맛 그대로였다. 내가 좋아하는 메뉴까지 잘 알고 있었다. 꽃게를 넣은 된장찌개, 계란을 얹은 순두부찌개 그리고 애호박전까지.

"야구선수니까 많이 드세요."

엄마를 닮은 주인은 이렇게 말하면서 밥을 가득 채워줬다. 여기도 머슴밥이었다. 고등학생 때 우리 엄마가 그랬듯.

그날은 야구 경기가 없어서 연습만 하고 좀 일찍 돌아왔다. 원래는 집에서 저녁을 먹고 쉬려고 했다. 자취방 앞에 있는 구멍가게를 지나서 집으로 향하던 그때, 어떤 아이가 소리쳤다.

"야구 삼촌!"

주원이었다. 주원은 야구공을 들고 골목길에서 벽을 상대로 캐치볼을 하고 있었다.

"여기서 뭐 해?"

"엄마 기다려요. 곧 엄마 올 때 됐거든요."

"그럼 삼촌하고 같이 기다리면서 캐치볼이나 할까?"

내 말에 주원의 눈이 커졌다.

"우와, 진짜요? 프로선수님하고 캐치볼을요?"

주원이 귀여워서 머리를 쓰다듬었다.

"그럼, 약속했잖아. 너 야구선수가 꿈이라며? 그럼 캐치볼이 가장 기본이지."

그렇게 주원과 마주 보고 공을 주고받기 시작했다. 해는 서서히 지고 있었고, 골목길엔 하나둘 가로등 불빛이 켜졌다. 좀 어두웠지만, 캐치볼을 하는 데 문제는 없었다.

주원은 생각보다 좋은 폼을 가지고 있었다. 나와 달리 오버핸드로 공을 던졌다. 팔의 각도가 꽤 높았고, 공을 던질 때 순간 숨기는 동작도 좋았다. 특히 제구가 좋았다. 주원이 던진 공은 내 글러브 속으로 쏙 들어왔다.

난 주원에게 고개를 끄덕이며 공을 받아줬다. 야구선수를 꿈꾸는 이 소년은 나와 캐치볼을 하며 정말 꿈을 꾸는 것 같은 표정을 짓고 있었다.

나도 기분이 좋았다. 날 쳐다보는 소년의 올망졸망한 눈빛이 가슴 벅차게 느껴지기도 했다. 그렇게 얼마간 더 캐치볼을 하던 중 갑자기 스피커에서 음악 소리와 함께 엄숙한 음성이 흘러 나왔다.

"지금부터 국기 하강식을 시작하겠습니다. 모두 자리에 멈춰 국기를 향해주시기 바랍니다. 국기에 대하여 경례."

나와 주원도 나란히 서서 멀리 보이는 태극기를 향했다. 구멍가게 앞 평상에 있던 사람들도 일제히 일어서서 태극기 쪽을 바라봤다. 노을 진 하늘을 배경으로 구청 옥상에 매달린 태극기가 천천히 내려갔다. 그리고 스피커에선 비장한 음악이 들려왔다.

"나는 자랑스러운 태극기 앞에……."

그렇게 엄숙한 분위기에서 국기 하강식을 마쳤다. 서 있던 사람들은 일제히 올렸던 손을 '바로' 내렸다. 좀 묘한 광경이었다. 야구장에서 애국가를 들을 때와는 또 다른 기분이 들었다. 저마다 일상을 보내던 모든 사람들이 한순간—마치 마법에 걸린 것처럼— 멈춰서 한곳을 바라보는 모습은 살짝 감동스러웠다. 없던 애국심도 생기는 기분이었다.

바로 옆에 있는 소년 덕분일지도 몰랐다. 소년의 눈은 노을빛을 비춰 더 반짝였다.

음악이 끝나고 잠시 그대로 서 있었다. 주원은 잠깐 내 쪽을 쳐다보다가 갑자기 뒤에서 누군가를 발견하고 뛰어갔다.

"엄마!"

주원이 달려간 곳을 보니 거기에 주원의 엄마가 서 있었다. 눈이 마주쳐서 살짝 고개를 숙였다.

"저기, 주원이가 캐치볼을 하고 있길래……."

내가 말했다.

"아, 네……."

여자는 천천히 고개를 끄덕였다.

"엄마, 엄마. 나 구경남 삼촌하고 캐치볼도 하고, 같이 국기에 대한 경례도 했어."

주원이 엄마의 팔에 매달려서 자랑을 했다. 엄마를 만나니 어린아이답게 응석을 부리기 시작했다.

여자는 잠깐 주원을 보면서 미소를 지었다. 그리고 나에게 고개를 숙였다.

"감사합니다."

"괜찮습니다. 저도 어깨를 풀 겸 겸사겸사하고 있었습니다."

그렇게 캐치볼 수업이 몇 번 더 진행됐다. 주원과 캐치볼을 하는 건 정말 즐거웠다. 막 발견한 원석을 다듬는 세공사 같은 기분이 들었다. 나에게도 어쩌면 지도자의 자질 같은 게 있을지도 모른다는 생각도 생전 처음 해봤다. 원래 은퇴하면 야구 따윈 때려치우려고 했다. 루돌프 형을 보면서 다짐했다. "형은 그렇게 후배들이 던진 공이나 줍는 게 좋아?" 햇빛에 그을어 시꺼메진 루돌프 형의 얼굴을 보면서 그렇게 물은 적도 있다. 그때 그 형은 그냥 웃기만 했다.

나는 그러기 싫었다. 마운드에서 정점을 찍은 다음, 후회 없이 떠나고 싶었다. 하지만 주원과의 캐치볼이 나에게 색다른 자극을 줬다.

주원의 엄마는 가끔 경찰 옷을 입은 젊은 여자와 함께 나타났다. 아이 엄마와 경찰 옷을 입은 젊은 여자—나중에 주원이에게 물으니 이모라고 했다—는 대체로 국기 하강식을 마칠 쯤에 나타났다. 아빠는 없다고 했다. 원래부터 없었는지, 아니면 헤어졌는지는 모르겠지만.

그리고 며칠 더 캐치볼을 하던 어느 날 저녁, 나는 큰맘 먹고 여자에게 물었다.

"저기, 다음에 식사 한번 어때요?"

여자가 돌아봤다. 의외라는 듯 눈이 커졌다.

"식사요?"

"네."

일부러 얼굴 가득 환하게 미소를 지으며 답했다.

"이렇게 같은 동네에 사는 것도 인연인데……. 식사나 한번 해요."

여자가 옆에 있던 주원과 경찰 옷을 입은 이모를 번갈아 쳐다봤다. 난 내 작업 멘트가 좀 구려서 후회를 하고 있었다. 갑자기 이마에서 식은땀이 흘렀다.

그때 옆에 있던 주원의 이모가 오른손에 들고 있던 경찰 모자를 가다듬으며 말했다.

"언니, 그럼 오늘 다녀와. 주원인 오늘 어차피 나랑 산수 푸는 날이잖아."

"에이, 나도 가고 싶은데."

옆에서 주원이 뾰로통하게 말했다.

"야, 너 공부 안 할 거야? 야구 시켜주면 공부한다며?"

주원의 이모가 주원의 팔을 급히 끌며 우리에게 손을 흔들었다.

"언니, 우리 먼저 간다. 선수님, 맛있는 거 드세요."

그렇게 순식간에 자리에 우리 둘만 남게 됐다. 여자와 눈이 마주쳤다. 둘 다 피식 웃음이 나왔다.

"그럼 저녁은 제가 살게요. 매일 주원이 공 던지는 것도 봐주시는데."

여자가 말했다.

난 고개를 끄덕였다.

"대신 술은 제가 살게요. 술 마시죠?"

내 말에 여자는 잠깐 생각하다가 말했다.

"그럼 둘 다 파는 데로 갈까요?"

우리는 택시를 타고 제물포 시내로 나갔다. 무진건설 본사를 지나서 한참을 달리던 택시는 번화가를 지나 어떤 골목길로 들어섰다. 아주 조용하고 어두운 골목이었다. 택시는 그 앞에 멈췄다.

"여기예요."

여자가 말했다. 그리고 택시비를 꺼냈다. 내가 내려고 했지만 여자는 손을 내밀며 거절했다.

"글쎄, 오늘은 제가 살게요. 프로선수님."

택시에서 내려 건물의 계단을 올랐다. 그 건물의 2층으로 올라갔다. 입구의 네온사인 간판에 적힌 가게 이름이 반짝였다. 미스터리 쌀롱.

가게 안은 담배 연기로 자욱했다. 입구 바로 옆엔 빨간색 공중 전화기가 있었는데, 손으로 다이얼을 돌리는 구식 전화기였다. 가게는 아주 커다랗게 음악을 틀어놓고 있었다. 우리가 들어갔을 땐 팝 음악이 흘러나왔다. 우린 가게를 가로질러 창가에 있는 싸구려 소파에 앉았다. 소파에 앉는 순간 뽀얀 먼지가 일었다.

가게 주인으로 보이는 중년 여자가 다가왔다. 단발머리를 한 여자였는데, 묘한 분위기를 가진 여자였다. 오래된 그림 속에서 막 나온 듯한 느낌이었다. 주인 여자는 날 흘끔 쳐다보더니 메뉴판을 놓고 갔다.

"뭐 드실래요?"

주인이 메뉴판을 내밀었다.

메뉴판은 경양식 같은 음식들로 채워져 있었다. 돈가스나 스파게티 그리고 빵 종류 같은 거였다. 그리고 그 아래 평양냉면과 김치찌개 같은 밥 종류도 있었다. 한 페이지를 넘기자 커피와 쌍화차, 대추차 같은 음료가 있었다.

나는 돈가스와 함께 맥주를 주문했다. 별도 페이지에 "우리 집은 찐한 OB 쌩生 맥주만 써요"라고 적힌 문구가 눈에 띄었다. 여자는 토마토스파게티와 맥주를 골랐다.

음식을 기다리면서 자연스럽게 주원의 얘기를 했다.

"주원이가 공을 곧잘 던집니다. 제가 이렇게 글러브를 받치면 여기로 딱 맞게 던져요. 그것도 다 재능이거든요."

내가 주원의 칭찬을 하자 여자는 잇몸을 보이며 활짝 웃었다. 여자는 오늘도 빨간 립스틱을 아주 짙게 칠했다. 웃을 때 하얀 이가 더 돋보였다.

음식은 금방 나왔다. 돈가스는 얇고 아주 넓었다. 그리고 묽은 소스와 크림수프, 양배추샐러드가 각각 다른 접시에 담겨 나왔다. 생맥주 잔은 맥주를 막 따랐는지 거품이 흘러넘치고 있었다.

"그럼 건배할까요?"

여자가 잔을 들었다.

둘이 건배를 하고 맥주를 들이켰다. OB '쌩'맥주는 정말 진했다. 맥주의 홉 맛이 입안 가득 느껴졌다. 잠시 맥주를 마시다 여자가 말했다.

"근데…… 저기 나도 동갑인데."

"네? 동갑이요?"

"스물아홉 살. 말띠."

여자는 양손을 올리더니 손가락 아홉 개를 펼쳤다.

"아, 나이 말이구나."

난 고개를 끄덕였다. 그리고 잔을 내밀었다.

"그럼 우리 친구 할까요? 동네도 같은데."

여자도 잔을 내밀었다. 그리고 미소를 지었다.

"좋죠. 프로야구선수님하고 친구가 되는 건데."

우린 다시 건배를 했다. 그리고 남은 맥주를 털어 넣었다. 여자도 잔을 전부 비웠다. 술을 꽤 마시는 것 같았다.

우리는 바로 말도 놓기로 했다.

"그럼 이름부터 알아야지. 그쪽 이름은 알고 있고……."

여자가 이어서 말했다.

"난 수지야, 연수지."

나는 천천히 고개를 끄덕였다. 여자의 이름까지 알게 되니, 여자가 정말 내가 있는 이 시대에 실존하는 사람이라는 게 분명해졌다.

우린 맥주를 한 잔씩 더 주문했다. 맥주와 함께 김치찌개가 나왔다.

"이건 서비스."

주인이 수지를 보고 눈을 찡긋했다.

나는 맥주를 들이켜고 김치찌개에 숟가락을 담갔다. 아직 앞접시라는 개념이 없어서 우린 각자의 숟가락으로 찌개 국물을 퍼먹었다. 국물이 아주 진하고 맛있었다. 그리고 엄청 커다란 돼지고기가 들어 있었다. 맥주 안주로는 좀 어색했지만, 의외로 조합이 나쁘지 않았다.

이후에는 야구 얘기를 했다. 수지는 상당한 야구팬인 것 같았다. 팜볼, 스크류볼 같은 용어도 알고 있었다.

"내가 우리 팀 감독님 있잖아, 노란 장갑. 감독님 대학 야구
할 때부터 봤거든."

수지가 말했다.

"그래? 그땐 어땠는데?"

"대단했지. 왼손으로 던졌는데, 공이·아주 빨랐고 슬라이더
도 끝내줬거든."

수지는 공을 던지는 시늉을 하더니 장난스럽게 덧붙였다.

"물론 그땐 노란 장갑 같은 건 끼지도 않았지만."

우린 같이 웃었다. 그리고 잠시 감독 얘기를 나눴다.

"근데 너 혈액형이 뭐야?"

수지가 물었다.

"혈액형?"

"응, 혈액형을 알면 사람 성격을 알 수 있잖아. 난 다들 O형
같다고 하는데, 사실은 A형이야. 내 혈액형 아는 사람 많이 없
어."

수지가 웃으며 말했다.

나는 이해했다는 의미로 고개를 끄덕였다. MBTI가 유행하
기 전의 세상에선 혈액형과 별자리가 그 자리를 차지하고 있
었으니까.

"난 B형인데. 다들 B형 같다고 하던데."

내가 말했다.

수지는 "아……" 하고 가볍게 고개를 끄덕였을 뿐, 별다른

코멘트는 하지 않았다. 수지가 내 혈액형을 어떻게 받아들였을지 궁금했지만 묻진 않았다.

그때 음악이 바뀌었다. 빠른 템포의 음악이었다. 수지의 얼굴이 밝아졌다.

"야, 너 이 노래 알아?"

수지가 물었다.

난 음악에 집중했다. 사랑하는 사람들 모두 함께 모여서, 흥겨웁게 춤을 추자는 내용의 가사였다. 이 시대의 음악답게 가사가 귀에 쏙쏙 들어왔다. 하지만 처음 듣는 노래였다.

내가 고개를 저으니 수지는 놀리는 투로 말했다.

"구경남 선수님, 공만 던지시느라 음악은 아예 안 들으셨군요. 계은미 몰라? 계은미?"

수지는 고개를 끄덕이면서 리듬을 맞추더니 멜로디를 흥얼거렸다.

나는 멍하니 그 모습을 쳐다봤다. 음악을 듣는 수지의 얼굴은 아주 행복해 보였다. 그렇게 노래가 끝날 때까지 수지는 노래를 흥얼거렸다. 그리고 음악이 끝나자 비로소 날 쳐다보면서 민망한 듯 웃었다.

"아, 미안. 내가 너무 좋아하는 노래라서."

우린 다시 맥주잔을 들고 건배를 했다. 수지는 맥주를 들이켜더니 변명하듯 말했다.

"아니, 내가 원래 좋아하는 노래만 들으면 이래. 갑자기 일하다가 멈춘다니까. 노래를 듣다 보면 정말 시간이 멈추거든."

맥주 때문인지 수지의 볼이 빨개졌다.

"노래를 좋아하나 봐?"

내가 물었다.

창밖을 바라보던 수지가 미소를 지으며 말했다.

"노래, 좋아하지. 나도 한때는 노래로 유명해지고 싶었거든."

그리고 나를 지그시 바라봤다.

"네가 야구로 유명해진 것처럼 말이지."

"그렇게 좋으면, 하면 안 돼? 노래."

내가 물었다.

수지는 눈을 동그랗게 뜨면서 날 쳐다봤다.

"지금? 내가? 이렇게 나이도 먹었는데? 더군다나 애도 있고."

수지는 마지막 말을 마치고 잠깐 입술을 깨물더니 작은 소리로 말했다.

"그렇다고 애를 낳은 걸 후회한다는 건 아니고……."

우리는 말없이 맥주를 마셨다. 수지의 시선이 다시 창밖을 향했다. 그리고 담배를 꺼내 불을 붙였다. 한 모금을 쭉 빨더니 뒤늦게 내 쪽을 보고 "아, 미안"이라고 말한 뒤 고개를 돌려서 연기를 뱉었다.

"물론 나도 되고 싶지, 계은미처럼. 얼마나 예뻐? 근데 그러기엔 너무 늦었다는 것도 알아. 시간을 되돌릴 순 없잖아. 안 그래?"

나는 계속 수지를 쳐다봤다. 수지도 충분히 예쁘다는 생각을 했다. 아주 큰 눈과 둥근 코, 작은 입술. 모두 예뻤다.

수지는 한참 창밖을 보다가 다시 나를 쳐다봤다.

"그래도 노래는 불러."

"노래?"

내가 물었다.

"응, 노래. 사실 내 직업이 그런 거야. 저기 동인천 쪽에 음악 클럽이 있거든. 거기서 일해. 음식도 나르고, 그러다가 노래도 부르고. 우리 가게 손님은 대부분 근처에서 근무하는 미국인이야. 거기서 계은미 노래도 부르고, 팝송도 불러. 내 노래 들으러 일부러 오는 손님도 있어."

수지가 얼굴에 미소를 띠며 말했다. 그러다 급하게 손을 저었다.

"참, 이상한 데는 아니야. 그냥 밥 먹는 데야. 난 낮에만 일해."

"그래, 이상한 데라고 생각 안 했어."

내가 웃으면서 말했다.

우린 다시 잔을 들어서 건배를 했다. 벌써 맥주를 세 잔째 비웠다. 수지는 정말 술을 꽤 잘 마셨다.

사실 수지에게 묻고 싶은 게 있었다. 혹시 언젠가 날 본 적이 없냐고. 하지만 곧 포기했다. 수지가 말하는 걸 보면서 느꼈다. 그녀는 그냥 이 시대에 사는 여자였다. 계은미라는 가수를 좋아하는.

우린 한참 더 맥주를 마셨다. 헤어지기 싫을 정도로 말이 잘 통했다.

수지를 집까지 바래다줬다. 사실 우리 하숙집과 몇 걸음 떨어지지 않아서 바래다줬다고 말했지만 영 어색한 변명이었다.

집 안은 환하게 불이 켜져 있었다.

"주원이랑 수연이 전부 아직 안 자나 보네."

수지가 고개를 빼들고 집 안을 쳐다보면서 말했다.

우린 잠깐 수지의 집 앞에 서 있었다.

"그럼……."

수지가 먼저 말했다.

"오늘 즐거웠어. 너무 내 얘기만 한 건 아닌지 모르겠어."

"전혀, 나도 재밌었어."

내가 말했다. 진심이었다.

"우리 주원이한테 잘해줘서 정말 고마워."

"아냐, 정말 내가 좋아서 하는 거라니까. 신경 쓰지 마."

수지는 잠시 제 발끝을 내려봤다.

"우리 주원이, 사실 항상 미안하거든. 정말 사랑하는 아들이지만……. 나도 가끔 내가 엄마라는 역할을 정말 잘 하고 있는지 헷갈려."

난 작게 고개를 끄덕였다.

수지는 잠시 더 발끝을 보다가, 다시 고개를 들고 웃었다.

"저기, 다음엔 네 얘기도 좀 해줘. 야구선수의 삶. 아주아주 궁금하다고."

"그래, 알겠어."

내가 웃으며 말했다.

"대신 너 다음에 노래 들려줘. 알겠지? 그 계은미라는 가수 노래. 내가 음악 좀 들을 줄 알거든."

수지가 미소를 지으며 날 쳐다봤다. 그리고 손가락으로 머리카락을 쓸어서 귀에 넘기더니 장난스럽게 말했다.

"알았어. 대신 너도 꼭 답가 해줘야 돼. 야구선수님 노래 좀 들어보자."

동시에 웃음이 터졌다.

"자, 그럼."

수지가 손을 내밀었다.

우리는 손을 마주 잡고 악수를 나눴다.

*

이후 한동안 인천 야구장에서의 홈경기가 이어졌다. 그리고 우리 팀은 여전히 상승세를 이어갔다. 큰 용식과 작은 용식의 출루는 더 늘어났고, 도루도 늘었다. 타선에서 점수를 내면 장일봉 선배와 내가 마운드를 지켰다. 인천 팬들은 환호했고, 난 점점 바빠졌다.

특히 홈구장에 오면 인터뷰가 몰렸다. 그 외에도 각종 사인회에 불려갔다. 아무리 내가 사인하는 걸 좋아한다고 해도 버거울 정도였다. 여기서 야구선수는 정말 연예인 같은 존재였다. 여기저기 부르는 곳이 많았고, 광고에도 등장했다. 운동은 스스로 알아서 해야 했다.

하루는 외야 트랙을 뛰다가 익숙한 목소리를 들었다.

"구경남 선수!"

외야 쪽 낮은 그물 너머에 통통한 얼굴의 아이가 글러브를 흔들고 있었다.

"너 현동이구나."

나는 바로 아이를 알아보고 그쪽으로 걸어갔다.

현동은 내가 인사를 건넨 게 믿기지 않는다는 듯 꺄악, 하고 비명을 질렀다. 옆에 있던 친구들도 입을 쩍 벌렸다. 현동은 친구들에게 "봤지? 어? 봤지?" 하고 소리쳤다.

"제 이름 기억하시네요?"

내가 바로 앞까지 다가서자 현동은 믿기지 않는다는 듯 반갑게 소리쳤다.

"내 1호 팬인데 당연하지."

내 말에 현동은 아예 홈으로 파고든 주자처럼 두 주먹을 흔들며 "1호 팬이래, 1호 팬!"이라고 외쳤다.

나는 현동에게 손에 있는 야구공을 달라는 제스처를 취하며 물었다.

"친구들이랑 야구 보러 왔나 봐?"

"네, 네. 저희 반 애들은 전부 구경남 선수님 팬이에요. 맞지? 어?"

현동이 친구들을 둘러보며 말했다.

현동이가 귀여워서 가볍게 볼을 한번 꼬집어준 뒤 사인을 해줬다. 옆에 있던 친구들에게도 하나씩 사인을 했다.

그때 현동의 뒤에 서 있던 아이가 눈에 띄었다. 익숙했다. 아직 어린아이지만 개성 있는 입매를 보며 설마, 하고 생각했다.

"근데 넌 이름이 뭐니?"

그 아이에게 물었다.

"재석인데요, 유재석."

개성 있게 생긴 아이가 코를 훌쩍이며 소리쳤다.

설마가 확신으로 바뀌었다. 그러고 보니 현동도 낯이 익었다. 웃음을 참지 못하고 배를 잡고 웃었다. 이 둘의 미래가 떠오르자 웃음을 참기가 힘들었다. 의아해하는 표정으로 날 보는 아이들에게 손을 저으며 사과를 했다.

"미안, 미안. 갑자기 웃긴 일이 떠올라서."

"괜찮아요. 원래 재석이가 우리 중에서 젤로 웃겨요. 현동이도 웃기고요. 둘 다 이주일만큼 웃겨요."

아이 한 명이 자랑스럽게 말했다.

"그치? 왠지 웃길 것 같더라."

웃음을 멈추고 주머니를 뒤져서 만 원짜리 지폐 한 장을 꺼내 현동에게 건넸다. 현동은 어리둥절한 듯 지폐를 봤다.

"날씨도 더운데 같이 이걸로 아이스크림이나 사 먹어라."

웃음을 참으며 말했다. 그리고 이렇게 덧붙였다.

"참, 너희 나중에 유명해지면 이 아저씨 잊지 말아야 된다. 알겠지?"

아이들은 믿기지 않는 듯 지폐를 보더니 "감사합니다, 선수님. 감사합니다" 하고 인사를 했다. 난 계속 웃으면서 뒤돌아섰다. 정말로 웃음을 참기 힘들었다.

그리고 이날 경기 전 인천 야구장 외야 쪽 복도 끝에 있는 화장실 앞에서 이상한 광경을 하나 봤다. 우용일 감독이 찐을 앞에 두고 뭔가 얘기를 나누는 장면이었다. 항상 선수들과 거리를 두던 감독이 선수와 일대일로 얘기를 하니 눈에 띄었다.

찐은 감독에게 고개를 끄덕이더니 주변을 둘러봤다. 침을 삼켰는지 목젖이 위아래로 움직였다. 선수들이 거의 없는 저런 데에서 무슨 얘기를 하는 건지 궁금했지만, 나서면 안 될 것 같아서 그냥 돌아서 나왔다.

이날 경기도 우리 슈퍼스타즈의 승리였다. 난 3회부터 등판해서 9회까지 막았다. 컨디션이 나날이 좋아졌다. 이 시대의 마운드에 완전히 적응한 것 같았다. 공은 마음먹은 대로 들어갔고, 아직 한 번의 패배도 없었다. 연승이 이어졌다. 운도 내

편이었다.

그렇게 모든 게 잘 풀릴 거라 믿었다. 정말 그렇게 믿었다.

*

이후에도 종종 주원과 캐치볼을 했다. 아이와 캐치볼을 하는 건 좋았다. 그라운드에서 게임에 나가 던지는 것과는 전혀 다른 느낌이었다.

팔을 뻗어서 공을 던지고, 다시 팔을 내밀어 공을 잡았다. 내가 던진 공이 아이의 가슴팍에 꽂히는 것도 뭔가 뭉클했다. 나와 저 아이가 이어져 있다는 생각이 들었다.

주원은 배우는 게 빨랐다. 공을 던질 때 발을 내딛고, 공에 힘을 싣는 법을 알려줬는데 금방 따라 했다. 아이를 지도하면서 내가 처음 야구를 배웠던 때가 떠올랐다. 마냥 야구공을 잡는 게 좋았던 꼬마 시절이었다. 누군가를 가르친다는 게 의외로 기분 좋은 일이라는 생각도 들었다.

하루는 캐치볼을 하다가 주원이 물었다.

"삼촌, 내일 시합 없죠?"

"응, 없는데. 왜?"

다음 날은 경기도 훈련도 없는 일요일이었다.

갑자기 주원이 내 팔에 매달렸다.

"그럼 우리 같이 영화 보러 가요. 〈이티〉라고, 엄청 재미있대요. 내일 엄마랑 가기로 했어요."

"〈이티〉?"

"네, 〈이티〉요. 요즘 우리 반에서 그거 안 본 애는 저밖에 없어요."

나도 본 영화다. 〈이티〉. "이티, 전화해, 집에ET, phone, home"라는 대사밖에 기억나지 않지만, 분명 어릴 때 봤었다.

주원이 계속 졸랐다. 난 잠깐 고민했지만, 곧 승낙했다. 주원과 함께 있으면 기분이 좋았다. 물론 수지와 밖에서 만난다는 것도 기대됐다.

다음 날 오전 일찍 구멍가게 앞에서 만났다. 수지와 주원 모두 슈퍼스타즈 모자를 쓰고 있었다.

"뭐야, 그 모자는?"

내가 웃으며 물었다.

"우리 전부 슈퍼스타즈 구경남 선수 팬인 거 몰라?"

수지가 모자챙을 쓸어내리며 장난스럽게 말했다. 수지는 청바지에 흰 티셔츠를 입고 있었다. 평소와 다른 캐주얼한 차림이 더 보기 좋았다.

수지가 몰고 온 포니 자동차에 다 같이 올랐다.

"이거 수연이가 이번에 큰맘 먹고 산 거야. 오늘 빌려준다고 얼마나 생색을 냈는데."

수지가 차 시동을 걸면서 말했다.

빨간색 포니는 드륵드륵, 거리면서 기침을 하는 것 같은 소리를 내다가 간신히 시동이 걸렸다.

수지가 운전을 했고, 난 뒤에서 주원과 나란히 앉았다.

"자, 그럼 갑니다."

수지가 액셀을 밟으며 말했다.

포니는 수동이었다—당연한 말이지만. 1단에서 2단 그리고 시내 도로에 진입하자 3단으로 높여서 달렸다. 뒷자리 승차감은 썩 좋진 않았다. 하지만 괜찮았다. 생각해보니 여기 와서 여행다운 여행은 처음이었다. 원정경기를 떠났던 것 말고는.

창문을 열었다—물론 창문 아래 달린 스틱을 한참 빙빙 돌려야 했지만. 바람이 불어와 머리가 흩날렸다. 옆에서 주원이 창문을 열더니 야호 하고 소리를 질렀다.

포니는 인천예술회관 앞에서 멈췄다. 거기에 극장이 있었다. 주차장에는 빈자리가 아주 많았다. 21세기에 사는 사람들이 봤다면 분명 부러워했을 장면이었다.

"삼촌, 빨리 가요. 빨리."

주원이 내 손을 잡아끌었다.

작은 건물 위에 인천 예술극장이라는 팻말이 걸려 있었다. 그 위에 사람이 직접 손으로 그린 듯한 영화 포스터가 보였다. 〈이티〉였다. 포스터에는 이티가 소년과 함께 어딘가 먼 곳을 보는 장면이 그려져 있었다. 그리고 그 위로 달을 배경으로 자전거를 타고 날아가는 그 유명한 장면이 보였다. 이티의 눈이 좀 어색해 보였지만, 꽤 신경을 쓴 그림이었다.

영화표는 수지가 샀다. 내가 돈을 내려고 했지만, "넌 음식 사면 되잖아"라며 선뜻 지갑을 꺼냈다. 하지만 극장 매점엔 먹을 만한 게 별로 없었다. '매점'이라고 아주 사실적인 간판을 단 가게가 하나 있기는 했는데, 거의 구멍가게 수준이었다. 거기서 주원이 쭈쭈바 하나를 골랐고, 나와 수지는 사이다를 한 병씩 샀다.

"다른 건 사지 마. 내가 삶은 계란 싸 왔거든."

수지가 자신의 가방을 가리켰다.

상영관은 하나였다. 거기서 시간에 따라 다른 영화와 교차 상영을 하는 모양이었다. 저녁 타임에 상영하는 영화는 〈애마부인〉이었다. 말을 탄 여자가 흐느끼듯 고개를 젖힌 그림이 그려져 있었고, 그 아래 "당신은 애마부인을 아십니까"라는 글귀가 쓰여 있었다. 그리고 영화 제목 아래엔 "애마에게 옷을 입혀라!"라고 적혀 있었다.

시선이 자연스럽게 그쪽으로 향했다. 수지는 내 시선을 따라가더니 품 하는 소리를 내면서 웃었다.

"왜, 그거 보고 싶어?"

난 뒤늦게 주원이 신경 쓰였지만, 다행히 주원은 저 앞에서 쭈쭈바를 빨면서 걸어가고 있었다.

1982년의 영화관은 현대의 것과는 많이 달랐다. 사람들은 거의 안방에 있는 것처럼 맘대로 떠들면서 영화를 봤다. 그리

고 곳곳에서 담배를 피워댔다. 수지도 담배를 꺼내서 스스럼
없이 연기를 뿜어댔다. 수지가 가져온 삶은 계란을 나눠 먹으
면서 사이다를 마셨다.

〈이티〉는 처음 보는 영화처럼 신선했다. 하도 오래전에 봤던
영화라서 내 기억에 거의 남지 않은 모양이었다. 처음 이티가
등장할 때는 극장 안에 있던 사람들이 하아, 하는 소리를 내면
서 감탄했다. 그리고 나중에 악당들에게 쫓길 땐 자기 일처럼
안타까워했다.

"도망가, 이티. 도망가."

곳곳에서 사람들이 소리쳤다.

난 사이다를 홀짝이면서 그 소리를 들었다. 웃음이 나왔다.
나중에 이티가 집으로 돌아가자 극장 안이 울음바다가 된 것
도 당연한 일이었다.

영화가 끝나자 곧바로 사정없이 불이 켜졌고, 빗자루를 든
아주머니 두 명이 파란색 청소복을 입은 채 들이닥쳤다. 옆을
보니 수지와 주원 모두 눈이 퉁퉁 불어 있었다. 그 모습이 귀여
워서 피식 웃음이 났다.

수지가 민망한 듯 눈가를 훔치면서 말했다.

"뭘 보냐? 넌 눈물도 없냐?"

극장 맞은편 분식집에서 밥을 먹었다. 주원과 난 돈가스를
골랐고, 수지는 쫄면와 김밥을 시켰다.

"영화 재밌었어?"

주원에게 물었다.

"네, 삼촌. 엄청요. 그리고 무지 슬펐어요. 이티가 죽는 줄 알고 너무 무서웠어요."

주원이 몸을 떨면서 말했다.

"그래, 영화 봤으니까 소원 성취한 거지?"

주원은 잠깐 엄마 눈치를 보더니 중얼거렸다.

"아직 하고 싶은 거 하나 더 있는데……."

"뭔데?"

내가 물었다.

"저 이번에 우주 대관람차가 생겼다고……."

"대관람차?"

"네, 삼촌. 저기, 자연농원에 우주 대관람차 생겼다고, 우리 반에 수찬이가 얼마나 자랑하는데요. 자긴 두 번이나 탔는데 하늘을 나는 기분이라고……."

수지가 내 눈치를 보더니 주원의 볼을 꼬집었다.

"야, 연주원. 자연농원은 다음에 이모하고 가기로 했잖아."

주원이 입술을 삐죽거렸다.

나는 잠깐 생각하다가 말했다.

"그럼 오늘 갈까?"

"오늘이요?"

주원의 눈이 반짝였다.

"그래, 오늘. 엄마가 차만 태워주면 놀이동산은 내가 쏜다."

그리고 수지를 쳐다봤다.

"어때, 오늘?"

수지가 곤란하다는 표정을 지었다.

"아무리 그래도……. 너 훈련도 해야 하잖아."

나는 고개를 저으며 말했다.

"아냐, 나도 한번 타보고 싶어. 우주 대관람차."

내 말에 주원은 가게가 떠나갈 듯 소리를 질렀다.

"삼촌, 최고!"

한번 타보고 싶다는 말은 진심이었다. 자연농원일 적의 놀이동산도 궁금했다. 내가 있던 시대에 있던 놀이동산과 얼마나 다를까 기대되었다.

포니에 올라서 용인으로 향하는 도로에 올랐다. 일요일 오후의 도로는 비교적 한산했다. 도로는 오래된 차들로 가득했다. 차들은 시커멓게 매연을 뿜어대고 있었지만, 우린 창문을 열고 달렸다.

번갈아 가면서 만화주제가를 불렀다. 다행히 그 시절의 만화주제가는 나도 꽤 아는 노래들이었다. 기운 센, 천하장사, 무쇠로 만든 사람. 이런 노래를 부르면서 달렸다.

아직 네비게이션이 없었기에 차에는 지도가 그려진 두꺼운 책이 한 권 있었다. 뒷자리에서 내가 그 책을 보면서 길을 알려

쥐야 했다. 차는 용인으로 접어들었다.

그렇게 한 시간 조금 넘는 시간을 달려서 놀이동산에 도착했다. 내가 예상했던 것보다 시설이 훨씬 소박했다. 엄청 넓은 땅 위에 띄엄띄엄 놀이기구가 있는 식이었다.

주원이 타고 싶다던 우주 대관람차는 놀이동산 중앙에 있었다. 다른 시설에 비해서 월등히 커서 한눈에 들어왔다. 그 앞에 사람들이 아주 길게 줄을 서 있었다.

우린 매점에서 음료를 하나씩 사서 가장 뒷줄에 섰다. 지나가던 사람들 몇 명이 내 쪽을 흘끔 쳐다봤다. 나를 알아본 사람도 있을 것 같았다. 하지만 뭐, 아무렴 어때, 하는 생각이 들었다. SNS도 없는 시대니 기껏해야 집에 가서 떠드는 정도겠지. 그 이상한 야구선수가 오늘 어떤 여자랑 말이야, 이런 식으로.

두 시간 가까이 기다렸지만 지루하지 않았다. 줄을 서며 이런저런 말을 하고 장난을 쳤다. 주원이 까르르 웃는 소리가 듣기 좋았다.

드디어 우리 차례가 왔다.

"반갑습니다."

놀이동산 직원이 손을 흔들면서 맞아줬다. 아직 양손으로 반짝거리는 제스처가 생기기 전이라 동작은 간소했다.

주원은 막상 관람차에 오르자 갑자기 소변이 마렵다며 고개를 숙였다. 수지도 머리를 감싸고 엎드렸다.

"아악, 나 어떻게 해."

둘은 소리를 지르더니 서로 껴안았다.

나도 좀 무서웠지만 티를 내진 않았다. 1982년의 놀이기구를 믿어도 될까, 하는 생각이 잠깐 스쳤다. 설마 사고가 나는 건 아니겠지? 그런 뉴스를 본 적이 있나. 다행히 없는 듯했다.

관람차는 아주 느린 속도로 천천히 정상을 향했다. 저 멀리 동물원이 보였다.

"주원아, 저기 호랑이 보인다."

주원이 간신히 눈을 떠서 내가 가리키는 쪽을 봤다.

"어디요? 아무것도 안 보이는데."

"저기, 저기 안 보여?"

관람차가 정상을 지나서 천천히 내려가기 시작하자 수지도 고개를 들었다. 그리고 뒤늦게 감탄을 했다.

"와, 정말 여기서 놀이동산이 한눈에 보이네. 진짜 멋있다."

관람차를 한참 탄 것 같았는데, 시계를 보니 10분 남짓 지나 있었다.

우린 바로 동물원으로 갔다. 동물원은 소박했다. 대체로 호랑이나 사자 같은 맹수 위주였는데, 관람객과의 거리가 아주 멀었다.

곰이 있는 철창 앞에서 나도 모르게 웃음이 터졌다. 전지훈련 때의 그 기막혔던 훈련이 떠올랐기 때문이었다.

수지도 나를 보더니 따라 웃었다.

"왜 웃어?"

내가 묻자 수지는 계속 웃으며 말했다.

"너네 훈련하던 거 생각나서. 그런데 말이야. 궁금한 게 있는
데……."

수지가 장난스러운 표정을 지으며 날 쳐다봤다.

"그래서 곰이랑 눈싸움해서 이긴 선수는 누구야?"

나를 놀리는 게 분명했다. 눈을 동그랗게 뜨고 수지 앞으로
성큼 가까이 가자 수지는 징그럽다는 듯 내 얼굴을 밀어냈다.

그렇게 한참을 놀다가 저녁으로 햄버거를 먹었다. 사실 놀
이동산 안에서도 먹을 만한 건 패스트푸드 정도였다. 그래도
맛있었다. 주원은 감자튀김을 대★자로 시키더니, 결국엔 햄버
거 하나를 더 주문해서 먹었다.

"오늘 너무 열심히 돌아다녀서요."

주원은 입안 가득 음식물을 우물거리면서 변명하듯 그렇게
말했다. 하지만 막상 음식점을 나오자 배가 아프다고 인상을
썼다.

"엄마, 화장실 어딨어?"

주원은 거의 울 것 같은 표정을 지었다. 이럴 땐 정말 어린아
이 같았다.

"그러게 뭐 좋은 거라고 그렇게 곰처럼 먹었어, 미련하게."

수지는 주원에게 계속 잔소리를 했다. 난 멀찍이 서서 미소
를 지은 채 둘을 쳐다봤다.

근처에서 화장실을 발견하자마자 주원이 달렸다. 내가 같이

들어가려 했지만, 주원이 "삼촌, 저 어린애 아니거든요" 하고 다급히 소리치더니, 혼자 뛰어 들어갔다. 수지와 눈이 마주치자 웃음이 터졌다.

이미 주변은 어둑해졌다. 우린 말없이 벤치에 앉아서 주원을 기다렸다. 저녁 무렵의 놀이동산은 아주 조용했다. 관광객 대부분은 집으로 돌아간 것 같았다. 월요일 아침부터 아주 고되게 일해야 할 테니까. 주 6일 근무하던 이 시절의 노동강도는 아주 살벌했다.

수지는 콧소리를 내면서 노래를 흥얼거리기 시작했다. 지난번 미스터리 쌀롱에서 들었던 그 노래였다. 계은미라는 가수가 불렀다는 노래.

멍하니 노랫소리를 듣다가 저쪽 하늘에서 뭔가 반짝거리는 게 날아다니는 걸 발견했다. 그것은 조그맣게 원을 그리면서 하늘을 날아다니다가 내 쪽으로 하강했다. 그리고 내 손에 앉았다.

작은 곤충이었다. 꼬리에서 환한 빛이 났다. 그것이 몸을 크게 부풀리자 빛은 더 밝아졌다.

"뭐야, 이건?"

내가 손에 든 그것을 조심스럽게 감싸면서 물었다.

"이거? 반딧불이잖아. 반딧불 처음 봐?"

"아, 반딧불."

눈앞으로 가까이 가져왔다. 난 아주 소중한 존재를 보듯 그것을 쳐다봤다. 작은 생명체가 몸을 부풀리자 환하게 빛이 났다. 살짝 뭉클한 감정이 들었다.

"처음이야. 반딧불을 직접 본 건. 이런 게 많았다는 말은 들어봤지만."

"정말?"

"응. 내가 있던 데는 거의 다 사라졌거든. 반딧불이."

"그래? 어딘데? 네가 있던 곳은?"

나는 고개를 들어서 수지를 바라봤다. 그리고 잠깐 고민하다가 말했다.

"멀어, 아주 먼 곳이야. 여기선 정말 멀어."

"그래? 그렇게 멀어?"

수지가 거듭 물었다.

"그럼 부산보다도 멀어? 제주도보다도?"

"아마도."

내가 말했다.

수지가 내게로 몸을 바짝 당기며 물었다.

"정말? 그럼 미국보다도 멀어? 나성 같은 곳보다도?"

난 수지를 바라보면서 천천히 고개를 끄덕였다.

"응, 멀어. 아주."

반딧불 때문인지 수지의 눈이 평소보다 더 반짝이는 것 같았다.

"언젠가 기회가 되면 말해줄게. 내가 있던 곳에 대해서."

수지가 새끼손가락을 내밀었다.

"진짜? 그럼 꼭 말해줘야 돼. 나 그런 거 좋아하거든. 아주 먼 곳에 대한 얘기. 어릴 때부터 그랬어. 내가 사는 데와는 먼, 다른 곳에 사는 사람들에 대해서 항상 궁금했거든."

새끼손가락을 내밀어 수지와 약속을 했다. 언젠가 수지에게 모든 걸 말해야겠지. 그런 생각이 들었다. 그럼 수지는 어떤 반응을 보일까. 궁금하기도 했다.

*

얼마간 시간이 더 흘렀다. 우리는 전반기 마지막 경기를 앞두고 있었다.

갈수록 이곳의 여름도 엄청나게 덥다는 걸 체감했다. 예전엔 무척 시원했다고 했던 어른들의 말씀은 결국 추억 보정이었던 것 같았다.

전반기 마지막 경기는 1위 베어스와의 승부였다. 우리 팀은 5월 이후 상승세를 이어갔고, 전반기 1위를 질주하던 베어스를 단 한 경기 차까지 쫓게 되었다. 즉, 오늘 우리가 이기면 전반기 공동 우승을 차지하는 셈이었다.

경기 선발은 내가 나서게 되었다. 상대편 선발은 베어스의 해외파 에이스, 박철순이었다.

나는 이때까지 15연승을 달리고 있었고, 패는 없었다. 운이 좋았다. 질 뻔했던 경기도 동점이 되거나 역전을 해서 패를 지울 수 있었다. 박철순은 18연승이었다. 처음 2패를 기록했으나 이후 열여덟 번 연속으로 승리를 따냈다.

박철순과는 딱 3승 차이였다. 프로야구 원년에 박철순이 22연승이라는 대기록을 올렸다는 사실은 나도 잘 알고 있었다. 그러나 그건 원래 세계에서 벌어진 일이었고, 이곳은 내가 살던 그 세계와는 미세하게 달랐다.

내가 그 기록을 끊을 수 있겠다는 생각이 들었다. 이 세계에서는 내가 중요했다. 내가 속한 세계의 역사는 나로 인해 바뀌고 있었다. 슈퍼스타즈가 그 증거였다.

경기가 열리는 춘천 야구장은 오후부터 북적였다. 점심을 먹자마자 바로 야구장으로 향했다. 원래 내가 뛰던 미래의 야구 세계에서 선발투수는 야구장에 늦게 가도 되었다. 최상의 컨디션을 만들어 오라는 배려였다. 물론 이 시대에 그런 특혜는 없었다.

아직 오후 1시임에도 야구를 기다리는 사람들이 아주 많았다. 야간경기로 펼쳐지는 경기시간까지는 아직 다섯 시간이 넘게 남았으나, 이미 줄은 매표소를 몇 바퀴 돌아서 광장 뒤편 계단까지 늘어서 있었다.

"대단하네, 대단해."

참새가 버스 커튼 사이로 얼굴을 내밀어서 밖을 살피더니 감탄했다. 나도 버스 창문을 통해서 사람들을 구경했다. 베어스 모자를 쓴 사람들과 슈퍼스타즈의 별이 새겨진 모자를 쓴 사람들이 거의 절반씩 비율이 비슷했다. 처음 춘천 야구장에 왔던 날이 생각났다. 그땐 분명 베어스 팬이 많았었다. 춘천은 명목상 우리 홈인데도 불구하고 그랬다. 그 사이 우리 팀을 응원하는 팬들이 많아졌다는 사실이 살짝 감동스럽기도 했다.

야구장 복도에 대충 짐을 풀어놓고 훈련복으로 갈아입었다. 여기에 라커 룸 같은 건 당연히 없었다. 그냥 복도 바닥이 우리의 쉬는 공간이었다.

그라운드로 나가 몸을 풀었다. 천천히 스트레칭을 하고 워닝트랙을 따라서 가볍게 달렸다. 이날은 장일봉 선배 없이 오롯이 내가 마운드를 지켜야 했다. 장 선배는 최근 다섯 경기 연투를 하고 있었기에 전반기 마지막인 이날 경기장엔 아예 오지 않고, 숙소에서 텔레비전으로 경기를 본다고 했다.

그라운드 바닥은 무척 뜨거웠다. 아직 잔디가 제대로 심어지지 않은 그라운드의 흙바닥을 통해 열기가 내 몸으로 그대로 전해졌다.

3시를 조금 넘어서자 베어스 선수들이 등장했다. 주장인 윤동준이 큰 몸을 흔들며 먼저 걸어왔고, 콧수염을 기른 김우철이 그 뒤를 따랐다. 신예라는 신경천도 뒤를 따랐다. 베어스의 상승세를 이끄는 중심타선이었다. 그들은 박철순이 지키는 마운드와 함께 베어스의 선두 질주를 이끌었다. 전문가의 예상을 뒤엎은 결과였다.

그러나 우리도 만만치 않았다. 우리야말로 꼴찌 후보였으니까. 딱 1게임 차 다. 오늘 게임의 결과에 따라 야구의 역사까지 바뀔 수 있다는 뜻이다.

그런 생각을 하니까 침이 꼴깍 넘어갔다. 반대로 머리는 더 맑아졌다. 내 손으로 직접 역사를 바꾼다고 생각하니 짜릿한 기분이 들었다.

그리고 정확히 저녁 6시 30분에 이날의 경기가 시작됐다.

관중석은 일찍부터 꽉 들어찼다. 관중석에 있는 사람들은 아이스크림을 물거나 담배 연기를 뿜어대며 그라운드를 지켜봤다. 남자들은 아예 메리야스 바람으로 부채질을 하고 있었다. 웃통을 벗은 채로 관중석 복도를 뛰어다니는 아이들도 있었다. 아이들은 자기들끼리 기차를 만들면서 "써마린, 써마린"이라고 소리를 질렀다.

경기 시작 전에 앞서 더그아웃 앞에서 쩬과 공을 주고받았다. 그때 우 감독이 우리에게 다가왔다. 그리고 나에게 손짓을 했다.

"오늘 자신 있지?"

우 감독이 물었다. 선글라스 뒤로 비장하게 날 쏘아보는 감독의 눈이 비쳤다.

오늘 경기가 중요하긴 중요한 모양이었다. 감독이 직접 나에게 말을 건넨 건 처음이니까.

난 고개를 끄덕였다.

"네, 곰이랑 일대일로 붙어도 이길만큼 자신 있습니다."

내 말에 감독은 씩 웃음을 지었다. 그리고 노란 장갑을 낀 손으로 내 왼쪽 어깨를 주물렀다.

"긴장은 하지 마. 넌 마운드에서 던지던 대로만 하면 돼. 그라운드는 나한테 맡겨. 나머진 내가 책임진다. 알겠지?"

난 고개를 끄덕이며 알겠다고 답했다. 우용일 감독은 한 번더 내 어깨를 주물렀다. 그리고 큰 몸을 흔들며 다시 더그아웃으로 걸어갔다.

감독의 신뢰를 받는다는 건 이런 기분이구나. 새삼 느꼈다. 아주 오랜만에 지도자의 믿음을 받고 있다는 실감이 났다. 그 믿음에 보답하고 싶었다.

나는 입술을 꾹 깨물고 글러브를 다듬었다. 그리고 마운드를 향해 달려갔다. 곧 관중석에서 엄청난 함성이 터져 나왔고, 경기 시작을 알리는 사이렌 소리가 울렸다.

난 1회 초부터 공격적으로 들어갔다. 베어스의 중심타선까지 이어졌지만 더 과감하게 던졌다. 찐의 리드도 좋았다. 윤동준이나 김우철 같은 베테랑 타자에겐 몸쪽 공을 붙였다. 그리고 신경천이나 김경훈 같은 젊은 타자를 상대할 땐 파울을 유도할 수 있는 유인구를 사용했다. 공은 내가 원하는 곳에 정확히 꽂혔다. 덕분에 5회를 마쳤을 때 투구수가 육십 개를 넘기지 않을 정도로 효과적인 투구를 할 수 있었다.

하지만 오늘은 박철순도 역시 대단했다. 허리가 좋지 않다는 소문이 돌던 박철순은, 이날 소문을 불식시키겠다는 듯 엄청난 공을 던졌다. 대식이와 소식이가 어떻게든 출루를 하려고 물고 늘어졌지만 모두 땅볼아웃으로 물러났다.

그리고 경기는 7회에 접어들었다. 난 쉽게 투아웃을 잡았고, 다음은 백인산과 타율왕 경쟁을 펼치는 신예 신경천˚ 차례였다. 언론에서 젊은 타자 중 타이거즈의 김성춘과 함께 가장 주목할 만한 타자로 꼽고 있는 선수였다.

마운드에 서서 타석을 노려봤다. 타자도 천천히 걸어 나와서 내 쪽을 노려봤다. 키가 상당히 컸다. 거의 190센티미터는 되는 것 같았다. 덕분에 학다리라는 별명이 붙었다. 이날 세 번째로 만나다 보니 더 주의해야 했다.

나는 공을 쥐고 아주 천천히 글러브에 문질렀다. 글러브엔 초를 녹여서 파라핀을 잔뜩 발라놨다. 장 선배가 알려준 방식이었다. 파라핀을 묻힌 공은 움직임이 더 커졌다. 난 바셀린보다 이게 좋았다. 그만큼 효과적이었고, 티는 덜 났으니까.

한참 공을 문지르다가 공에 침을 한번 뱉었다. 공의 시커먼 부분에 끈적끈적한 이물질이 묻어서 상당히 더러워졌다.

흙을 빚는 사람처럼 손으로 공을 좀 더 만지작거렸다. 영상 매체가 발달한 미래에선 스핏볼이라고 불리며 부정투구라고 난리가 나겠지만, 이 시대에선 아직 그 정도 기술이 없었다. 그리고 무엇보다 이기는 게 가장 중요했다.

다리를 차올리며 초구를 뿌렸다. 공은 찐의 글러브를 향해 빠르게 날아갔다. 타자는 들어오는 공을 무심히 쳐다보기만 했다. 원스트라이크.

찐에게서 다시 공을 넘겨받았다. 그리고 마운드에서 발을 빼서 타자를 노려봤다. 신경천은 헬멧을 두 번 치더니 하늘을 쳐다보면서 뭐라고 중얼거렸다. 어쩌면 하나님을 찾고 있는지도 몰랐다.

나는 타자가 타격자세를 취하자마자 재빨리 공을 던졌다. 이번엔 몸쪽으로 붙이는 강한 공이었다. 타자는 반 발 뒤로 물러서면서 뒤늦게 배트를 내밀었다.

"스트라이크!"

주심의 목소리가 야구장에 울려 퍼졌다.

통쾌했다. 얼굴에 피가 몰리며 뜨거워지는 느낌이 들었다. 이 기세를 그대로 이어가고 싶었다. 투구 자세를 잡고 최대한의 힘으로 전력투구하기로 했다. 몸의 힘을 쥐어짜면서 한가운데를 노려 공을 던졌다.

아마 이날 내가 던진 공 중 가장 빨랐을 공이 포수글러브를 향해 미사일처럼 날아갔다. 동시에 타자의 방망이도 돌았다. 수위타자다운 매서운 스윙이었다.

하지만 내 공이 더 빨랐다. 타자는 고개까지 돌리면서 힘껏 배트를 돌렸지만 허공을 가를 뿐이었다. 타자의 헬멧이 툭 소리를 내면서 바닥에 떨어졌다.

와! 심판의 삼진 콜과 동시에 1루에 있던 홈 관중석에서 일제히 함성이 터졌다. 임만정 응원단장은 아예 그물에 매달려서 소리를 지르고 있었다.

나도 크게 포효를 하며 마운드에서 뛰어 내려갔다. 삼진을 당한 신예 타자는 땅에 떨어진 헬멧을 힘없이 줍더니 터덜터덜 더그아웃으로 걸어갔다. 입으로 욕설 같은 걸 내뱉는 것처럼 보였다.

이제 우리가 점수만 내면 이길 것 같았다. 7회가 중요했다. 하지만 다음 이닝에서 일이 벌어졌다.

박철순은 투아웃을 잡은 상태에서 갑자기 흔들렸고, 우리 타자가 두 명 출루했다.

우리 응원석은 더 뜨거워졌다. 아예 어깨동무를 한 채로 노래를 합창했다. 야야, 야야야야, 야야야야 야야야.

이번엔 점수를 낼 것 같았다. 더그아웃에 앉아서 경기를 분명 지켜봤다. 손에 땀이 고였다.

하지만 박철순이 공을 던지는 순간, 갑자기 사방이 어두워졌다. 정말 순식간의 일이었다.

타자를 향해 날아오던 공이 눈앞에서 휙 사라지더니 칠흑 같은 어둠이 찾아왔다. 한동안 주변에 침묵이 흘렀다. 다들 지금 일어난 일에 놀란 것 같았다. 순간 눈앞이 깜깜해졌으니까.

그리고 잠시 뒤 관중석에서 웅성웅성 떠드는 소리가 들렸다. 그 소리는 곧 고함으로 바뀌었다.

"야! 프로에서 이게 뭔 일이야?"

정전이었다. 정말 황당한 일이었지만 프로경기 도중에 불이 나간 것 같았다. 뒤늦게 정신을 차린 심판들이 라이터를 켜고서 경기장 뒤편에 모였다. 구장을 관리하는 직원들도 플래시를 켜들고 여기저기를 뛰어다녔다.

관중들의 고함은 곧 욕설로 변했다.

"이 새끼들아! 야구장 관리를 대체 어떻게 하는 거야?"

이어서 야구장으로 하나둘 맥주 캔과 쓰레기들이 날아오기 시작했다. 어둠에 눈이 익숙해지자 상대편 더그아웃이 보였다. 베어스 더그아웃에서 삼색 모자를 삐딱하게 쓴 베어스 감독이 성큼성큼 심판에게 걸어가더니, 이내 큰소리로 따지기 시작했다. 우용일 감독도 뒤늦게 그곳으로 걸어갔다.

잠시 뒤에는 방송국 직원들이 내려와서 심판에게 버럭 소리를 질렀다.

"이거 생방인데 어쩝니까? 지금 이 경기 시청률이 몇 프론지 알아요?"

심판들은 나름 억울한지 거의 울 것 같은 표정을 지었다.

"아니…… 이걸 저희에게 따진다고 하셔도 저희가 어떻게 할 수가……."

정전은 무려 30분이 넘게 이어졌다. 그땐 이미 관중들도 될 대로 되라는 듯 자기들끼리 술을 마셔대고 있었다. 그리고 누군가의 선창으로 다 같이 노래를 불렀다. 시작은 우리 팀 관중석에서였다. 어쩌다 한 번, 오는 저 배는. 그 노래의 뒤를 이어서 베이스에서 화답했다. 종이 울리네. 꽃이 피네.

관중석에서 하나둘 라이터를 켜더니 좌우로 흔들면서 합창을 이어갔다. 어두운 야구장을 배경으로 불빛들이 흔들렸다. 멋진 장면이었다. 꼭 반딧불이 야구장을 날아다니는 것처럼 보였다.

잠시 후 드디어 야구장 조명탑에 불이 들어왔다. 외야에 있는 라이트가 깜빡거리자 관중석에서 다시 와, 하고 함성이 터져 나왔다. 그리고 갑자기 감독을 시작으로 양 팀 라인업에 있는 선수들 이름을 하나씩 연호하기 시작했다. 마치 라인업 송을 부르듯 한 명씩 이름을 외쳤다.

우용일. 이용식…… 이런 식으로 한참을 이어가던 환호는 9번 타자에 이어서 내 이름으로 이어졌다. 구경남!

그리고 베이스 쪽까지 한바퀴 돌더니 가장 마지막엔 오늘의 심판 이름을 외쳤다. 최순남, 최순남.

이름이 불린 심판은 갑자기 당황한 듯 머리를 긁적이더니 모자를 벗고 관중들에게 손을 흔들었다. 이날의 깜짝 정전 소동에서 가장 당황했을 사람이 바로 이 심판이니까.

하지만 불이 켜지고 다시 경기가 시작되기까지도 다시 30분이 넘게 걸렸다. 한번 꺼진 라이트는 막 잠에서 깬 야수의 눈처럼 한참을 깜빡거리더니 아주 천천히 밝아졌다.

나는 주변이 어느 정도 밝아졌을 때부터 찐을 불러 캐치볼을 했다. 가만히 있으면 어깨가 식는다. 그나마 이날이 아주 지랄맞게 더웠다는 게 다행이었다. 추운 날씨였다면 어깨는 훨씬 빨리 식었을 테니까.

그러나 다시 경기가 시작된 이후, 베어스의 마운드로 걸어온 선수는 박철순이 아니었다.

베어스의 감독은 심판에게 몇 마디 하더니 왼손투수를 올렸다. 우리 팀 응원석에서 일제히 야유가 쏟아졌다.

"야, 이 미련곰탱이 놈들아! 치사하게 왜 바꾸냐?"

나도 힘이 쭉 빠졌다. 이번에 우리가 점수를 내고 내가 끝까지 막는다면 박철순의 역사적인 연승 기록을 내 손으로 깰 수 있으리라는 확신이 있었기 때문이었다.

찐이 다가와 어깨를 두드려줬다.

"됐어. 어차피 이번에 우리가 점수를 내면 박철순 자책점이 돼."

찐을 쳐다보며 알겠다고 고개를 끄덕였다.

하지만 타석에 들어선 우리 타자는 상대 투수의 초구를 야무지게 휘둘렀고, 공은 그대로 내야 한가운데 높이 떴다. 그리고 공은 그대로 상대 수비수의 글러브로 쏙 들어갔다.

베어스의 응원석에선 함성이 터졌다. 반대로 우리 더그아웃 위쪽 응원석에선 한숨이 나왔다. 절호의 찬스를 그렇게 허무하게 놓쳤다. 우 감독이 심판을 찾아가 따져봤지만 이미 상황은 끝난 뒤였다.

다시 마운드로 향했다. 어쨌거나 이번 경기는 이겨야 했다. 그래야 베어스와 동률이 된다. 아직 공동 우승에 대한 규정이 없다고 했다. 그래도 일단 이겨서 내 손으로 역사를 만들고 싶었다.

최선을 다해서 마운드에서 공을 뿌렸다. 투구수가 백 개를 넘어가면서부터는 템포를 조절하면서 완급 조절을 했다.

하지만 베어스의 현란한 투수 교체에 우리 타자들은 전혀 대응하지 못했다. 그렇게 13회까지 경기가 이어졌고, 밤 11시를 넘기자 심판이 양 팀 감독들을 불렀다.

"경남아, 오늘 수고했다잉."

강승필 코치가 다가와 내 어깨에 수건을 올려줬다.

우 감독은 심판에게 억울하다는 듯 소리를 쳤다.

"이렇게 끝내는 법이 어디 있습니까?"

우 감독은 심판을 잡아먹을 듯 달려들었다. 하지만 심판은 양손을 휘저으며 돌아섰다.

"끝났네, 끝났어."

쩐이 고개를 절레절레 저으며 내 어깨를 주물러줬다.

"뭐야, 끝이야?"

내가 물었다.

쩐은 진지한 표정으로 그라운드를 쳐다보면서 말했다.

"그런 모양이네. 밤 11시 이후엔 새로운 이닝에 들어갈 수 없다나, 뭐라나. 아마 그런 규정이 있는 모양이야."

214

찐이 아쉽다는 표정을 지었다.

"너 오늘 정말 잘 던졌는데……. 아쉽다."

찐이 계속해서 내 어깨를 쓰다듬으며 크게 한숨을 쉬었다.

그렇게 이날의 승부는 13회 무승부로 끝났다. 0 대 0. 네 시간 가까이 힘을 쏟은 걸 생각하면 허무한 결과였다.

난 13이닝 무실점을 기록했지만 승패는 없었다. 노디시전. 삼진을 열다섯 개 잡았고, 평균자책점을 내렸다는 걸로 위안을 삼아야 했다. 물론 박철순의 연승 기록도 이어지게 됐다.

관중석에선 이 결정을 이해할 수 없다는 듯 야유를 쏟아냈다. 베어스 쪽보다는 우리 쪽에서 더 아쉬워했다.

저 멀리 베어스 더그아웃에서 삼색 모자를 아무렇게나 쓴 베어스 선수들이 하나둘 짐을 챙겼다. 박철순과 눈이 마주쳤다. 박철순은 모자를 벗더니 나에게 살짝 고개를 숙였다. 나도 고개를 숙여 답례를 했다. 박철순과의 승부는 후반기를 기약해야 할 것 같았다.

우용일 감독은 한참 심판에게 대들더니 더그아웃으로 들어와 주전자를 걷어찼다. 쾅 하는 소리와 함께 노란색 주전자가 더그아웃을 가로질러 내 앞까지 날아왔다. 주전자 한쪽이 심하게 찌그러져 있었다.

우 감독은 바로 짐을 챙겨서 떠났다. 리종근 코치가 땀을 뻘뻘 흘리며 바로 그 뒤를 따라갔다. 강승필 코치는 나에게 다가와서 "잘 던졌는데……. 다음이 있겠지" 하고 쓴웃음을 짓더니 마찬가지로 그 뒤를 따랐다.

　나는 그대로 얼마간 더그아웃에 있다가 일어섰다. 네 시간 가까이 공을 던진 후유증이 뒤늦게 찾아왔다. 오른쪽 어깨가 덜덜 떨리기 시작했고, 어지럼증을 살짝 느꼈다. 호텔에 가면 바로 아이싱을 해야겠다고 생각했다. 아직 트레이닝 코치가 없는 시대이니 아이싱 같은 것은 스스로 해야 했다. 더군다나 아이싱이라는 개념도 없어서 경기를 마치면 바로 사우나로 들어가 몸을 뜨겁게 만드는 선수도 있었다.

　터덜터덜 걸어서 복도를 빠져나와 버스 쪽으로 걸었다. 복도가 평소보다 더 길게 느껴졌고, 거기서 빠져 나오는 데 한참이 걸린 기분이었다.

　그때 어떤 남자가 앞을 막아섰다.

　"구경남 선수, 수고하셨습니다."

　키가 작은 남자는 챙이 둥근 검은 모자를 쓰고서 날 보며 미소 짓고 있었다. 모자 옆으로 곱슬머리가 지저분하게 튀어나와 있었다. 남자는 날씨와 맞지 않는 구겨진 쥐색 외투를 손에 들고 있었고, 흰 셔츠 위에 타이트한 멜빵바지를 입고 있었는데 멜빵 사이로 배가 불룩 튀어나왔다. 멜빵바지가 그의 키를 더 작아 보이게 했다.

　나와 시선이 마주치자 남자는 더 환하게 미소를 지었다. 웃을 때마다 누런 치아가 훤히 보였다. 왠지 피하고 싶은 인상이었다. 그의 오른손에 들린 커다란 시가에선 연기가 나지 않았다. 폼으로 들고 다니는 듯했다.

뭐야, 팬인가. 너무 피곤해서 그냥 지나가려 했다.

"감사합니다."

인사를 하고 남자를 스쳐 지났다.

하지만 남자는 팔을 쭉 뻗어서 내 앞을 막았다. 그리고 한 걸음 더 다가오며 말했다.

"구경남 선수, 그러지 말고 잠깐 시간 좀 내줘요. 아주 중요한 일이 있는데."

나는 다시 남자를 쳐다봤다. 남자는 뭐가 좋은지 계속 환하게 웃고 있었다. 나와 친해지려는 것 같았는데, 난 딱히 친해지고 싶은 생각이 없었다.

그때 버스에서 클랙슨이 울렸다. 남자에게 고개를 숙이며 양해를 구했다.

"저기, 죄송합니다. 늦어서…… 사인은 다음에 해드릴게요."

그리고 버스를 향해 달렸다.

뒤에서 남자가 다급하게 외치는 소리가 들렸다.

"구경남 선수, 잠깐만요. 아주 잠깐이면 됩니다!"

*

"이번 전지훈련의 콘셉트는, 에, 또, 지옥 훈련이다. 알겠나?"

리종근 코치가 만지작거리던 선글라스에 땀이 묻어났다. 그의 시선은 땅을 향했다.

"쳇, 언제는 지옥 훈련 아니었냐?"

참새가 작은 소리로 투덜거렸다.

전반기를 아쉽게 2위로 마친 우리 팀은 휴식기에 다시 마산 공설 운동장을 찾았다. 우 감독은 아쉽게 우승을 놓친 후 언론과의 인터뷰에서 그 원인을 정신력에서 찾았다.

"마지막 순간에 한 끗 차이로 우승을 놓쳤습니다. 실력은 비등했지만, 결국 정신력에서 갈렸습니다. 그래서 후반기엔 정신력을 더욱 보강해서 다시 우승에 도전하겠습니다."

말도 안 되는 소리라고 생각했다. 시즌을 시작할 때 한참 벌어졌던 경기차를 거의 따라잡은 것부터가 정신력 덕분이 아닌가.

물론 이 시대엔 포스트시즌의 개념이 없어서 전반기 우승 팀만 한국시리즈 진출 기회가 주어졌다. 2위팀엔 아무런 혜택이 없었다. 그 부분은 좀 아쉽기는 했다. 한국시리즈에 오르려면 후반기에 우승하는 수밖에 없었으니까.

하지만 코치들의 정신력 타령은 진심인 것 같았다. 우선 우 감독이 머리를 짧게 자르더니, 다음 날엔 리종근 코치와 강승필 코치가 머리를 삭발 수준으로 밀었다.

"뭡니까, 그건? 어디 절에 들어가요?"

장일봉 선배가 강 코치에게 어이없다는 듯 웃으며 물었다.

"얀마, 누군 좋아서 이런다냐? 목구멍이 포도청이다잉."

강 코치가 머리를 긁적이면서 대답했다.

선수들은 감독의 눈치를 보더니 하나둘 머리를 밀기 시작했다. 며칠 후엔 도 회장이 기자를 몰고 나타났다. 머리를 빡빡 민 선수들은 카메라 앞에서 하나같이 '정신력'이라는 단어를 힘줘서 말했다.

"꼴값들 떨고 있네."

장 선배는 그 모습을 비웃었다.

"머리 밀어서 야구가 잘되면, 그럼 스님들 영입하면 되겠네?"

장 선배는 모자를 벗고 다니면서 일부러 치렁치렁한 머리를 흔들었다.

"장일봉 선수, 훈련 마치시면 인터뷰 좀 부탁드립니다."

동그란 잠자리 안경을 쓴 기자가 인터뷰를 요청했지만, 장 선배는 손을 저었다. 그리고 나를 가리켰다.

"나 같은 늙다리 말고 여기 떠오르는 써마린 선수나 인터뷰 많이 해주쇼."

그렇게 전지훈련 기간 내내 장 선배 대신 내가 인터뷰를 도맡았다. 했던 말을 반복해서 하다 보니 나중엔 지겨워졌다. 그래도 인터뷰 중엔 티를 내지 않았다. 마산까지 내려온 기자들이 좀 안 됐다는 생각도 들었다.

"전반기 아쉬운 2위의 원인은 뭐라고 보십니까?"

기자가 안경을 끌어 올리며 물었다.

나는 더그아웃에 서 있는 우 감독 쪽을 한번 흘끔 쳐다보고, 일부러 큰 소리로 말했다.

"뭐, 실력이 부족했던 거죠. 후반기엔 실력으로 1위에 오르겠습니다."

훈련은 대체로 장 선배와 한 조로 묶어서 진행했다. 물론 나도 삭발 같은 건 하지 않았다. '정신력을 위해 머리를 민다'는 개념도 마음에 들지 않았다. 미래의 야구에서도 물론 삭발 투혼이라는 게 존재했다. 성적이 떨어지면 누가 먼저랄 것 없이 머리를 밀고 양말을 끌어 올렸고, 그 모습은 미디어를 통해 야구팬들에게 전해졌다. 그러나 언제부턴지 다행히 그런 바보 같은 짓은 많이 사라졌다.

장 선배와 나는 회복에 집중했다. 장 선배를 따라서 스트레칭을 하고 햇볕을 쬐었다. 장 선배는 야구에 대한 얘기는 거의 하지 않았다. 대신 자기가 일본에 있을 때 만났던 여자들 이야기를 했다.

"동생, 내가 호크스에 있을 때 말이야, 경기를 마쳤는데 어떤 여자가 따라오는 거야. 근데 그 여자가 어떻게 생겼냐면……."

장 선배는 한참 자신의 연애담을 쏟아냈다. 처음에는 대충 고개를 끄덕이면서 듣다가 나중엔 이야기에 빠져들었다. 장 선배는 기본적으로 말재주가 아주 뛰어난 사람이었다. 중간에 한국말이 생각이 안 나면 "아노……"라고 주춤거리면서 일본 말을 섞기도 했는데, 덕분에 이야기가 더 실감나게 들렸다.

장 선배의 이야기를 들으면서 일본 야구에 대해서 상상했다. 내가 도쿄돔 마운드에 올라 공을 던지는 상상도 해봤다. 올 시즌을 마치고 만약 보너스를 받으면 일본에 진출하는 것도 괜찮을 것 같았다. 여기서 통한다면 일본에서도 가능할 것 같았다. 그다음에 다시 메이저리그에 도전하는 것도 좋겠고.

장 선배와 나는 대충 눈치를 보면서 느릿느릿 훈련을 했다. 그리고 다른 선수들이 '지옥 훈련'을 하는 모습을 멀리서 쳐다봤다. 리 코치와 강 코치는 선수들을 혹독하게 다그쳤다. 그리고 그 뒤쪽에서 우 감독이 노란 장갑을 낀 채로 그 모습을 지켜봤다.

그래도 전반기 성적이 좋았어서 그런지 팀 분위기는 제법 괜찮았다. 투수조에선 대체로 참새가 분위기를 띄웠다. 참새는 당시 유행하는 가수의 흉내를 기가 막히게 냈다. 기도하는, 꺄악. 혼자 가수를 흉내내면서 노래를 부르더니 반대쪽으로 이동해서는 팬들 흉내까지 내면서 사람들을 웃겼다.

훈련을 마치면 장 선배와 강 코치와 함께 근처 장어구이집으로 가서 저녁 겸 술잔을 기울였다. 가끔 소식이도 함께했다. 머리를 동글동글 민 소식이는 아주 귀여웠다.

"야, 너 꼭 동자승 같다."

내가 말하자 소식이는 부끄러운 듯 볼을 붉혔다. 그리고 어색한지 손으로 머리를 쓱 쓰다듬었다.

소식이 같은 동생이 있으면 어떨까 하는 생각을 하기도 했다. 그럼 나의 이런 지랄맞은 성격도 좀 바뀌지 않았을까.

저녁에는 팬들에게 틈틈이 감사 편지를 쓰기도 했다. 팬들은 우리가 묵는 호텔로 응원 편지를 보내왔다. 나와 장 선배가 가장 많이 받았다. 그들에게 정성껏 답장을 쓰라는 도 회장의 지시가 내려왔다.

저녁에 심심하기도 해서 나는 방에서 찐과 함께 편지지를 쌓아놓고 편지를 썼다. 물론 모든 사람에게 답장을 쓰는 건 불가능했다. 받은 편지 중 무작위로 골라 답장을 썼다. 우린 주로 어린이들이 쓴 걸로 보이는 편지를 선택했다.

하지만 막상 흰 편지지를 앞에 놓고 볼펜을 들면 막막해졌다. 손으로 글씨를 쓴다는 것 자체가 어색하기도 했다.

반면 찐은 유명한 소설가처럼 술술 글을 썼다. 찐이 화장실을 간 사이에 몰래 찐이 쓴 편지를 훔쳐봤다. 찐은 아주 바른 글씨체로 편지지를 가득 채우고 있었다.

고마운 OOO 어린이.

네가 보내준 편지 아주 잘 받았다. 덕분에 삼촌도 큰 힘을 얻었단다. 우린 지금 열심히 기량을 갈고 닦고 있어. 덕분에 기술도 향상됐고, 정신력도 강해졌단다.

전반기에 아쉽게 2등을 했지만, 후반기엔 정말 자신 있다. 선수들 모두 한마음으로 그렇게 외치고 있어. 후반기엔 정말 기대해줘도 좋다.

너도 부모님 말씀 잘 듣고, 공부도 소홀히 하지 말길 바란다. 그리고 우리 슈퍼맨들이 돌아올 때까지 기다려줘. 우린 곧 돌아갈 거야.

이런 내용이었다.

마지막에 '슈퍼맨'이라는 단어가 좀 오글거리긴 했지만, 편지 내용은 나쁘지 않았다. 팬에 대한 진심이 묻어 나왔다.

그로부터 며칠 후 참새가 신기한 소식을 들려줬다. 참새가 나에게 잡지 하나를 쓱 내밀었다.

"야, 이거 한번 봐봐."

'레이디'로 시작하는 두꺼운 여성잡지였다. 당시 인기를 끄는 잡지였다. 참새가 펼친 페이지를 쳐다보니, 거기에 '미래의 남편 순위'라는 설문조사가 실려 있었다.

가장 위에 박철순의 이름이 보였다. 거기까진 예상대로였다. 하지만 그 아래에 바로 내 이름이 있었다.

2위 구경남.

참새와 눈이 마주쳤다. 참새가 갑자기 내 목을 휘감았다.

"이 자식. 이거 완전히 떴고만. 이 밀가루처럼 허여멀건 놈이 대체 뭐가 좋다는 거야? 차라리 내가 낫지, 안 그래?"

참새의 옆구리를 간지럽혀서 간신히 빠져나왔다. 그리고 다시 잡지를 들고 천천히 기사를 읽었다. 정말 박철순의 사진 옆에 내 사진이 있었다. 야구장에서 기다리는 팬에게 웃으며 사

인을 하는 내 모습이 담겨 있었다. 그 모습이 낯설어서 한참 쳐
다봤다. 흑백사진으로 보는 내 얼굴은 생소했다. 정말 이 시대
에 태어나 사는 사람처럼 보였다.

*

그렇게 훈련을 하던 어느 날, 우 감독의 호출을 받았다. 날
따로 불렀다는게 좀 의아했지만, 감독실로 찾아갔다. 감독실은
마산 야구장 복도 끝에 있는 사무실에 임시로 꾸며져 있었다.
문을 두드리고 안으로 들어갔다.
"들어와."
우 감독의 목소리가 들렸다.
방 안엔 우 감독 혼자 있었다. 이것도 의외였다. 당연히 심복
인 리종근 코치가 같이 있을 거라고 예상했기 때문이었다. 난
우 감독 맞은편에 앉았다. 우 감독이 사용하는 책상을 흘끗 봤
는데, 거기엔 경기 중 찍힌 본인의 사진이 아주 커다란 액자에
담겨 있었다. 물론 노란 장갑을 낀 모습이었다.
우 감독은 담배를 한 대 꺼내고는 엄지와 검지로 담배를 위
아래로 쓰다듬었다. 그리고 담배를 테이블에 내려놓고 가볍게
툭툭 털었다.
"훈련은 할 만하냐?"
우 감독이 물었다. 시선은 여전히 담배를 향해 있었다.

224

"네, 할 만합니다."

"그래……."

그 말을 끝으로 우 감독은 한참을 그대로 있었다. 혹시 왜 삭발을 하지 않았는지 따질까 싶어 긴장이 됐다. 그렇게까지 감독이 원한다면 삭발을 해도 괜찮다는 생각이 들었다.

하지만 우 감독은 뜻밖의 말을 했다.

"후반기에 등판하면 첫 타자에게 볼넷을 줘."

우 감독이 코를 한번 쓰다듬더니, 별일 아니라는 말투로 말했다. 시선은 여전히 담배에 꽂혀 있었다.

"볼넷이요?"

뜻밖의 말에 내가 놀라서 물었다.

"그래, 볼넷. 왜, 어렵나?"

"아니, 그게 아니라. 대체 왜……."

우 감독이 고개를 들더니 가까이 다가왔다.

"감독이 시키면 하는 거지, 뭐가 그렇게 궁금하지? 그냥 볼넷이야. 몸이 덜 풀린 것처럼. 볼만 네 개 던지고 1루를 채우라고. 그다음부턴 자네 마음대로 던져."

나는 우 감독의 눈을 쳐다봤다. 순간 얼굴이 뜨거워졌다. 온몸의 피가 얼굴로 몰리는 기분이 들었다.

"대체 무슨 말씀이신지 모르겠습니다. 대체 왜 볼넷을……."

"아니, 판단은 내가 해. 감독이 한다고. 선수들은 그냥 내 말에 따르기만 하면 돼. 그럼 되는 거야."

우 감독이 내 말을 자르며 말했다.

나는 우 감독의 눈을 한참 쳐다봤다. 우 감독은 입술을 찌그러뜨리더니 소파에 등을 기댔다. 우 감독의 입꼬리가 살짝 올라갔다. 웃는 것처럼 보였지만, 아닌 것 같기도 했다. 우 감독이 느릿느릿 말했다.

"자넨…… 팀 규율에 대해서 어떻게 생각하나?"

"규율이요?"

"그래, 규율. 팀을 꾸려나가려면 지켜야하는 것들 말이야. 요즘 자네 좀 아슬아슬해 보이던데. 장일봉 같은 놈하고 똑같이 굴려고 하면 안 돼."

그리고 잠시 말없이 내 눈을 똑바로 쳐다봤다. 내가 무슨 생각을 하는지 가늠하려는 듯 시선을 왼쪽에서 오른쪽으로 천천히 옮겼다.

"자넨 여기서 신인이잖아. 신인답게 굴어야지."

나는 할 말이 없어서 고개를 떨구었다. 손이 부들부들 떨리기 시작했다. 우 감독은 첫 타자 볼넷을 지시하고 있었다. 그게 어떤 의미인지는 충분히 알 수 있었다.

우 감독은 테이블에 있던 노란 장갑을 들었다. 그리고 장갑을 포개서 오른손으로 쥐더니, 자신의 얼굴 가까이 가져갔다.

"그리고 이건 제안이 아니야. 명령이야. 알겠나?"

우 감독이 위아래로 장갑을 흔들면서 낮은 목소리로 말했다. 순간 우 감독과 눈이 마주쳤다. 우 감독은 무표정했다. 하지만 입꼬리는 양쪽으로 벌어져 있었다.

bridg. 가수 지망생의 수다

야, 연수연. 언니 왔는데 뭐 하냐? 빨리 문 열어.

듣긴 누가 듣는다고 그래? 그리고 들으면 좀 어때? 왜, 나랑 둘이 술 마시니까 쪽팔리냐? 너 잘나가는 야구선수다 이거지?

어, 우리 사랑하는 동생. 우리 수연이 잘 있었어? 아니, 징그럽긴. 그냥 보고 싶었으니까 그렇지.

우리 사랑하는 아들, 주원이도 아직 안 잤네? 이리 와봐. 엄마가 아들 좋아하는 통닭 사왔지. 이거 먹고 자자. 응? 시간? 벌써 12시가 넘었다고? 그럼 주원인 자야겠네. 그래, 통닭은 내일 또 사줄게. 자, 약속.

자, 들어오세요. 야구선수님. 뭘 그렇게 부끄러워해? 그래서 마운드에서 공이나 던질 수 있겠어?

동생, 오늘 이 언니가 여기 대단하신 구경남 선수님, 위로 좀 해드렸다. 아니, 열받잖아. 1등이 눈앞에 있었는데. 안 그래? 그치? 너도 열받아서 엄청 욕했잖아.

그래서 저기 쌀롱에서 한잔하다가 이렇게 취해버렸네. 헤헤. 취한 김에 한잔 더 하자고 여기까지 모셔왔지.

경남아, 여기 앉아. 내가 금방 상 봐올게. 아니네요. 두 사람 다 앉아만 있으세요. 글쎄, 나 안 취했다니까 그러네.

자, 여기 통닭도 있고. 내가 맥주는 치사한 곰탱이들 미워서 다른 걸로 사왔어. 야비한 곰탱이들. 질 것 같으니까 막판에 개네가 꼼수 부린거지, 어? 야구장 불 자기들이 끈 거 아니야?

자, 그럼 다들 잔 채우고. 원샷! 캬, 좋네.

경남아, 우리 동생 수연이 엄청 멋있다. 아니, 왜? 뭘 새삼 부끄러워하고 그래? 프로선수님 앞이라서 체면 차리냐?

우리 수연이는 나랑 다르게 어렸을 때부터 공부 엄청 잘했거든. 그리고 작년에 경찰공무원 시험에 딱! 한 번에 합격했다 이거지. 수연이 꿈이 뭔지 알아? 경찰청장이야, 경찰청장. 헤헤. 저것 봐. 저렇게 좋아한다니까. 언젠가 우리나라에서도 여자가 경찰청장 하는 시대가 올 거라나, 뭐라나. 물론 난 말도 안 된다고 생각해. 아니, 그럼 우리나라에서 여자가 대통령 하는 시대도 오겠네? 어? 그치, 경남아.

뭐야, 경남. 뭐가 그렇게 우스워? 뭘 아는 것처럼 웃어대네? 너 수연이 앞에서 까불면 안 돼. 얘가 얼마나 힘이 센 줄 알아? 태권도에 권투에 유도에……. 어렸을 때부터 얘가 안 한 게 없어. 이 집에 도둑만 한번 들어와 봐. 그날로 그놈은 초상이니까.

근데 얜 시집가긴 글렀어. 저런 애를 어떤 남자가 데리고 가? 웃기시네. 자기가 무슨 자발적으로 결정한 거라나? 비혼주의자라는 이상한 말도 만들었어. 자기가 그거래. 아주 웃겨. 자기가 결혼 못 하는 걸 이상한 거랑 연결한다? 너 아빠 엄마가 아시면, 알지?

알았어, 알았어. 말 안 할게. 하여간 얘가 언니한테 저렇게 맞먹는다니까.

술이나 마시자. 자, 자, 건배!

나? 에이, 나는 뭐. 지난번에도 말했지만……. 그냥 노래 좋아했어. 근데 백도 없고 돈도 없고……. 그래도 매일 노래는 불러. 내 팬들도 있어. 이름이 제임스에, 로버트에. 백인도 있고, 흑인도 있고. 아주 다양해. 요즘 많이 나오는 글로벌한 인재, 프로 같은 여자가 나라고. 헤헤.

근데 우리 주원이 생각하면 좀 미안하긴 해. 주원인 아빠 얼굴도 못 봤거든. 어릴 때였고, 철이 없었지. 그 인간 이름이 싫어서 주원이한텐 우리 성을 붙여줬어. 연주원. 휴, 미안. 분위기가 좀 처졌네.

뭐? 노래 한 곡? 좋아, 기분이다. 소주병에 숟가락? 오, 구경남 선수님! 뭘 아시네. 그럼 부른다.

이 밤은 너무 짧잖아요(빰빰빰빠!).
우리 함께 손잡고 춤을 추어요.
지난 일은(빰!), 어제 일은(빰!).
모두 잊어요, 아아아아!

헤헤, 부끄럽다. 마셔, 마셔.

왜 그래? 너무 비행기 태우는 거 아니야? 집에 초대했다고 엄청 띄워주네. 그래? 그렇게 좋았어? 원래 내가 한 노래 한다니까. 클럽에서 마이크 한번 잡으면 다들 난리가 나. 쑤지, 쑤지, 이러면서.

근데 경남아, 널 보면 항상 좀 신기한 생각이 들어. 왠지 여기 있는 사람들하고 너무 다른 것 같거든. 지난번에 네가 그랬잖아. 아주 먼 곳에서 왔다고. 그래, 수연아. 자기가 그랬다니까? 제주도나 미국보다도 먼 데서 왔다나?

그래서 말인데…… 말해주면 안 돼? 대체 어디서 온 거야?

응, 어디? 미래? 그게 어디야? 어디에 있는 나란데?

몇 년도? 이천 몇 년? 수연아, 얘가 지금 우리 웃기려나 보다. 하하, 별 웃기는 소릴 다하네. 미래는 무슨.

수연아, 그 미래가 뭐였지? 영어로? 왜, 너 요즘 민병철 생활 영어 열심히 듣잖아. 맞다, 퓨처. 그래, 그러니까 지금 구경남, 네가 퓨처에서 왔다는 거지? 이천 몇 년도에서?

참 나, 기가 막혀서. 그럼 여기까진 뭘 타고 왔냐? 진짜 달나라 같은 데에서 떨어졌어? 그리고 네가 진짜 미래에서 왔으면, 앞으로 무슨 일이 생길지도 다 알겠네?

야, 됐다, 됐어. 농담 재미없다. 네가 〈이티〉 봤다고 그런 소리 하나 본데, 영화 같은 소린 그만하고 술이나 마시자.

자, 우리 후반기 슈퍼스타즈의 우승을 위해서 건배하자.

다 같이 잔 들고.

하나, 둘, 후반기 우승을 위하여!

1-3 강한 자들 전성시대

어딘가를 둥둥 떠다니고 있다. 몸에 힘이 들어가지 않는다. 하지만 그 자체로 편안함을 느낀다. 어딜까, 이곳은. 아무런 저항 없이 몸이 뜬 걸 보면 깊은 바닷속이 아닐까. 아니면 차원이 다른 공간일까. 그동안의 일이 떠올랐다. 기억이 선명했다. 그것들은 정말 내가 겪은 일일까. 아니, 꿈일지도 모르지. 그리고 지금 이곳이 현실일지도.

그때 발아래에서 갑자기 끔찍한 소리가 들려왔다. 거대한 무언가가 입을 벌리고 빨아들이는 소리. 꾸어억. 굉음과 함께 갑자기 내 몸 아래쪽이 바닥으로 끌려 들어갔다. 순식간이었다. 그리고 곧 내 몸의 위쪽이 끌려갔다. 저항력 때문에 눈을 제대로 뜰 수도 없었다. 간신히 눈꺼풀을 들어올려 아래를 쳐다봤는데, 커다란 모래 한가운데 구멍이 뚫려 있었다. 구멍은 나를 노려보고 있었다. 시커먼 눈을 부릅뜨고서. 비명을 지르려고 했다. 그러나 소리가 나오지 않았다. 구멍으로 점점 빨려 들어갔다. 거의 허리까지 먹혀버렸다.

으악. 소리를 지르면서 팔을 휘저었다. 눈을 뜸과 동시에 몸을 일으켰다. 낯선 천장이 눈에 들어왔다. 서서히 현실감이 들었다. 저 멀리 오래된 텔레비전이 보였다. 이곳은 1982년의 하숙집.

천천히 고개를 돌리면서 몸을 움직였다. 방금 전 몽상의 여운이 섬뜩할 정도로 남아 있었다. 아니, 정말 몽상이 맞기는 한 걸까.

그때, 갑자기 악몽처럼 허리통증이 찾아왔다. 아주 지독한 통증이었다. 누군가 커다란 망치와 정을 가지고 내 허리를 절반으로 쪼개버리는 것 같았다. 그대로 몸을 웅크린 채 고통이 지나가길 기다렸다.

얼마간 시간이 흘렀다. 통증이 조금 잦아들었다. 간신히 몸을 일으켜 기어가다시피 화장실로 갔다. 화장실의 얼룩진 거울에 내 얼굴이 보였다. 얼굴은 창백했다. 그리고 군데군데 수염이 자라 있었다. 서서히 지난밤의 일이 기억났다.

아무래도 전날 술을 너무 많이 마셔버린 것 같다. 수지와 수연 자매가 떠들어대던 소리가 머릿속을 맴돌았다. 수지의 노랫소리도 들렸다. 오래전 기억처럼 아득하게 울려 퍼졌다. 꼭 남의 기억을 훔쳐보는 것처럼.

　손을 내려다봤다. 수지의 손을 잡았던 감촉이 남아 있었다. 꿈이 아니다. 그건 살아 있는 사람의 촉감이었으니까.

　그러고 보니 난 어젯밤 수지에게 모든 걸 말해버렸다. 내가 어디에서 왔고, 이곳에선 그저 이방인이라는 사실을. 하지만 그렇다고 해서, 지금 이 현실에서 무언가 바뀐 게 있을까? 아니, 애초에 현실이란 어디지? 저곳? 혹은 이곳?

　거울을 빤히 보다가 오른손으로 조심스럽게 허리를 더듬었다. 훅 하고 통증이 전해졌다. 통증도 현실이었다. 인상을 쓰면서 거울 속에 있는 남자를 노려봤다.

　이 정도의 허리통증은 처음이다. 최근 공을 너무 많이 던졌는지도 모른다. 박철순도 허리 때문에 고생이라는 소문이 돌지 않나. 바뀐 팔꿈치 때문에 투구폼에 무리가 간 건지도 모르지. 안경에게 물어서 팀닥터를 찾아가봐야겠다.

　대문을 나서자 정면으로 늦여름의 따가운 햇볕이 비쳤다. 손을 들어 그 빛을 가렸다.

　야구장을 향해 걸었다. 평소보다 느리게, 조심해서 걸었다. 빨리 걸으면 허리가 쪼개질 것 같았다.

　그런데 야구장 근처 어시장이 평소와 달랐다. 사람들이 어시장 앞 도로의 한편을 점령하고 있었다. 사람들은 화가 난 것 같았다. 그중 몇몇이 아무렇게나 휘갈겨 쓴 종이를 들고 있었다. 거기엔 누군가에 대한 분노가 묻어 있었다. 힘들어서 못 살겠다. 우리도 먹고살자. 노동자도 사람이다, 등등. 종이는 여러 사람의 손때가 묻은 듯 더러웠다.

"우리가 일한 걸 누가 가져갔죠? 한번 말해봐요. 누구죠?"

머리에 빨간 띠를 두른 누군가가 확성기에 대고 소리쳤다. 사람들은 거기에 맞춰 누군가의 이름을 크게 외쳤다. 하지만 그들의 표정에는 분노보다 일상의 피곤함이 묻어 있었다.

사람들을 피해서 걷느라 야구장까지 가는 데 한참이 걸렸다. 라커 룸에 들어가자마자 의자에 몸을 눕혔다. 동시에 허리에서 다시 강한 통증이 올라왔다. 과거에도 몇 번 허리통증을 느낀 적이 있다. 옆구리 투수에겐 무릎과 함께 고질적인 통증이었다. 하지만 이렇게 심한 건 정말 처음이다. 불안했다. 여기선 부상 따윈 없을 거라고 맘대로 생각했었다.

예전에 같은 팀 동료 중 고질적인 허리통증을 앓던 선배가 하나 있었다. 그 선배는 틈만 나면 허리에 뜸을 뜨고 파스를 붙였다. 음식도 가려 먹었다. 아내가 싸준 도시락을 먹고 아주 쓴 음료를 마시며 인상을 쓰는 게 일상이었다. 그리고 벤치에 앉을 땐 꼿꼿하게 허리를 세우고 앉았다. 라커 룸 한쪽에 부처상을 놓고 향도 피웠다. 그렇게 하면 허리 상태가 나아진다는 듯이. 하지만 그런 노력에도 불구하고 그 선배는 몇 년 지나지 않아 팀에서 쫓겨났다.

딱 3년이었다. 그 선배가 마운드에서 빛난 건. 이후 5년 동안

1군과 2군을 오가며 재활에만 매달렸다. 옆에서 보기 딱할 정도였다. 몸이 망가져버린 선수의 마지막은 비참했다. 한때 그 선배에게 거액의 FA 금액을 약속했던 구단은 전혀 다른 얼굴로 그 선배를 버렸다.

슈퍼스타즈의 팀닥터를 맡고 있는 허 의원의 진료실은 야구장을 나와서 무진건설 본사 쪽으로 빠르게 걸으면 10분 정도 걸린다고 했다. 하지만 이날 난 허리를 잡고 어기적거리면서 걸어갔다. 더러운 매연을 내뿜는 차들로 가득한 교차로를 지나 바로 옆 골목길 입구에 다다르면 보이는 칙칙한 색깔의 건물, 거기 2층에 흰색 나무 간판이 하나 걸려 있었다. '허 의원.' 2층 창문엔 빨간 페인트로 이렇게 적혀 있었다. 슈퍼스타즈 프로야구단 자문 병원.

허 의원은 내 허리를 대충 훑어보니 갑자기 자신의 신세를 한탄하기 시작했다.

"내가 진짜 이 정도 돈을 받으면서 선수 몇 명을 보는지 알아? 이건 말도 안 된다고. 인천 시민들은 상상도 못 한다니까."

허 의원은 고개를 절레절레 젓더니 몸을 부들부들 떨었다. 그리고 내 쪽으로 한 뼘 더 다가오며 중얼거렸다.

"그딴 구두쇠 노랑이 같은 인간이 구단 머리에 앉아 있는 한, 이 팀은 절대 우승할 수 없어. 암, 그렇고말고."

그의 입에서 퀴퀴한 알코올 냄새가 났다. 숙취 때문이라고 하기엔 너무 심했다. 내가 들어오기 전까지도 소주를 들이부은 것 같았다. 아무래도 일하는 도중에 술을 마시는 것 같았다. 아니면 너무 적은 월급 때문에 알코올중독이 됐거나.

허 의원은 한참 구단주를 씹어댔다. 내가 들어도 상관없다는 투였다. 그리고 하얀 튜브를 하나 던져줬다.

"일단 그걸 발라봐. 일본 애들이 쓰는 건데, 운 좋으면 괜찮아질 수도 있으니까."

터덜터덜 야구장을 향해 걸었다. 야구장까지 걷는 데 또 한참이 걸렸다. 간신히 야구장 입구에 도착했을 때 기다렸다는 듯 누군가 쓱 다가왔다.

"미스터 써마린, 오늘은 좀 늦었네요."

얼마 전 봤던 그 멜빵바지였다. 남자는 멜빵을 끌어 올리더니 공중에 통 팅겨냈다. 그 사이로 불룩 튀어나온 뱃살이 출렁거렸다. 회색 정장 바지는 땀에 절어 군데군데 얼룩져 있었다. 멜빵바지는 날 보면서 얼굴 가득 미소를 짓고 있었는데, 그 덕분에 턱살이 아래로 말려들어갔다. 아무리 좋게 말해도 호감을 주는 인상은 아니었다.

아, 열성팬인가 보구나. 난 귀찮기도 하고 해서 대충 인사를 하고 지나가려 했다. 하지만 멜빵바지는 다급하게 내 팔을 잡았다.

"잠깐만요. 잠깐만 시간 좀 내주세요."

멜빵바지는 잡은 손에 더 강하게 힘을 주면서 외쳤다.

멜빵바지를 노려봤다.

"뭡니까? 사인이라도 필요한 거요?"

"아, 사인. 그것도 좋긴 하지."

멜빵바지가 날 보면서 허공에 사인을 하는 시늉을 했다. 그리고 덧붙였다.

"그런데 그것보다 더 좋은 게 있는데……."

멜빵바지가 날 보고 음흉한 미소를 지었다.

"이봐요. 감독한테 들었죠?"

"감독?"

순간 나도 모르게 소리를 질렀다. 목소리가 갈라졌다.

"그래요, 감독."

멜빵바지가 내 팔을 놓더니 양손을 비비적거렸다. 그리고 날 보고 눈을 찡긋했다. 비로소 멜빵바지의 얼굴을 똑바로 쳐다봤다. 멜빵바지는 만족한다는 듯 천천히 고개를 끄덕였다.

"어려울 거 없어요. 감독 말대로만 해요. 좀 삐딱한 성격이라고 들었지만, 설마 감독 말을 거역하진 않겠지. 그렇게만 하고 한몫 챙기는 거예요."

"한몫? 지금 돈을 얘기하는 거요?"

"그래요. 제대로 땡기는 거지. 야구 놀이로는 상상도 할 수 없을 정도로 어마어마한 돈. 도 회장 같은 작자는 절대 찔러줄 수 없을 정도의. 풍문으론 억대 보너스를 약속했다던데, 그 작자가 정말 그 정도 돈을 줄 거라 믿는 건 아니겠죠?"

멜빵바지가 갑자기 낄낄 소리를 내면서 웃었다. 난 가만히 다음 말을 기다렸다. 하지만 멜빵바지는 말없이 지그시 나를 봤다. 그리고 내 눈을 가만히 응시했다. 내 얼굴에 드러난 표정을 읽으려는 듯했다.

잠시 후 멜빵바지가 조용하게 말했다.

"우선 볼넷부터요. 일단 그 정도로 시작해보자고. 잘만 해주면 우리도 잘해주지."

멜빵바지가 자신의 멜빵을 천천히 쓰다듬으며 능글맞은 웃음을 지었다. 난 고개를 저으며 돌아섰다.

그러자 멜빵바지가 다급하게 소리쳤다.

"뭐요, 지금 거절하는 거요?"

"사람 잘못 봤어요. 시간 낭비 하지 말아요."

나는 말을 마치고 카악 소리를 내면서 바닥에 침을 뱉었다.

하지만 멜빵바지는 포기하지 않았다.

"어차피 구경남 선수가 아니더라도 다른 선수들이 전부 할 텐데……. 그래도 괜찮아요?"

고개를 돌려서 멜빵바지를 쏘아봤다.

"다른 선수들?"

"그래요, 다른 선수들."

"다른 선수라면……. 이를테면 장일봉 같은 선배까지?"

그 말에 멜빵바지는 미소 지으며 느리게 고개를 주억거렸다.

"물론이죠."

"말도 안 돼."

나는 강하게 고개를 가로저었다.

멜빵바지가 허공에 대고 자신의 멜빵을 또 한 번 튕겼다. 그리고 내 앞을 막아섰다.

"아직 이쪽 세상을 잘 모르시는군. 볼넷 정도는 기본인데."

난 멜빵바지를 밀치고 그대로 지나쳤다. 멜빵바지가 뒤에서 소리쳤다.

"이봐, 구경남 선수! 혼자만 빠지면 곤란할 거요. 내 장담하지. 분명히 후회할 일이 생길 거요, 분명히."

그 말을 무시하고 그대로 걸어갔다. 얼굴이 달아오르고 심장이 빠르게 뛰기 시작했다.

고의로 볼넷을 주면 돈을 준다는 유혹……. 이미 미래에서도 받았던 제안이다. 말도 안 된다고 생각했지만 돈의 액수를 듣고 흔들렸던 것도 사실이다. 브로커는 은밀하게 접근했다. 처음엔 야구팬이라고 자신을 소개했다. 어떤 선배가 부른 자리에서 만났었다. 아주 값비싼 시계를 선물하고 술을 샀다. 하지만…… 그 제안은 거절했다. 그런 식으로 돈을 벌고 싶진 않았다. 그런데 경찰에 잡혀간 브로커의 수첩에 내 이름이 쓰여 있었다. 한동안 경찰에 불려 다녔다. 증거가 없어서 무죄를 받았지만.

이후 내 이름은 승부조작 선수로 인터넷에 돌아다녔다. 억울했다. 잠시 흔들렸던 건 사실이지만 그런 더러운 일에 함께 하진 않았다. 해명을 해볼까 했지만 시간이 해결해주리라 믿는 순진한 생각을 했다. 하지만 의혹은 쉽게 사라지지 않았다.

멜빵바지의 말이 떠올랐다. 이미 다른 선수들까지 가담하고 있다는 말. 우 감독의 눈빛도 떠올랐다. 설마……. 다른 동료들이? 특히 장일봉 선배가? 매 경기 이기려고 스파이크를 갈아대는 그 사람이?

그때 바로 옆에서 바스락거리는 소리가 들렸다. 고양이였다. 검은 고양이 한 마리가 텅 빈 야구장 복도 한편에서 이쪽을 노려보고 있었다. 고양이와 눈이 마주쳤다. 고양이도 시선을 피하지 않았다. 그리고 잠시 후 고양이는 싫증이 났는지 몸을 부르르 떨면서 돌아섰다.

*

라커 룸엔 아무도 없었다. 의자에 몸을 기대앉아서 허 의원이 준 튜브를 열었다. 튜브 안엔 정체를 알 수 없는 약품이 들어 있었다. 그리고 아주 고약한 냄새가 났다. 께름칙했지만 손가락에 찍어서 대충 허리에 문질렀다. 조금 뒤 허리가 타는 듯 뜨거워졌다. 거울에 비춰 보니 연고를 바른 부분이 시뻘겋게 변해 있었다. 아주 독한 약인 것 같았다. 그대로 시간이 지나길 기다렸다. 다행히 통증은 점점 약해졌다.

그날은 종일 라커 룸에서 빈둥거리다가 집으로 갔다. 쩐과 참새가 다가와서 걱정스러운 듯 한마디씩 건넸다. 리종근 코치는 멀찍이서 쳐다보다가 돌아갔다. 잔소리하는 사람은 없었다. 여기서 난 야구를 잘하는 팀의 중심 선수니까.

다음 날도 회장의 집사인 안경이 찾아왔다.

"회장님께서 괜찮으신지 확인해보라고 하셨습니다."

안경이 공손하게 고개를 숙이며 말했다. 그리고 약을 지어 먹으라며 돈봉투를 내려놓았다. 만 원짜리 다섯 장이 들어 있었다. 구단주의 관심이 나쁘지 않았다.

그렇게 며칠 지내다 보니 허리통증도 거의 사라졌다. 팀은 후반기에 들어섰고 마운드에선 여전히 장일봉 선배 혼자 고군분투하고 있었다. 그리고 그다음 타이거즈와의 경기에서 선발 등판을 하라는 지시를 받았다. 리종근 코치는 시선을 마주치지도 않으면서 일방적으로 말했다. 리 코치의 지시가 썩 기분이 좋진 않았다. 팀에서 누구도 내 허리 상태에 대해 제대로 체크도 안 했으니까.

멀리서 우 감독이 나를 향해 고개를 돌렸다. 선글라스를 껴서 눈동자는 보이지 않았지만, 직감적으로 느꼈다. 감독은 지금 나를 보고 있다.

리종근 코치에게 느리게 고개를 끄덕였다. 허리가 좀 걱정이긴 했지만 동시에 어쩔 수 없는 상황이기도 했다. 우선 이번 시즌까지 마치고 나면 장일봉 선배에게 부탁해서 일본에 진료를 받으러 가는 것도 좋겠다는 생각도 들었다.

　그날 저녁에도 주원과 캐치볼을 했다.
　"삼촌, 저 요 며칠 연습한 거 보여드릴게요!"
　주원이 폼을 가다듬더니 변화구를 던졌다. 공은 우아한 곡
선을 그리며 내 가슴 높이로 쏙 들어왔다. 주원에게 엄지손가
락을 세워 보였다. 주원이는 신이 난듯 아싸, 하고 소리를 지르
며 이주일이 추는 춤을 췄다.
　주원의 폼은 꽤 좋아졌다. 원래 폼은 타고난다는 말이 있다.
난 그 말을 절반 정도만 믿었다. 폼을 바꾸려 이리저리 노력하
는 녀석들을 많이 봤으니까.
　그 생각은 주원을 보면서 조금 바뀌었다. 주원은 아주 좋은
폼을 타고났고 공을 던졌다. 덕분에 제구도 좋았고, 공끝의 힘
도 좋았다. 어쩌면 내가 대단한 야구선수 하나를 만드는 게 아
닌가 하는 기대도 들었다. 분명 연주원이라는 이름은 낯설다.
내가 뛰던 시대에선 보지 못한 이름이다.
　나로 인해 미래가 바뀌는 게 아닐까. 슈퍼스타즈의 역사가
바뀌었듯. 어쩌면 내가 여기 온 이유도 이 때문일지도 모르고.
　주원과 골목길 가게 앞 평상에 앉아 아이스크림을 먹었다.
곧 수지가 올 시간이 됐다. 우린 나란히 평상에 앉아서 쭈쭈바
를 빨았다.
　멍하니 해가 지는 풍경을 바라봤다. 붉은 태양이 저 멀리 광

활한 하늘에 걸려 있었다. 그 주변이 노을로 빨갛게 물들어 있었다.

주원이 가방에서 만화책을 꺼내서 읽기 시작했다.

"뭐야, 그건?"

내가 물었다.

주원은 잠깐 망설이다가 책 표지를 보여줬다.

"삼촌, 엄마한테 이르면 안 돼요. 알겠죠?"

나에게 다짐을 받는 듯 손가락을 내밀며 조심스레 말했다.

내가 아는 만화였다. 『공포의 외인구단』.

주원이 내 눈치를 살피더니 주절주절 떠들기 시작했다.

"아니, 만화책이 안 좋은 건 저도 아는데요. 이건 야구만화잖아요. 전 공부하려고 이거 읽는 거예요. 이거 보면서 야구를 배우는 거거든요. 이거 보면 오혜성이라고 야구선수가 나오는데요……."

내가 주원의 머리를 쓰다듬자 주원도 안심한 듯 미소를 지었다.

"근데 너 야구가 그렇게 좋냐?"

"그럼요, 삼촌. 야구가 제일 재밌어요, 세상에서. 만화책 보는 것보다 더."

주원의 머리를 장난스레 흐트러뜨리다가 물었다.

"근데, 너. 만약에, 진짜 만약에……. 야구선수가 아니면 뭐 되고 싶어? 다른 꿈은 없어?"

주원은 생각을 안 해봤다는 듯 머리를 쥐어뜯었다.

"다른 꿈이라……."

중얼거리면서 잠깐 생각에 빠져드는 듯했다.

"음, 그럼 전 군인 아저씨가 될래요."

주원이 말했다.

"군인?"

"네, 군인 아저씨요. 나쁜 간첩들 때려잡는 김 소위 같은 군인 아저씨요!"

주원이 갑자기 만화책을 둥글게 말더니 총을 쏘는 시늉을 했다. 웃음이 터졌다. 그리고 주원의 어깨를 주물렀다. 동시에 프로선수가 되기까지 얼마나 길고 힘든 인내의 시간을 견뎌야 하는지를 생각했다. 나에게 다시 선택의 기회를 준다면, 난 야구선수라는 직업을 선택할 수 있을까?

그래도 이 소년의 앞날은 응원하고 싶었다. 야구선수가 되든 군인 아저씨가 되든. 어떤 직업을 갖든 중요한 건 아니니까.

난 그저 해맑은 이 소년의 어깨를 더 힘껏 주물러줬다.

*

경기를 하러 가는 날에도 야구장 주변 어시장엔 사람들이 가득했다. 고개를 숙이고 그 사이를 지나쳤다. 흘끔 고개를 들어 사람들의 얼굴을 쳐다봤다. 그들의 표정은 하나같이 어두웠다. 그리고 모두 지쳐 보였다. 그들 중 몇이 무표정하게 나를 쳐다봤다. 사람들이 나를 알아볼까 싶었지만, 그들은 나에게 관심이 없었다.

그들의 앞에서 누군가 소리를 질렀다. 사람들은 그 소리를 따라서 외쳤다. 그들의 소리엔 억양이 없었다. 그들의 모습이 어딘가에서 봤던 그림과 겹쳤다. 내가 살던 시대의, 텔레비전 속 화면에서 봤던 우리네 모습과 다르지 않았다. 텔레비전 속의 사람들도 누군가에게 화를 내며 소리를 질렀다. 아주 지친 표정으로.

야구장에 들어서려는데 멀리 멜빵바지가 보였다. 저절로 인상이 쓰였다. 저놈의 승부조작은 왜 자꾸. 사실 아직 확실히 마음을 정하지는 않았다. 물론 일부러 볼넷을 내주는 바보 같은 짓은 하기 싫었다. 하지만 동시에 우 감독의 눈빛이 떠올랐다. 날 쳐다보던 그 차가운 눈빛.

일단 돌아가자고 생각했다. 그때 멜빵바지는 곧바로 누군가를 발견하고는 반갑다는 듯 손을 흔들었다. 멜빵바지 앞에 나타난 사람은…… 내 전담포수 찐이었다. 찐은 멜빵바지 앞에서 약간 비굴한 표정을 지으며 고개를 숙였다. 그리고 웃었다. 나와 있을 땐 보여주지 않던 밝은 미소였다. 두 사람은 오래전부터 알던 사이인 듯 아주 친해 보였다. 눈앞의 광경을 이해하는 데 잠시 시간이 걸렸다. 뭐지, 저건. 이전에 멜빵바지가 했던 말이 떠올랐다. 설마 찐이? 야구 박사 진성준이? 그럴 리가.

나는 보면 안 될 장면을 본 것처럼 최대한 소리를 내지 않도록 조심하면서 그 자리를 피했다.

운동복으로 갈아입고 그라운드에 섰다. 우선 외야에서 가볍게 러닝을 해봤다. 다행히 허리통증은 거의 사라졌다. 허 의원이 준 그 냄새 고약한 일본산 연고가 제법 효과를 낸 것 같았다. 요 몇 달 술을 너무 많이 마셔서 허리에 무리가 간 건지도 모르고.

찐이 포수마스크를 쓰고 맞은편에 섰다. 그리고 두 손을 올리면서 소리쳤다.

"쿠, 오늘도 가보자고."

찐은 글러브를 팡팡 치더니 포구 자세를 잡았다.

나는 조금 전 상황을 모른 척하고 천천히 공을 던졌다. 찐은 평소와 똑같았다. 마스크 뒤로 진지한 표정과 여드름투성이 얼굴도 그렇고.

그럼 그렇지. 찐과 멜빵바지는 그냥 친구 사이 같은 건지도 모른다. 미래의 야구장도 똑같다. 야구선수 주변을 어슬렁거리는 무리가 있고, 일부 선수들은 그들과 친하게 지낸다. 그들은 스폰서라고 불렸다. 기본적으로 야구팬이지만 때론 무리한 요구를 하기도 한다. 하지만 거기서 벌어지는 일은 기본적으로 선수 자신의 책임이다.

난 머리를 세차게 흔들어 잡생각을 떨쳐냈다. 지금은 찐이 아니라 내가 문제다. 후반기 들어서 아직 승을 따내지 못했다. 이렇게 밀리다간 선발 자리가 위태로워질 수도 있다. 팀의 다른 투수들은 후반기 들어서 컨디션이 꽤 좋았다.

우 감독도 마음에 걸렸다. 감독이 선수에게 대놓고 첫 타자 볼넷을 지시하다니. 미래에선 상상할 수도 없는 일이다. 한국야구위원회나 언론에 알려지면 감독은 바로 옷을 벗어야 할 테니.

폼을 신경 쓰면서 공에 힘을 실었다. 팔꿈치로 힘이 전해졌다. 몸 상태는 좋았다. 공 백 개 정도는 충분히 던질 수 있을 것 같았다.

이날 타이거즈와의 홈경기가 열리는 인천 승의 야구장엔 꽤 많은 관중들이 찾았다. 8월 말 토요일 오후의 날씨는 야구를 관람하기 딱 좋았다. 여전히 날은 좀 덥지만, 해가 지면 꽤 선선해졌다. 야구장 근처에서 바닷바람이 불어와 더 시원하게 느껴졌다. 덕분에 타자가 친 타구도 더 멀리 뻗어가는 듯 했다. 어떤 신문에서는 소금기를 머금은 바닷바람 때문이라고 분석했다.

나의 후반기 첫 선발 등판이라는 사실도 꽤 화제를 모았다.

"써마린, 써마린."

아이들은 기차를 만들어 복도를 뛰어다니면서 소리를 질렀다. 내가 손을 흔들어주자 꺄악 비명을 질렀다. 그 모습을 보자 피식 웃음이 나왔다. 아이들의 행렬이 더 길어졌다. 가장 앞에

선 아이가 주먹을 쥐고 끈을 당기는 시늉을 하면서 쿠쿠, 하고
소리를 냈다. 다른 아이들도 따라서 쿠쿠, 하고 외쳤다. 관중석
에서 동시에 웃음이 터졌다.

"야, 쟤네들 나름대로 응원 연구 좀 했나 보네."

참새가 내 어깨에 손을 올리더니 쿠쿠, 소리를 따라 내면서
웃었다.

잠깐 멈춰 서서 관중석을 둘러봤다. 아이들 행렬 뒤쪽도 팬
들로 가득했다. 남자들은 메리야스 차림으로 담배를 물고 있
었고, 여자들은 그 옆에서 커다란 부채를 흔들고 있었다. 어른
들도 나와 눈이 마주치자 아이처럼 손을 흔들었다.

전광판을 봤다. 시간은 오후 4시 57분을 가리키고 있었다.
나는 모자를 눌러쓴 다음 불펜을 박차고 뛰어갔다. 그리고 숭
의 야구장의 마운드를 향해 달렸다. 관중석에서 와, 하고 큰 함
성 소리가 들려왔다.

"대한 사람 대한으로 길이 보전하세."

애국가가 끝나자 바로 사이렌 소리가 울렸다.

플레이볼.

관중들의 함성이 더 커졌다.

나는 타석에 선 타이거즈 타자의 빨간색 상의와 검은 바지
를 노려봤다. 공포의 '검빨 유니폼'이라고 불리던 그 유니폼이
지만, 1982년이면 아직 호랑이가 깨어나기 전이다.

글러브로 입을 가렸다. 글러브에 미리 발라놓은 파라핀에 공을 문질렀다. 그리고 침을 뱉어 공을 더 끈적끈적하게 만들었다.

관중들의 소음이 사라지고 찐의 글러브가 크게 보였다. 난 발을 박차고 이날의 첫 번째 공을 던졌다.

1회부터 빠르게 승부에 들어가기로 했다. 내가 빠진 영향으로 장 선배를 비롯한 다른 투수들의 부담이 커졌다. 오늘은 내가 끝까지 던지고 싶었다. 찐과도 그렇게 사인을 맞췄다. 도 회장이 약속한 보너스도 떠올랐다. 몇 경기 빠져서 30승은 어려워도 20연승은 가능할 것 같았다. 후반기 남은 경기에서 전부 승을 따내면 불가능한 일도 아니었다.

보너스를 받으면 뭘 할지는 아직 모르겠다. 어쨌든 여기서도 돈은 필요하다. 당연하지. 야구에서 이겨서 정당하게 받아야지. 수지의 얼굴이 떠올랐다. 이번 시즌을 마치면 같이 어딘가로 여행을 가도 좋고.

첫 공이 스트라이크존 복판에 꽂혔다. 타이거즈의 1번 타자는 공이 들어가는 걸 지켜만 봤다.

볼넷 지시는 무시하기로 했다. 그깐 게 없어도 내 힘으로 마운드에 서고 보너스를 받으면 된다. 이 팀에 자리가 없다면 장 선배에게 부탁해 일본 팀에서 뛰는 것도 좋을 것 같았다. 무엇보다 감독 따위에게 휘둘리기 싫었다.

보란 듯이 다음 공도 스트라이크존 한복판에 꽂았다.

우 감독 쪽을 흘끔 쳐다봤다. 우 감독은 선글라스를 낀 채로 마운드를 보고 있었다. 그리고 노란 장갑을 낀 오른손으로 모자를 매만졌다. 옆에서 리종근 코치가 뭐라고 귓속말을 했다. 우 감독이 살짝 고개를 끄덕였다.

마운드에 서서 로진백을 들어서 튕겨냈다. 송진 가루를 실은 흰 바람이 마운드 주변으로 흩어졌다. 오른 손가락을 비비면서 입으로 후 불었다. 그리고 다시 투구 자세에 들어갔다.

마지막 공도 똑같이 한가운데를 노렸다. 크게 와인드업을 하면서 오른팔에 힘을 줬다. 팔꿈치의 근육이 불끈 솟아오르는 게 느껴졌다. 내 손을 떠난 공은 1초도 안 되는 시간 동안 포수 글러브를 향해 날아갔다. 동시에 타자의 배트가 허공을 부웅 갈랐다.

관중석에서 함성이 터졌다. 볼은 전반기보다 더 좋아진 것 같았다.

다음 타자에겐 템포 조절을 했다. 힘을 뺀 채로 속구를 던지다가 체인지업과 슬라이더로 헛스윙을 유도했다. 투아웃. 그리고 세 번째 타자에겐 체인지업으로 삼진을 뺏었다.

관중들의 함성을 뒤로하고 마운드에서 뛰어 내려왔다. 더그아웃에서 동료들이 웃으며 맞아줬다.

"뭐야, 공이 더 좋아졌네. 그동안 꾀병이었어?"

장일봉 선배는 수건을 내밀며 내 머리를 흩뜨렸다.

나는 웃으면서 더그아웃 끝에 있는 우 감독을 쳐다봤다. 감독은 내 쪽을 흘끔 쳐다보더니 강승필 코치를 불러서 작전을 지시했다. 감독의 말을 듣지 않은 것이 좀 께름칙하긴 했지만 무시하기로 했다. 아무리 감독이라도 선수에게 뭔 짓을 하진 못하겠지.

우리 타자들은 다음 공격에서 바로 점수를 올렸다. 큰 용식이와 작은 용식이가 연달아서 출루를 하더니 도루로 득점권 찬스를 만들었다. 그리고 외야뜬공과 내야땅볼로 연속으로 홈플레이트를 밟았다. 순식간에 2 대 0. 기분 좋은 출발이었다.

경기는 빠르게 흘러갔다. 2회부터 다시 템포를 조절하면서 던졌다. 속구로 카운트를 잡다가 체인지업과 슬라이더로 배트를 꼬셨다.

그리고 드디어 9회 초. 2 대 0으로 앞선 상황에서 마운드에 올랐다. 투구수가 몇 개인지 몰라도 충분히 던질 수 있었다. 힘이 넘쳤다. 가볍게 아웃카운트 두 개를 잡았다.

타석에는 타이거즈의 신예 김성춘이 들어섰다. 홈런타자로 유명한 김성춘은 프로 원년에 투수와 타자를 겸업했다. 투수로도 대단한 공을 던졌지만 타격도 대단했다. 한마디로 한국의 베이브 루스 같은 존재였다.

김성춘은 특유의 타격폼을 잡았다. 엉덩이를 흔들면서 공중에 반쯤 앉더니 내 쪽으로 배트 끝을 뻗었다.

나는 천천히 호흡을 가다듬었다. 그리고 이날 가장 강한 공을 뿌렸다. 타자는 그 공을 그대로 지켜봤다. 스트라이크 원.

다음 공은 체인지업. 하지만 김성춘은 움찔했을 뿐 배트를 내진 않았다. 볼카운트 1-1.

찐의 사인을 확인한 뒤 슬슬 발을 풀었다. 그리고 글러브에 공을 쓱 문질렀다. 다시 와인드업에 들어갔다. 김성춘의 시선도 내 글러브에 꽂혔다.

크게 발을 차면서 공을 뿌렸다. 공은 포수마스크 부분까지 솟구치며 날아갔다. 타자는 기다렸다는 듯 그 공에 배트를 휘둘렀다. 딱 소리와 함께 공이 외야를 향해 크게 날아갔다. 나도 고개를 돌려 공을 쫓았다.

숭의 야구장의 중앙 담장을 향해 한참 날아가던 공은 담장을 거의 넘어가는 듯했다. 하지만 그때 담장을 향해 달리던 소식이가 담장을 거의 올라타듯 공을 향해 날며 글러브를 뻗었다. 순식간의 일이었다. 슈퍼 캐치로 마지막 아웃카운트를 잡는 순간이었다.

"와!"

소식이가 글러브로 공을 잡고 떨어지는 순간 관중석에서 함성이 터져 나왔다. 관중들은 외야를 넘어서 야구장으로 뛰어들어왔다.

찐은 포수마스크를 벗어 던지고 나를 향해 달려왔다.

"완벽했어, 완벽했다고!"

찐이 소리를 질렀다. 완봉승이다. 미래에도 달성해본 적 없는 내 인생 최초의 기록.

멀리 김성춘이 허망하게 나를 쳐다봤다. 아직 솜털이 뽀송뽀송한 미래의 야구 전설은 패배가 아쉬운지 눈물까지 그렁그렁 맺혀 있었다. 그리고 타이거즈 선수들의 위로를 받으며 터덜터덜 더그아웃으로 걸어갔다. 전설적인 선수를 잡았다는 사실이 더 짜릿했다. 물론 다음에 다시 붙으면 어떻게 될지 모르겠지만.

잔뜩 흥분한 팬들이 담장을 넘어오더니 마운드를 둘러쌌다. 팬들과 일일이 하이 파이브를 했다. 기자들은 그 뒤에서 질문을 퍼부었고 곳곳에서 플래시가 터졌다. 멀리서 누군가 신이 난 듯 삐익 소리를 내며 나팔 같은 걸 불어댔다. 솔직히 듣기 좋은 소리는 아니었지만, 연주자는 잔뜩 신이 난 것 같았다.

"잘했어, 애송이."

장일봉이 다가와 내 어깨를 두드렸다. 그 뒤로 소식이가 웃으면서 나타나 나에게 공을 내밀었다.

"형, 완봉승 축하해요."

소식이를 꼭 안아줬다. 녀석의 수비가 아니었다면 완봉은 물 건너갔을지도 모르니까.

"삼촌, 삼촌."

그때 우리 쪽 응원석에서 익숙한 목소리가 들렸다. 주원이었다. 그 옆에 수지와 수연 자매가 서 있었다. 그들에게 바로 달려가고 싶지만 기자들이 놓아주지 않았다. 기자들의 질문에 대답하느라 시간을 한참 지체했다. 간신히 인터뷰를 마쳤을 땐 이미 관중들은 모두 퇴장했고 야구장 불은 하나둘 꺼지고 있었다.

서둘러 라커 룸으로 향했다. 내 번호 18번이 붙은 라커 앞에 안경이 샴페인을 들고 서 있었다.

"회장님께서 직접 준비하신 선물입니다. 복귀를 축하한다고 전해달라십니다."

안경은 미소를 지으며 샴페인을 내밀었다.

"작은 악마의 사랑을 듬뿍 받으시는고만."

참새가 막 샤워를 마치고 나온 듯 허리에 타월을 감은 채로 나를 놀려댔다. 그러더니 장난스럽게 쿠쿠, 하고 소리를 냈다.

동료들과 샴페인을 한잔씩 하고 싶었지만 수지와 주원이가 생각났다. 빨리 그들에게 가서 오늘 경기에 대해서 떠들고 싶었다.

재빨리 샤워를 하고 옷을 갈아 입고 샴페인을 챙겼다. 아마 모두 미스터리 쌀롱에 있을 것 같았다. 야구장에 있는 전화기로 쌀롱에 전화를 하려 했으나 곧 그곳 번호를 모른다는 게 생각났다.

밖으로 나와서 택시를 찾았다. 어느새 밤의 바람은 꽤 서늘해져 있었다. 급한 마음과 달리 택시는 보이지 않았다. 그렇게 두리번거리는데 누군가 소리쳤다.

"어이, 동생. 어디 가는지 모르지만 일단 타지."

장일봉 선배였다.

장 선배는 커다란 검은 자동차의 창문을 내리고 날 쳐다보고 있었다. 얼굴에 특유의 너구리 미소를 띤 채로. 장 선배의 자동차는 수지의 포니와는 비교가 되지 않을 정도로 크고 각이 져 있었다.

"얼른 타라고, 동생. 이래 봬도 이 차, 도 회장한테 직접 선물받은 차니까."

장 선배가 얼른 타라고 손짓했다. 조심스럽게 차 문을 열고 좌석에 올랐다. 차에서 아주 강한 향수 냄새가 진동했다. 기어 스틱엔 나무로 만든 커다란 갈색 묵주가 감겨 있었다.

장 선배는 애인을 대하듯 조심스럽게 액셀을 밟았다. 차에서 부웅, 하고 커다란 엔진 소리가 났다. 이어서 차체가 아픈 사람처럼 덜덜 떨리더니 천천히 앞으로 나갔다.

장 선배가 날 보더니 씨익 웃었다. 기분이 좋아 보였다.

"이 차가 어떤 차인지 알지?"

"글쎄요."

"왜 요즘 광고 무지하게 하잖아. 프로의 상징. 프로라면 이 차로 하세요, 이러면서."

장 선배는 칭찬을 좀 해달라는 듯 나를 쳐다보면서 실실 웃었다. 그러고 보니 광고를 본 기억이 났다. 물론 내 취향은 아니었다. 지나치게 크고 소음도 상당했다. 만약 이 시대에 연비 같은 개념이 있었다면 환경부에서 난리를 칠 것이었다.

장 선배는 내 눈치를 살피더니 계속 웃는 얼굴로 말했다.

"하긴 동생은 세상 소식엔 귀를 닫고 어디 처박혀서 공만 갈고닦았지? 그러니 그 정도 공을 뿌리는 걸 테고. 대체 어디서 수련을 한 거야?"

나는 어깨를 으쓱하고 손잡이를 돌려 창문을 열었다. 포니에 비해서 창문이 부드럽게 열렸다. 신선한 바람이 불어왔다. 덕분에 코를 찌르는 향수 냄새도 좀 약해졌다.

"동생 요즘 감독한테 단단히 찍혔다며? 곤란해, 나 같은 놈을 닮으면."

장 선배가 웃으면서 말했다.

나는 할 말이 없어서 그냥 웃어 보였다. 아무래도 내가 감독에게 찍혔다는 소문이 도는 것 같았다.

장 선배는 기분이 좋은지 계속 웃고 있었다.

"근데 동생. 말이 나왔으니까 말인데……. 대체 동생은 어디서 야구를 하다 온 거야? 강 코치도 전혀 모른다던데. 난 내가 일본에 오래 있긴 했나 보다 했지. 어디 아주 먼 곳에서 온 거야? 박철순처럼 미국 같은데?"

장 선배가 시선을 앞에 고정한 채 물었다. 여전히 장난스러운 말투였다.

잠깐 고민했다. 장 선배에게 거짓말을 하긴 싫었다. 내 말을 믿을지도 모르고. 수지도 내 말을 농담으로 들었으니까. 술김에 하는 농담.

그래서 그냥 솔직하게 털어놨다. 지금으로부터 오랜 시간이 흐른 미래, 한국에서 공을 던지다가 왔다고. 최대한 별일 아니라는 듯 덤덤하게 말했다.

장 선배는 말없이 내 얼굴을 쳐다봤다. 웃음이 사라졌다. 내 말이 농담인지 아닌지 가늠하는 것 같았다. 그러더니 한숨을 폭 쉬었다.

"그래. 알았어, 알았다고. 그렇다고 해두지."

잠시 차 안에 침묵이 흘렀다. 장 선배의 기분이 상한 건 아닌지 슬슬 걱정되기 시작했다. 하긴 여기선 믿을 수 없는 일이겠지. 갑자기 미래에서 나타났다는 소릴 한다면. 미친놈으로 보여도 할 말 없다.

"그런데 말이야……."

장 선배가 진지한 표정으로 말했다.

"정말 미래에서 왔다면 그것도 알 수 있겠지?"

장 선배를 쳐다봤다. 눈이 마주쳤다.

"아니, 주식 말이야. 미래에도 남아 있는 회사 주식. 그때도 남아 있는 회사라면 지금 사놓으면 대박 나는 거 아니야, 안 그래?"

천천히 고개를 끄덕였다. 과연 일리 있는 말이다. 주식거래는 불법도 아니다. 승부조작 같은 것과는 달리 내가 번 돈으로 투자를 하면 되니까.

머릿속에 몇몇 회사의 이름이 스쳐갔다. 애플? 구글? 아마존? 하지만 지금 시대에 미국 주식을 살 수 있는지 확신이 서지 않았다.

그때 저 멀리 익숙한 간판이 보였다. 아들과 딸이 함께 등장하는 광고판이었다. 가족을 사랑한다면 더 넓은 화면으로 보여주세요. 그 옆에 컬러텔레비전이 그려져 있었고, 그 위에 회사 로고가 보였다.

문득 회사 이름이 하나 떠올랐다.

"전자, 전자가 들어간 회사요."

장 선배가 눈을 가늘게 뜨고 나를 쳐다봤다.

"전자?"

"네, '전자'가 들어가는 회사요. 지금 야구단을 운영하는 회사 중에. 그 회사는 분명 미래에도 있어요."

장 선배는 그 말을 듣고 생각에 잠겼다. 그러더니 혼자 중얼거렸다.

"하긴 일본에서도 전자제품 만드는 회사들이 잘나가긴 하지."

나도 고개를 끄덕이며 동의했다.

장 선배는 한참 말없이 운전대를 잡았다. 전자 주식을 살지 고민을 하는 것 같았다. 나도 가만히 생각해 봤다. 보너스를 받으면 그 회사 주식을 사는 것도 괜찮을 것 같았다. 그다음엔 어디 분당 같은 데 땅이라도 사놓으면 좋지 않을까.

그때 장 선배가 진지한 목소리로 물었다.

"근데 동생, 자넨 마운드에 설 때 무슨 생각을 하나?"

장 선배가 내 쪽으로 고개를 돌렸다.

"그러니까 누굴 생각하면서 공을 던지냐는 말이지."

난 잠깐 고민했다.

"글쎄요, 특별히 누굴 떠올린다기보다는……."

수지가 잠깐 생각났지만 굳이 장 선배에게 말하고 싶지는 않았다.

"그렇다면 한 명 생각해놓는 게 어때? 그런 게 은근히 도움이 될 때가 있거든."

"그럼 선배는요. 누구 생각하는 사람 있어요?"

새끼손가락을 내밀어 보이며 웃었다. 장 선배의 여성편력은 이미 충분히 들었으니까. 하지만 장 선배는 뜻밖의 이름을 말했다.

"난 내 아버지를 생각하면서 공을 던져."

"아버지요?"

"그래, 아버지."

장 선배는 잠깐 생각에 잠긴 듯 전방을 노려봤다.

"난 그냥 가난이 싫었어. 어렸을 땐 시름시름 앓다가 죽는 게 아닐까 싶을 정도로 몸도 약했고. 그래서 하루는 아버지 보란 듯이 종이에 썼지. 몸만 나으면 야구를 하고 싶다고. 그랬더니 정말 아버지가 야구를 시켜줬어. 그땐 그냥 돈을 벌고 싶었어. 야구로. 유명해지면 돈은 따라온다고 생각했거든. 이후 미친 사람처럼 공을 던졌어. 남들이 돈에 환장했다고 욕했지만 다들 한가한 소리지. 그라운드에서 적당한 건 없어."

장 선배가 잠깐 틈을 두더니 중얼거렸다.

"이기는 게 전부야."

침묵이 흘렀다. 난 장 선배의 말을 곱씹다가 물었다.

"그럼 아버지는 지금 어디 계세요?"

장 선배는 그 말에 고개를 돌려서 내 얼굴을 빤히 쳐다봤다. 그러더니 곧 쓴웃음을 지으며 고개를 절레절레 저었다.

"글쎄, 아버지는 오사카 어딘가에 있겠지. 사실 만난 지 꽤 됐거든. 그래도 아버지가 하시던 말씀은 기억이 나. 낙엽은 가을바람을 원망하지 않는다, 뭐 그런 말. 어릴 때 들어도 꽤 멋있는 말이라고 생각했거든. 아버지는 타국에서 평생 그런 마음으로 살았던 것 같아."

장 선배는 한참 말이 없었다. 아버지에 대해서 생각하는 것 같았다.

"나중에 시간이 되면 충청도에 있는 어떤 마을에 가볼 생각이야. 우리가 어릴 때 살던 곳이거든."

장 선배의 말투는 쓸쓸했다. 위로의 말을 전하려는데 차가 멈췄다.

"동생, 자네가 말한 데가 여기가 맞나?"

장 선배는 자동차가 멈춘 곳을 게슴츠레한 눈으로 쳐다보면서 물었다. 건물 2층에서 '미스터리 쌀롱' 간판이 깜빡였다.

나는 고개를 끄덕이고 차에서 내렸다. 그리고 잠깐 망설이

다가 장 선배에게 물었다.

"저기, 선배. 같이 들어가서 한잔할래요? 괜찮은 곳인데."

장 선배는 고개를 저었다.

"아니, 나는 됐어. 저런 곳은. 양식당은 입에 안 맞아."

괜히 머쓱해져서 어깨를 움찔거렸다. 차 문을 닫고 장 선배에게 감사하다고 인사를 했다.

장 선배는 고개를 끄덕이다가 문득 생각난 듯 말했다.

"이봐, 동생. 난 남의 집 문에 머리를 들이미는 건 딱 질색이지만 말이야."

그리고 다음 말을 신중하게 고르는 듯 망설이다가 말했다.

"저긴 왠지 불길해. 감이 안 좋다고. 알겠어? 내 말을 듣는 게 좋을 거야. 이래 봬도 감 하나는 타고났으니까."

장 선배는 크게 한숨을 내쉬었다. 그리고 천천히 차를 출발시켰다. 잠시 장 선배와 눈이 마주쳤다. 장 선배는 쓴웃음을 지었다. 그리고 손을 흔들었다. 난 장 선배의 자동차가 사라지는 뒷모습을 조금 더 지켜봤다. 그리고 계단을 뛰어올랐다.

*

수지는 이미 조금 취해 있었다. 내가 올라가자 수연과 주원은 곧 자리를 피해줬다.

"둘이 더 마시고 와. 우린 내일 일찍 일어나야 되니까."

경찰 옷 대신 캐주얼한 옷을 입은 수연은 이렇게 말하면서 나에게 응원을 한다는 듯 눈을 찡긋했다.

수지는 이미 소주와 맥주를 꽤 많이 마신 듯했다. 가게 주인이 우리 테이블에 김치찌개를 놓았다. 그리고 나에게 살짝 고개를 숙여 인사했다. 나도 거기에 답했다. 가게 주인은 손가락으로 수지를 가리키더니 물었다.

"오늘 애 왜 이렇게 기분 좋은 줄 알아요? 구경남 선수가 이겼다면서요?"

주인은 말하며 고개를 절레절레 저었다.

"우리 승리투수님 왔어?"

수지가 날 보면서 미소를 지었다. 오늘도 립스틱으로 입술을 아주 빨갛게 칠했다. 대신 다른 화장은 좀 옅어서 평소보다 더 어려 보였다.

"뭐 벌써 이렇게 취했어?"

수지에게 물을 한 컵 채워서 건넸다.

"얼마나 기분이 좋아. 이겼잖아. 우리끼리 먼저 축하주 마시고 있었지."

나는 샴페인을 꺼내며 물었다.

"축하주는 내가 가지고 왔는데……. 이거 마실 수 있겠어?"

수지가 눈을 반짝였다.

"이거 뭐야? 양주 같은 거야?"

"몰라. 도 회장이 줬대."

"역시 잘나가는 사람은 다르네."

수지가 신기한 듯 병을 이리저리 돌리면서 관찰했다.

가게 주인에게 컵을 얻어서 샴페인을 따랐다. 주인은 외부에서 술을 가져온 것에 대해서 딱히 제지하지 않았다. 아직 콜키지 같은 것의 개념도 없는 시대일 테니.

"자, 건배."

수지가 잔을 내밀었다.

잔을 부딪치고 쭉 목으로 넘겼다. 스파클링이 꽤 센 술인 것 같았다. 꺼억 하고 가벼운 트림이 올라왔다. 수지와 눈이 마주쳐서 동시에 웃음이 터졌다.

우리는 잠시 오늘의 야구에 대해서 이야기를 했다.

"오늘 경기 정말 대단했어. 특히 마지막에 김성춘이 친 거 있잖아. 난 넘어가는 줄 알았다니까."

수지가 눈을 빛내며 말했다.

"거의 넘어가는 타군데 소식이가 잘 잡아줬지, 뭐."

나는 괜히 코를 긁적거렸다.

"그래도 네 공, 오늘 정말 끝내주던데. 속구도 좋았고. 그리고 이렇게 휘익 하고 떨어지는 공 있잖아. 그거 대체 뭐야? 신문에 나오는 것처럼 정말 마구야?"

"아냐, 그런 거. 그냥 변화구 중에 하나야."

"그래? 그런 건 어디서 배웠어?"

수지가 더 가까이 다가오면서 물었다.

어깨를 으쓱했다.

"말해도 안 믿잖아."

수지는 천천히 고개를 끄덕였다. 그리고 창밖을 쳐다봤다. 뭔가 생각을 하는 것 같았다.

그때 음악이 나왔다. 계은미의 노래였다. 지난번 노래와는 달리 느리고 끈적끈적한 노래였다. **그대여, 오늘 밤도 기다립니다. 이렇게 창가에서 비가 내릴 땐.** 수지가 창밖을 보면서 흥얼거렸다.

노래가 끝나길 기다리다가 말했다.

"맞다. 나 너한테 들려줄 거 하나 있는데."

수지가 쳐다봤다.

"내가 답가하기로 했잖아. 요즘 라디오에서 재밌는 노래를 하나 들었거든."

난 가게 주인에게 그 노래를 신청했다. 수지는 호기심 어린 눈으로 날 쳐다봤다. 잠시 후 노래의 전주가 나왔다. 단조롭지만 감미로운 멜로디로 시작되는 노래.

막상 노래를 시작하려니 좀 쑥스러웠다. 얼른 변명하듯 말했다.

"이 노래 부른 가수, 나중에 연기도 하거든. 악역 전문."

노래가 시작됐다.

사랑은 너무 어려워요.

전 아직 어린가 봐요.

나는 실실 웃으면서 노래를 따라 불렀다. 내가 아는 가수의 모습을 떠올리면서 불렀다. 악역을 연기하던 배우의 젊은 시절 목소리는 달콤했다. 가사도 너무 순수했고.

하지만 내 기대와 달리 수지의 표정에는 웃음기가 없었다. 아주 진지한 표정으로 내 얼굴을 바라보고 있었다.

내 얼굴에서도 점점 웃음이 사라졌다. 어쩌다 보니 진지하게 노래를 따라 불렀다.

오늘도 그대 생각에,
이렇게 밤을 지새워요.

그렇게 어색한 분위기에서 노래가 끝났다. 그동안 수지는 내 얼굴을 빤히 쳐다봤다. 그리고 아무 말도 하지 않았다. 난 좀 민망해져서 헛기침을 하고 물을 마셨다. 혹시 수지가 화가 난 건 아닌지 걱정이 됐다. 본인이 좋아하는 가수의 험담을 했다고 생각할지도 모르니까.

수지는 계속 내 얼굴을 빤히 쳐다봤다.

"근데, 네가 정말 미래에서 왔다면 말이야,"

수지가 천천히 입을 열었다.

"그럼 그땐 정말 여자 혼자 애 키우는 건 아무것도 아니야?

정말 여자가 결혼을 안 해도 되고? 외국도 마음대로 가고, 그 래?"

눈이 마주쳤다. 수지의 표정은 진지했다.

천천히 고개를 끄덕였다.

수지도 나를 따라서 고개를 끄덕였다.

"그래, 그렇구나."

그렇게 말하고는 다시 고개를 돌려서 창밖을 쳐다봤다.

수지의 옆얼굴을 쳐다봤다. 수지의 얼굴은 어쩌면 이 시대 보다는 내가 사는 시대에서 더 주목을 받을지도 모르겠다는 생각이 들었다. 수지는 개성 있게 예쁜 얼굴이었다. 특히, 난 수지의 커다란 눈과 작은 입술이 마음에 들었다. 노래를 할 때 목소리도 좋았다. 비음이 섞인 독특한 음색이었다.

여기와는 다른 시대에 사는 수지의 모습을 상상해봤다. 무 대에서 자유롭게 노래하는 모습을.

수지의 집 앞에서 우리는 한참 말없이 서 있었다. 수지는 오 늘 따라 말이 없었다. 분위기가 어색했다.

"조금 더 걸을까?"

수지에게 물었고 수지도 조용히 고개를 끄덕였다.

우린 골목길을 다시 한번 끝까지 걸었다. 그리고 끝까지 갔 다가 다시 돌아왔다. 하늘엔 별이 가득했고, 주변은 아주 조용 했다. 가끔 멀리서 자동차 경적과 개가 짖는 소리가 들릴 뿐이었다.

다시 수지의 집 앞에 섰다. 수지와 눈이 마주쳤다.

나는 수지에게 한 발 더 다가섰다. 그리고 그대로 입을 맞췄다. 수지도 나를 끌어안았다. 수지에게서 옅은 담배 냄새와 초콜릿 냄새 그리고 향수 냄새가 났다. 거기엔 왠지 그리운 것들이 스며들어 있었다. 아주 오래전에 잃어버린 것같이. 난 갑자기 눈물이 날 것 같았지만, 간신히 입술을 깨물면서 참았다.

우린 그대로 한참을 있었다.

얼마간 시간이 흘렀을 때 수지가 나를 밀어냈다. 순식간이었다. 놀라서 수지를 쳐다봤다. 수지는 울고 있었다. 내 얼굴을 쳐다보는 수지의 얼굴은 일그러져 있었다. 수지가 떨리는 목소리로 띄엄띄엄 말했다.

"우리, 이렇게 가까워지면 안 되는 거잖아. 넌 야구선수고. 나는……."

수지를 끌어안으려 했으나 수지가 다시 나를 밀어냈다.

"우리, 결혼할 것도 아니잖아. 안 그래?"

수지가 내 시선을 피하면서 말했다.

나는 할 말을 잃고 그대로 멍하니 서 있었다. 결혼이라는 건 전혀 생각해보지 않았다. 그 상대가 수지든 누구든. 결혼 같은 건 아주 먼, 남의 일이라고 생각했으니까.

"미안해. 먼저 들어갈게."

수지가 대문을 열고 사라졌다.

나는 집 앞에 좀 더 서 있었다. 상대가 1982년에 살고 있다는 걸 잊고 있었다. 옆에 있는 계단에 걸터앉았다.

연수지라는 사람에게 좋은 감정을 느끼는 건 확실했다. 처음 만났을 때의 신비했던 감정과는 다르지만, 내 편이라는 편안한 기분이 든다. 주원도 그렇다. 전적으로 나를 신뢰하는 주원의 눈빛을 보면 오히려 내가 위안을 받는다.

하지만 동시에, 그래서? 라는 생각도 들었다. 난 여기서 수지와 뭘 하려는 걸까. 수지의 말처럼, 그녀와 결혼이라도 하려는 걸까. 내가 이 시대에 왜 왔는지도 모르는데.

한참을 그곳에 멍하니 앉아 있었다.

*

며칠이 더 지났다. 난 정상궤도에 오른 듯 좋은 투구를 이어갔고, 연승을 올렸다.

그리고 다음 인천에서의 홈경기가 있는 날, 새벽 일찍 눈을 떴다. 밤새 뒤척이며 잠을 설쳤다. 결국 잠이 들길 포기하고 야구장으로 가기로 했다.

거실엔 하숙집 주인이 차려놓은 아침밥이 놓여 있었다. 언제든 배고플 때 먹을 수 있도록 그 위에 보자기 같은 걸로 덮어놓았다. 우리 엄마가 그랬듯. 하지만 하숙집 주인은 우리 엄마가 아니다. 얼굴도 닮았고, 음식 맛이 같을지 몰라도.

아침 먹기를 포기하고 밖으로 나왔다. 새벽의 공기는 이미 꽤 쌀쌀했다. 동이 트는 골목길에 어르신들이 나와 집 앞을 쓸고 있었다. 눈이 마주쳐 인사를 했다. 동네를 오가다 보니 낯이 익었다.

골목길을 나오자 저 멀리 어시장이 보였다. 새벽의 어시장은 역시나 분주했다. 생선을 파는 사람과 사려는 사람들이 한데 뒤섞여서 커다란 소음을 내고 있었다.

어시장 한편을 지나서 야구장으로 천천히 걸었다. 그때 어떤 가게에 놓인 신문이 눈에 들어왔다. 신문을 집어서 읽었다. 스포츠를 전문으로 보도하는 신문의 1면엔 이런 헤드라인이 적혀 있었다.

야구계를 노리는 승부조작? 이미 인천에도?

나는 그 자리에 서서 꼼꼼하게 기사를 읽었다. 아무래도 멜빵바지의 말은 사실인 것 같았다. 이미 야구장에선 승부조작을 제안하고, 그걸 실행해서 돈을 받는 사람들이 꽤 있을지도 모른다.

야구장 근처에 와서 한참을 망설였다. 그곳에 들어가기 꺼려졌다. 주변을 무작정 걸었다. 얼마간 근처 골목길을 쏘아 다녔다. 골목길의 풍경은 현실적이었다. 내가 있는 이곳이 꿈 같은 게 아니라는 게 실감이 났다.

한참을 더 쏘다니다가 다시 야구장으로 향했다. 그리고 멀리서 야구장을 쳐다봤다. 슈퍼스타즈의 마스코트를 그려놓은 깃발이 펄럭였다. 처음 이곳에 왔던 날과 똑같은 모습이었다.

그런데 저쪽 야구장 옆 골목길에서 또다시 멜빵바지를 발견했다. 멜빵바지는 초조한 듯 배를 쓱 문지르다가 누군가를 보고 반갑게 아는 척을 했다. 찐이었다. 내 전담포수 진성준. 저 녀석. 대체 뭘 하려는 거지. 난 한 블록쯤 떨어진 곳에서 그 모습을 지켜봤다.

찐은 멜빵바지와 악수를 하더니 몇 마디를 주고받았다. 그리고 고개를 빼들고 주변을 두리번거렸다. 벽 뒤로 몸을 숨겼다. 잠시 주변을 살피던 찐이 멜빵바지에게서 노란 봉투를 받았다. 그리고 그것을 서둘러 주머니에 쑤셔 넣었다. 순간 머리카락이 쭈뼛 솟아오르는 느낌이 들었다. 설마, 했던 의심이 확신으로 바뀌는 순간이었다.

그 자리에서 그들이 사라지길 기다렸다. 둘은 곧 헤어졌다. 그리고 찐은 서둘러 야구장으로 들어갔다.

라커 룸으로 들어와서 천천히 운동복으로 갈아입었다. 팀의 닥터인 허 의원이 라커 룸 여기저기를 쑤시고 다니다가 날 발견하고 내 쪽으로 왔다. 그리고 손가락으로 내 허리를 꾹꾹 눌렀다. 허리 상태를 체크하는 듯 했다. 다행히 통증은 사라졌다. 허 의원도 다행이라는 듯 안도의 한숨을 쉬었다. 하지만 곧 인상을 쓰더니 투덜거리기 시작했다.

"그러게, 내가 여기서 선수들을 몇이나 살려냈는데 도 회장은 그렇게 쩨쩨하게 구는 거야? 자네가 회장한테 한번 얘기 좀 해줄 텐가?"

나는 어깨를 으쓱했다. 지금 허 의원의 하소연을 들어줄 상황이 아니었다. 허 의원은 한참 더 술 냄새를 풍기면서 도 회장 험담을 했다. 하지만 내가 반응이 없자 포기하고 다른 선수를 찾아갔다.

나는 라커 의자에 앉아서 주변을 둘러봤다. 라커 룸엔 아무렇게나 널브러진 동료들의 짐이 쌓여 있었다. 과연 저들 중 누굴까. 혹시 나를 뺀 모두일까. 우선 찐은 확실했다. 찐에게 따져봐야겠다고 결심했다.

그라운드로 올라갔다. 찐은 불펜에 놓인 의자에 앉아 있었다. 평소처럼 진지한 표정으로 글러브를 손보고 있었다. 찐은 신중하게 사포로 글러브 안쪽을 문질렀다. 연구를 하는 학자 같은 얼굴이었다. 그 옆에 있는 의자에 앉았다.

"저기, 찐."

찐이 흘끔 쳐다봤다. 우선 불러봤지만 찐의 눈을 보는 순간 말을 잇지 못했다. 찐의 눈은 진지했다.

결국 고개를 저었다.

"아니. 아니야, 찐."

찐은 내 어깨에 손을 얹으며 엉뚱한 소리를 했다.

"왜 그래, 쿠? 너답지 않게. 장효수하고 이만구 상대한다고 생각하니까 긴장하는 거야? 그냥 지금처럼만 해. 내가 다 잡아 줄 테니까."

찐은 어깨에 올린 손에 힘을 주면서 말했다. 안 어울리게 미소까지 지어 보였다. 맞다. 장효수와 이만구. 오늘 내가 맞붙는 팀은 후반기 승률 1위를 달리고 있는 강팀 라이온즈였다. 특히 장효수와 이만구로 이어지는 중심타선의 힘은 무시무시했다.

하지만 내 관심은 찐이었다. 찐에게 묻고 싶었다. 그렇지만 어떻게 물어야 할지 몰랐다. 잠시 고민하다가 말을 돌렸다.

"저기, 찐."

"응?"

"넌 왜 야구를 하는 거야?"

찐과 눈이 마주쳤다.

"그러니까 내 말은……. 돈을 벌려고 하는 거냐는 말이지."

찐은 글러브를 내려놓고 생각에 잠겼다. 그리고 시선을 외야 쪽으로 돌렸다.

"아무래도 그렇겠지. 프로니까. 돈이 가장 중요하겠지, 아마."

찐은 다른 사람에 대해 말하듯 중얼거렸다. 그리고 잠시 틈을 두고서 말을 이었다.

"그런데…… 또 그게 전부는 아니야. 그냥, 어릴 때부터 야구 보는 게 좋았거든. 우리 동네에 야구로 유명한 고등학교가 있었어. 그 형들 야구하는 걸 보려고 일부러 찾아가서 훈련하는 걸 훔쳐봤어. 그게 어린 시절 내 놀이였지. 크면 아무 일이나 하면서 야구나 실컷 보고 싶었어. 내 재능으로 일류 선수가 될 수 없다는 건 나도 알았거든. 그런데 망할 아버지 때문에……."

찐은 갑자기 입술을 찌그러뜨렸다. 그리고 한참을 씩씩거렸다. 입에서 옅은 입김이 새어나왔다. 그렇게 찐은 오랫동안 글러브를 쏘아봤다. 뭔가에 대해 생각하는 것 같았다.

잠시 입술을 깨물던 찐이 천천히 고개를 끄덕이며 말했다.

"그래, 돈이지. 비록 쥐똥만 한 돈이긴 하지만. 어쨌든 이걸로 돈을 버니까. 물론 생활은 안 되지. 이 돈으로. 더군다나 언제 쫓겨날지 모르잖아. 내년엔 더 대단한 놈들이 들어올 텐데. 그다음엔 더 대단한 녀석들이 몰려올 테고. 나같이 그저 그런 선수들은 저기 인천 부둣가에서 죽어라 일을 해야 할 거야."

찐이 고개를 좌우로 저었다.

"망할 아버지처럼 살긴 싫었는데. 아버진 평생 뭔가를 기다리면서 살았어. 직업도 그런 걸 골랐어. 아무도 오지 않는 부둣가에서 배가 들어오길 기다리는 일이었으니까. 그렇게 하고 받은 돈이 얼만지 알아? 난 그렇게 살기 싫었는데……. 결국 그렇게 될 것 같아."

찐이 날 쳐다봤다.

"그래도 친구, 난 네가 부러워. 지금처럼 하면 분명 장일봉처럼 야구로만 돈을 벌 수 있을 테니까."

찐과 눈이 마주쳤다. 찐은 억지로 미소를 지었다.

"일단 오늘은 저 사자 놈들부터 뭉개주자고. 긴장하지 마, 친구."

찐이 나에게 공을 건네며 일어섰다. 그리고 반대편으로 걸어가더니 얼른 공이나 던지라는 듯 글러브를 팡팡 쳐댔다.

그래, 내가 신경 쓸 일이 아니겠지. 나도 더 이상 참견하지 않기로 했다. 그 나름대로의 이유가 있을지도 모르니까.

글러브를 챙겨서 천천히 일어섰다.

이날 라이온즈와의 홈경기도 관중으로 가득 찼다. 후반기 들어서 프로야구의 인기는 더 높아지고 있었다. 프로야구선수들의 일상이 뉴스를 채웠다. 스포츠신문에선 그날의 경기가 보도됐고, TV 뉴스에선 대통령 소식 다음에 야구 뉴스가 나왔다. 잡지에선 앞다투어 선수들의 사생활에 대해 떠들었다.

이 경기의 매치업도 팬들의 흥미를 끌었다. 후반기 들어서 무서운 상승세를 기록 중인 라이온즈는 이날 경기에 맞춰 그룹 임직원들을 버스로 실어서 몰고 왔다고 했다. 여기에 우리 홈팬들도 반대쪽 관중석을 가득 채웠다. 나를 보러 온 팬들도 많다고 했다. 지난 경기에서 대단한 공을 던졌으니까.

더그아웃 복도에 서서 관중석을 쳐다봤다. 내 얼굴을 발견한 관중들 몇이 날 가리키면서 소리를 질렀다. 난 그들에게 살짝 손을 흔들었다.

그때 내 뒤쪽 복도에서 인기척이 났다. 우용일 감독이 감독실을 나와서 어딘가로 가고 있었다. 난 잠깐 망설이다가 감독에게 다가갔다. 지난번 경기에 대해서 감독에게 뭐라고 설명해야 할 것 같았다.

"저기, 감독님."

우 감독과 눈이 마주쳤다. 우 감독은 아무 말없이 내 눈을 쳐다봤다. 표정은 없었다.

"지난번 경기에 대해서 말씀을 드릴 게 있어서요."

"지난번?"

우 감독이 메마른 목소리로 물었다.

"네, 저 이전 경기에서……."

나는 복도 주변을 두리번거렸다. 아무도 보이지 않는 걸 확인하고 우 감독에게 속삭였다.

"그 지시하신 거 있잖아요. 그거에 대해서 아무래도 설명을 드려야 할……."

"무슨 지시?"

우 감독이 옥타브 없는 목소리로 물었다.

순간 말문이 막혔다. 우 감독의 눈동자는 흔들림이 없었다.

"도대체 무슨 말인지 모르겠네."

우 감독이 혀를 끌끌 차더니 돌아섰다. 그리고 몸을 흔들며 걸어갔다.

난 그 모습을 멍하니 쳐다봤다.

내가 그라운드에 모습을 드러내자 팬들이 한꺼번에 소리를
질렀다.

"써마린, 써마린."

아이들은 이번에도 기차를 만들더니 복도를 돌면서 쿠쿠,
소리를 냈다.

환호하는 팬들에게 손을 흔들어서 답례를 했다. 팬들의 환
호 소리가 한층 더 커졌다. 파울라인 밖에서 찐과 캐치볼을 했
다. 머리가 복잡했지만 경기에 집중하는 게 먼저였다. 우 감독
의 표정이 떠올랐다. 우 감독은 처음 듣는 소리인 것처럼 대했
다. 볼넷 지시 같은 건 전혀 모른다는 듯.

그때 갑자기 저쪽에서 사람들이 웅성거리기 시작했다. 라이
온즈 선수들이 몸을 풀기 시작한 모양이었다. 스타 군단으로
유명한 라이온즈 선수들은 얼굴에서도 여유가 묻어 나왔다.
공을 문 사자가 그려진 파란 유니폼을 입은 선수들은 자기들
끼리 잡담을 나누면서 몸을 풀었다. 그들 사이로 검게 그을린
얼굴의 장효수와 이만구가 보였다. 장효수는 혼자 외야 한쪽
을 왕복으로 달렸고, 이만구는 옆에 있는 선수와 농담을 주고
받았다.

"저런 얼빠진 놈들. 돈 많은 구단에서 뛴다고 아주 콧대가
하늘을 찌르는군."

옆에서 장 선배가 혀를 끌끌 찼다. 장 선배는 그쪽을 노려보
다가 나에게 말했다.

"이봐, 동생. 오늘 저 사자 놈들한테 제대로 한 방 먹여주라고, 알겠지?"

장 선배의 말에 천천히 고개를 끄덕였다. 장 선배를 위해서라도 꼭 이기고 싶었다.

그리고 1회부터 바로 야구의 전설들과 마주하게 됐다.

투아웃에 주자가 없는 상황에서 사진으로만 보던 전설의 타자, 장효수가 느릿느릿 걸어와서 왼쪽 타석에 섰다. 장효수는 내가 알던 얼굴보다 훨씬 젊어 보였다. 하지만 표정만은 아주 진지했다. 그리고 날 집어삼킬 듯 노려봤다.

장효수가 방망이를 앞뒤로 획획 왔다 갔다 돌리더니 특유의 타격폼을 잡았다. 타격 자세에 빈틈은 보이지 않았다.

나는 침을 한번 꿀꺽 삼켰다. 그리고 배에 힘을 줬다. 어차피 똑같은 타자일 뿐이야. 나 자신에게 말했다.

외야로 고개를 돌렸다. 소식이가 날 쳐다보면서 글러브를 팡팡 쳤다. 조금 마음이 편해졌다. 어차피 맞더라도 동료들이 잡아줄 테니까. 그리고 우리 팀에도 야구 전설이 있으니까. 장일봉 같은.

기합을 넣고 마운드에 섰다. 공에 침을 묻혀서 글러브에 비볐다. 그리고 글러브에 두 손을 모은 뒤 몸을 오른쪽으로 꺾었다. 초구부터 몸쪽으로 붙이기로 했다. 아주 빠른 공으로. 전설의 실력도 한번 구경할 겸.

다리를 차올리면서 공을 뿌렸다. 하지만 장효수는 뒤로 살짝 물러서더니 몸쪽으로 들어오는 공을 그대로 획 돌려서 외야로 날렸다. 공은 아주 까마득하게 날아갔다. 관중들이 일제히 자리에서 일어섰다. 설마. 고개를 돌려 공이 날아가는 방향을 쳐다봤다.

공은 홈런 폴대를 지나 파울라인 바깥으로 휘어졌다. 우리 응원단에 있던 관중들은 십년감수했다는 듯 일제히 아, 하고 탄식을 뱉었다.

순간 식은땀이 흘러내렸다. 다행이다. 공이 조금만 가운데로 몰렸다면 넘어갔을지도 몰랐다. 현재 라이온즈 타자들의 컨디션은 최고인 것 같았다. 특히 후반기 들어서 장효수와 이만구 듀오는 홈런과 안타를 몰아치고 있었다. 잔뜩 성이 난 사자처럼.

다음 공은 찐과 신중하게 사인을 주고받았다. 떨어지는 변화구. 전설의 반응을 보고 싶었다. 하지만 비스듬하게 서 있던 타자는 이번 공은 관심 없다는 듯 묵묵히 쳐다보기만 했다. 선구안까지 좋았다.

조금 더 고민을 하다가 다음 공을 정했다. 이번 공은 바깥으로 휘는 패스트볼. 하지만 장효수는 이번 공도 쪼개버릴 듯 후려쳤다. 공은 시속 150킬로미터는 될 듯한 속도로 날아가더니 아슬아슬하게 파울라인을 타고 휘어졌다. 관중석에서 또 다시 탄식이 터져 나왔다.

휴, 안쪽이든 바깥쪽이든 사정 없고만. 그래도 파울 두 개로 스트라이크 두 개를 얻었다.

나는 쩐의 사인에 고개를 저었다. 마지막 공도 정면으로 붙고 싶었다. 몇 번 사인을 보내던 쩐이 포기했는지 알아서 던지라는 사인을 보냈다. 난 글러브로 입을 가린 채 쩐에게 고개를 끄덕였다. 포수마스크 뒤로 잔뜩 긴장한 쩐의 얼굴이 보였다.

크게 발을 내디뎠다. 그리고 허리를 틀면서 온몸의 힘을 쥐어짰다. 동시에 뒤쪽 기자석에서 펑 하고 플래시가 터졌다.

공은 포수글러브의 한가운데를 향해 날아갔다. 18.44미터를 화살처럼 날아간 조그만 공이 빡, 하고 포수글러브에 박혔다. 가운데에서 약간 높은 코스였다.

장효수는 그 공을 가만히 쳐다만 봤다. 그대로 잠깐 시간이 정지된 듯 했다. 야구장에 침묵이 흘렀다.

그리고 심판은 갑자기 생각났다는 듯 소리쳤다.

"스트라이크아웃!"

심판의 외침을 신호로 우리 팀 팬들이 미친 듯이 포효했다. 와! 삼진이다. 전설에게 루킹삼진을 잡았다.

주먹을 불끈 쥐고 장효수를 쳐다봤다. 장효수는 무표정한 얼굴로 나를 쳐다보더니 천천히 더그아웃으로 걸어갔다.

더그아웃으로 들어가면서 동료들과 하이 파이브를 했다. 참새는 날 보고 아예 팔을 벌려 껴안으면서 소리를 질러댔다. 여자아이같이 높은 톤이었는데, 얼마나 소리를 질러댔는지 목이

쉬어 있었다.

"잘했어, 잘했어. 계속 눌러버리자고."

장일봉 선배가 옆에서 엄지손가락을 추켜올렸다.

시작이 좋았다. 오늘도 최고의 컨디션이다.

하지만 이날 등번호 26번을 단 라이온즈의 왼손투수도 상당한 공을 던졌다. 위력적인 속구와 슬라이더가 스트라이크존 좌우에 꽂혔다. 결국 양 팀은 모두 점수를 내지 못한 채 4회에 들어섰다.

그리고 4회 초, 타석엔 다시 장효수가 들어섰다.

나는 4회에 좀 흔들리고 있었다. 선두 타자에게 빗맞은 안타를 맞은 게 시작이었다. 타구는 유격수 대식이의 손을 살짝 벗어나서 외야로 떼굴떼굴 굴러갔다. 타자는 그 타구에 2루까지 들어갔다.

김빠지는 안타를 맞아서인지 갑자기 제구가 흔들렸다. 다음 타자에겐 몸쪽으로 공을 붙이려다 팔꿈치를 맞혔다. 공에 맞은 타자는 한참 자리에 주저앉아 있었다. 그리고 천천히 일어서더니 날 노려보면서 1루로 걸어갔다.

인상을 쓰면서 공을 쥐었다. 그리고 글러브로 입을 가린 채 욕설을 내뱉었다. 허리에서 통증이 스멀스멀 올라오고 있었다. 불길한 뉴스처럼.

나는 공을 쥔 채로 타석을 노려봤다. 장효수가 타석에 들어서서 타격폼을 잡았다. 난 찐의 사인을 확인한 뒤 공을 던졌다. 하지만 공은 스트라이크존과 한참 벗어난 곳에 꽂혔다. 그렇게 연속으로 볼이 네 개. 라이온즈 응원석에서 야유 소리가 들렸다.

마운드에서 발을 빼고 신경질적으로 전광판을 쳐다봤다. 라이온즈 라인업에서 4번 타자의 위치에 불이 켜졌다. 이만구. 또 다른 라이온즈의 전설. 라이온즈 스코어보드엔 안타에 1, 사사구에 2가 적혀 있었다. 그리고 주자는 만루.

글러브에 공을 넣고 천천히 문질렀다. 일단 이번 이닝까지만 어떻게 막아보자. 그리고 경기를 마치면 허 의원이라도 찾아가서 다시 진찰을 받아야지. 정 안 되면 우 감독에게 한두 번 빼달라고 하는 수밖에.

다시 마운드에 올라서 타자를 노려봤다. 이만구는 심판과 수다를 떨고 있었다. 그리고 질겅질겅 껌을 씹으며 타석에 들어섰다.

글러브로 입을 가린 채 찐의 사인을 확인했다. 초구는 몸쪽으로 붙이는 패스트볼. 하지만 공을 놓는 순간 손에서 완전히 빠져버렸다. 딱딱한 가죽 공은 그대로 타자의 몸쪽을 향해 날아갔다. 이만구는 깜짝 놀란 듯 엉덩이를 쭉 빼면서 공을 피했다. 거의 넘어질 뻔하다가 간신히 중심을 잡고 섰다.

타석에서 물러선 이만구가 나를 노려봤다. 장난스럽던 표정도 사라졌다. 위협구라고 생각한 것 같았다.

관중석도 점점 뜨거워지기 시작했다. 양 팀 응원석에서 고함과 욕설이 쏟아져 나오기 시작하더니, 소주병 한두 개가 그라운드로 날아왔다. 원정팀 응원석에서였다.

이만구의 시선을 피하면서 마운드에서 발을 풀었다. 진정하라고, 전설 선생. 정말 손에서 공이 빠진 거니까.

다음 공은 떨어지는 체인지업을 선택했다. 하지만 타자는 이번 공을 쳐다보기만 했다. 변화구엔 흥미가 없군. 볼카운트는 투볼에 나씽. 여기서 볼이 하나 더 빠지면 실점 위기다.

마운드에서 크게 호흡을 가다듬은 다음 글러브로 입을 가렸다. 그리고 찐의 사인을 확인했다. 동시에 포수 뒤편에 앉아 있던 여자아이와 눈이 마주쳤다. 주원보다 더 어린아이였다. 아이는 두 손을 모은 채 초조한 표정으로 이쪽을 보고 있었다.

고개를 돌려 1루를 봤다. 1루에선 장효수가 몸을 웅크린 채 날 노려봤다.

몸을 비틀며 공을 세게 쥐었다. 그리고 크게 와인드업을 했다. 이번엔 스트라이크존 가운데로 떨어지는 체인지업. 허리를 비틀며 왼발에 힘을 실었다. 그리고 오른손으로 강하게 스핀을 넣었다. 온 힘을 다해서 던졌다. 쓰고 있던 모자가 툭 땅에 떨어졌다.

그러나 이만구는 이 공을 기다렸다는 듯 강하게 배트를 휘둘렀다. 이만구가 친 공은 내 머리 한가운데를 가르듯 날아갔다. 고개를 돌려 타구를 쳐다봤다. 공은 곧 담장을 넘어가더니 외야 상단에 있는 광고판을 맞췄다. 어떤 여자가 정장을 입고 비현실적으로 하얀 이를 빛내면서 웃고 있는 모습이 그려진 광고였다. 프로라면 그녀처럼. 공은 그 여자의 이마를 정면으로 맞혔다. 맞을 때 텅 하는 소리가 구장에 울려 퍼졌다. 만루 홈런이었다.

배트를 돌린 이만구는 펄쩍펄쩍 뛰면서 1루로 달려갔다. 그리고 1루에 서 있던 주루코치를 부둥켜안았다.

나는 인상을 쓰면서 그 모습을 노려봤다. 여기 와서 맞은 첫 홈런은 아주 쓴맛이었다.

그때 갑자기 허리에서 극심한 통증이 느껴졌다. 척추를 절반으로 쪼개버릴 것 같은 고통이었다. 난 허리를 움켜잡으면서 그대로 주저앉았다.

*

또다시 재활이다.

이 시대의 재활이라는 것도 사실 특별한 것은 없었다. 대체로 허 의원에게서 냄새 고약한 연고를 하나 받아서 문지르거나, 집에서 누워 있다가 보양식을 먹는 정도였다.

어떻게 재활을 해야 할지 막막했다. 여기선 재활트레이닝 코치도 따로 없었으니까. 새삼 인터넷이 그리웠다. 검색하면 뭐든지 나오던 세상.

이곳에서 할 수 있는 건 책을 구해서 읽거나, 누군가에게 물어보는 정도였다. 쩐에게서 재활과 관련된 책을 구해봤지만 한자가 하도 많아서 읽기 힘들었다. 외국 책을 베꼈는지 말투도 이상했다.

난 크게 한숨을 쉬었다. 여기선 그저 내 지식을 믿을 수밖에. 내가 예전에 알던 것들.

다행히 장일봉 선배가 옆에서 좋은 얘기를 많이 해줬다. 주로 일본 시절에 들었던 지식이었다. 내가 아는 녀석은 이걸로 확실히 효과를 봤지. 이런 말을 하면서 여러 가지 운동법을 알려줬다.

"근데 제일 확실한 게 뭔지 알아?"

"뭔데요?"

"뱀 한 마리 달여 먹는 거야."

"뱀이요?"

"그래, 뱀. 뒷산에서 커다란 놈으로. 그걸 통째로 솥에 푹 고아서 국물을 내. 그리고 이걸 틈틈이 마셔. 고기도 섞어서. 곰탕처럼. 그게 최고야."

장 선배가 엄지손가락을 세우며 물었다.

"누구 뱀 같은 거 달여줄 사람 없어?"

뱀탕이라……. 도저히 구미가 당기지 않았다. 뱀을 어디서 구할지도 막막했고.

하지만 뱀탕은 아니라도 나에게도 챙겨줄 사람은 있었다.

수지. 그러고 보니 수지를 본 지 시간이 꽤 흘렀다.

그날 훈련을 마치고 바로 수지에게 전화를 걸었다. 라커 룸 맞은편에 놓인 검은색 전화의 다이얼을 돌렸다. 신호음이 울렸다. 동시에 그녀가 나에게 했던 마지막 말이 떠올랐다. 우리 결혼할 사이도 아니잖아.

물론 결혼 같은 건 상상해보지 않았다. 나와는 너무 먼 얘기라고 생각했으니까. 하지만 그건 수지와는 관계없는 일이다. 아니, 오히려 수지는 다른 사람과는 달랐다. 함께 있고 싶다는 마음이 들게 했으니까.

수지의 집에 아무도 없는지 신호음이 한참 지났다. 평소라면 주원이라도 받을 텐데. 걱정이 되기 시작했다. 벽시계를 봤다. 시간은 저녁 5시를 넘어가고 있었다.

짐을 챙겨서 밖으로 나왔다. 왠지 그곳이라면 있을 것 같았다. 수지와 주원 그리고 동생이 저녁이라도 챙겨 먹을지도 모르니까.

하지만 미스터리 쌀롱에서도 그들이 보이지 않았다. 주인 여자는 날 보더니 어깨를 으쓱했다.

"수지, 본 지 한참 됐어요."

주인은 입술을 깨물었다. 뭔가 망설이는 것처럼 보였다.

"저기…… 혹시……."

그때 손님이 들어왔다. 주인은 날 잠깐 쳐다보더니 손님을 맞았다.

나는 가게에서 나와서 수지의 집 앞으로 갔다. 불이 꺼져 있었다. 그 앞에서 한참을 기다렸지만 수지와 주원은 보이지 않았다.

심장이 뛰기 시작했다. 그들에게 무슨 일이 생긴 건 아닌지 불안했다. 갑자기 수지의 얼굴이 기억나지 않았다. 분명 며칠 전에 봤는데……. 아무리 기억하려 해도 수지의 얼굴이 흐릿했다.

수지의 집 앞에서 한참을 서성였다. 동네 주민들이 지나가면서 나에게 아는 척을 했다. 대충 눈인사를 하면서 시간을 보냈다. 불안감이 커졌다. 어느새 손톱을 물어뜯고 있었다.

그렇게 한참을 있다가 다시 미스터리 쌀롱으로 향했다. 혹시나 하는 마음이 들었기 때문이다.

하지만 역시나 수지는 보이지 않았다. 난 다시 가게 앞으로 나왔다. 내 심장박동 느껴질 정도였다.

가게 앞으로 차들이 달렸다. 그들이 경쟁하듯 울리는 클랙슨 소리가 내 귀를 때렸다.

그때 옆에서 누군가 날 불렀다.

"저기……."

미스터리 쌀롱의 주인 여자였다. 주인은 안타깝다는 듯 날 쳐다봤다.

"혹시 수지한테 아무 말도 못 들었어요?"

주인이 물었고, 난 고개를 저었다.

"아, 그랬구나."

주인은 천천히 고개를 끄덕였다.

나는 가만히 다음 말을 기다렸다. 주인과 눈이 마주쳤다. 주인이 오른손으로 머리를 쓸어넘기더니 크게 심호흡을 했다.

"사실 제가 어디까지 말씀을 드려야 할지 모르겠는데⋯⋯. 수지는 멀리 떠났어요."

"멀리요? 어디로요?"

다급히 물었다.

"저도 정확히는 몰라요. 누군가를 따라서 떠난다고 했어요."

"누구요?"

"가게에 자주 오던 손님이라고 들었어요. 오래전부터 자기와 함께 가자고 했다고. 수지가 고민을 많이 했어요. 그러다가 그쪽을 만난 거고."

"그럼 그 사람을 따라서 갔다는 건가요?"

주인은 천천히 고개를 끄덕였다. 그리고 덧붙였다.

"수지가 고민을 많이 했어요. 정말."

그대로 수지의 집 앞으로 뛰어갔다. 여자의 말을 믿을 수 없었다. 이렇게 갑자기 사라지다니. 그럼 그들은 나에게 한낱 신기루 같은 존재였단 말인가? 1982년의?

수지의 집 앞은 여전히 조용했다. 난 한참 문을 두드렸다. 내가 문을 두드리는 소리가 골목길에 울렸지만 개의치 않고 계속 문을 두드렸다. 하지만 안에선 아무도 나오지 않았다.

문 앞에 주저앉았다. 수지의 마지막 모습이 떠올랐다. 날 밀어낼 때 떨리던 눈빛도. 믿을 수 없었다. 내 앞에 있던 그녀는 실제했으니까. 주원도.

몸이 덜덜 떨리기 시작했다. 여기서 내 편은 아무도 없다는 현실감이 밀려왔다. 이곳에 딛고 있는 내 두 다리 외에는 믿을 수 있는 존재가 없었다.

그렇게 한참을 덩그러니 앉아 있었다.

*

이후 한동안 지루한 재활이 이어졌다. 허 의원도 연고를 건네는 것 외에 뾰족한 수가 없는 것 같았다. 하지만 허리통증은 전혀 나아지지 않았다.

사실 재활에 대한 의욕도 나지 않았다. 이 시대가 무서워지기 시작했다. 수지가 사라진 것처럼 모든 게 사라질 수도 있으니까. 내가 서 있는 이곳이 현실인지도 확신할 수 없었다.

히지만 내 생각을 비웃듯 내가 이만구에게 홈런을 맞고 주저앉은 사진은 한동안 신문의 헤드라인을 장식했다. 그 사진에서 난 허리를 부여잡고 무너져 있었다. 한참 동안 신문을 쳐다봤다. 그건 정말 일어난 일이었다. 야구의 역사에 남을 기록으로.

나는 재활에 집중하면서 스핏볼 연구에 파고들었다. 공에 바셀린과 파라핀을 바르고 공의 움직임을 높일 방법에 대해 고민했다. 나중엔 스파이크 날로 공을 흠집을 내보기도 했다. 흠집의 정도에 따라 공의 움직임이 미세하게 변했다.

어떻게든 이기고 싶었다. 다음 경기에선 이만구를 만나든 김성춘을 만나든 무조건 이기고 싶었다. 내가 여기 존재하는 이유도 그것 때문이라는 확신이 들었다. 아니, 그렇게 믿어야만 했다.

재활 운동을 마친 뒤 참새와 야구장 주변을 돌았다. 참새도 재활 조에 함께했다. 참새는 허리를 꼿꼿하게 세워서 공을 던졌고, 뻣뻣한 폼 때문인지 자주 아팠다.

우린 말없이 야구장 주변을 걸었다. 멀리서 들리는 소음 외에는 아주 조용했다. 가을의 햇살이 따갑게 얼굴을 때렸다. 그리고 야구장 뒤쪽에 있는 오래된 담벼락에서 그걸 발견했다.

처음 봤을 땐 알아보지 못했다. 눈으로 들어온 정보를 머리에서 처리하는 데 한참의 시간이 필요했다. 뭐지, 저건. 눈앞의 장면을 그저 멍하니 바라봤다.

아무도 그곳을 찾지 않는지 여기저기 이끼가 끼어 있었다. 담벼락엔 끝이 말라비틀어진 담쟁이들이 얼기설기 얽혀 있었고, 그 사이를 검은 곰팡이가 채웠다.

그 사이로 어떤 오래된 사진이 담긴 때 묻은 액자가 보였다.

사진은 누렇게 빛이 바래져 있었다.

오래전 야구선수들이 함께 찍은 사진이었다. 선수들은 펑퍼짐한 유니폼 차림이었다. 그중 몇몇은 상투를 틀고 있었다. 최소한 몇 십 년은 지난 것처럼 보였다.

그리고 선수들 뒤로 하얀 슈트를 입은 사람이 있었다. 그 얼굴을 한참 쳐다봤다. 사진 곳곳에 얼룩이 묻어서 자세히 살펴야 했다. 하지만 그 안에 있는 얼굴은 분명히 그 사람이다.

노숙자 K. 신문에 죽었다고 실렸던.

"저 사람은 대체…… 누구지?"

믿을 수 없다는 듯 중얼거렸다. 내 목소리는 떨리고 있었다. 마치 내 것이 아닌 것처럼.

참새가 내 눈치를 흘끔 살피더니 사진을 관찰했다. 그리고 신중하게 단어를 고르듯 조심스럽게 말했다.

"글쎄. 아주 오래전 인천에서 야구팀을 운영하던 구단주 같은 사람 아닐까. 저 사진은 한참 전에 찍은 사진 같은데……."

나는 고개를 저었다. 그럴 리가. 하지만 사진 속에서 나를 보고 있는 얼굴은 분명 그 사람이었다.

사진 속의 노숙자 K는 내 눈을 정면으로 쳐다보고 있었다. 그리고 마치 모든 것을 알고 있다는 듯 미소를 짓고 있었다.

"자, 오늘은 양 팀 스타들에게서 야구 지도를 받는 날입니다."

무더운 잠실 야구장의 태양을 손으로 간신히 가리면서 맨 뒤에 서서 그 말을 들었다. 이날 선발 등판까지 잡혀 있었지만 일정은 그대로 진행됐다. 사실 이날 등판도 내 의지와 전혀 상관이 없었다. 리종근 코치가 쓱 다가오더니 '감독님의 지시'라고 통보한 게 전부였다. 더군다나 늦더위가 기승을 부리는 잠실 야구장, 상대는 서울 드래곤스였다.

여기에 경기 전 지역 유소년에게 야구를 지도하는 이벤트에도 내 이름이 올라갔다. 막 문을 연 잠실 야구장에선 이런저런 이벤트가 자주 열렸다. 이날도 특별 이벤트였다. 전국에서 모인 유소년들이 잠실 야구장을 찾았다.

사실 이런 행사는 좋았다. 하지만 이날 나는 선발투수였다. 선발투수가 이런 이벤트에 참가한다는 것 자체가 말이 안 됐지만 리 코치는 막무가내였다.

"그냥 대충 애들 공 던져주는 것만 보다가 와."

강승필 코치가 내 어깨를 주무르면서 위로를 해줬다. 그리고 곧 유소년 앞에 서서 타격에 대해 요란한 브리핑을 했다. 난 팔짱을 낀 채로 그 말을 들었다. 일부러 삐딱한 자세를 한 게 아니라 정말로 허리가 아팠기 때문이었다. 이 상태로 공을 던질 수 있을지 걱정이 될 정도였다. 더군다나 날씨가 지랄맞게 더웠다. 강변에 위치한 야구장으로 햇볕이 그대로 들어왔다. 시계를 보니 12시 32분을 지나고 있었다. 태양은 야구장 외야 상단에서 야구장을 내리쬐었다.

"그럼 이어서 프로선수들에게 직접 야구를 배우는 시간을 가져보겠습니다."

"한국야구위원회"라고 적힌 흰 티를 입은 남자가 종이를 동그랗게 말아서 소리쳤다. 남자는 아이들을 통제하는 게 힘든지 동그란 안경을 벗더니 티셔츠로 땀을 쓱 닦으며 한숨을 쉬었다. 남자의 말을 신호로 지역에서 야구 좀 한다는 유소년들이 짝을 지어 캐치볼을 시작했다.

가까이에서 유소년 선수들을 봐주고 싶었지만 내 상태가 최악이었다. 한 발 멀찍이 서서 아이들이 공을 주고받는 모습을 지켜봤다.

이어서 투수와 야수조가 나뉘어 연습을 시작했다. 난 투수조 쪽으로 걸어가야 했지만 그냥 배팅케이지 뒤에 서서 야수조가 배팅을 하는 걸 지켜봤다. 다행히 투수조 앞에선 참새가 약을 파는 사람처럼 신나게 떠들어대고 있었다.

관중들도 하나둘 들어서기 시작했다. 그와 동시에 내 뒤쪽 관중석 너머에서 먹거리 냄새가 풍겨왔다. 오징어나 쥐포를 굽는 냄새인 것 같았다. 날이 더워서인지 냄새는 더 선명했다.

그때 대기타석에 서 있던 덩치 큰 어린이가 쭈뼛쭈뼛 타석에 섰다. 그 아이는 머리에 간신히 조그마한 헬멧을 얹은 채로 왼쪽 타석에 섰다. 등번호는 10번이었다.

그런데 타격자세가 아주 독특했다. 그리고 들어오는 공을 기가 막히게 맞혀냈다. 익숙한 타격폼이다. 난 아이의 이름을 확인했다. 예상대로 거기엔 내가 아는 이름이 적혀 있었다. 미래 타격 전설의 이름.

공 열 개를 외야로 보내버린 아이가 다시 쭈뼛거리며 타석에서 물러났다. 난 아이에게 다가갔다.

"얘, 너 이름이 뭐야?"

난 다시 한번 이름을 확인했다.

"양준혁이라 카는데예."

아이는 경계 어린 눈으로 날 쳐다봤다. 난 아이에게 미소를 지어 보였다.

"너 치는 걸 봤는데 엄청나던데. 누구한테 배운거야?"

아이의 눈이 커졌다. 그리고 믿을 수 없다는 듯 더듬었다.

"저, 저 말입니꺼?"

"그래, 너. 들어오는 거 죄다 외야로 날려버리던데."

"하, 그렇지예? 지가 사실 맞히는 거 하나는 자신 있다 아입니꺼."

아이의 표정이 밝아졌다. 하지만 뒤에 서 있는 감독을 쳐다보더니 곧 표정이 어두워졌다.

"근데……."

아이가 감독을 흘끔 쳐다봤다.

"감독님은 덩치에 맞게 멀리 치라고 하는데 공이 생각보다 안 나갑니더. 감독님은 이 등치에 홈런을 못쳐서 어따 쓰겠냐고 하시거든예. 근데 전 맞히는 것도 좋은데 1루로 살아 나가서 득점하는 것도 좋아예."

아이는 발을 바둥거리면서 신나게 떠들더니 이내 얼굴을 붉혔다.

"그리고 수비는 영 자신이……."

난 미래에 야구의 전설이 될 아이의 손을 잡았다. 아이의 작은 손은 굳은살이 배겨서 울퉁불퉁했다.

"야, 투수 입장에서 정말 무서운 타자가 누군지 알아?"

아이와 눈이 마주쳤다.

"어떻게든 공을 맞히는 타자야. 거기에 공을 골라내는 눈까지 있으면 투수는 저절로 도망가고 싶어지거든."

아이의 표정이 밝아지기 시작했다.

"지금은 다들 홈런이 대단하다고 하지만, 언젠간 다들 정말 중요한 건 출루라는 걸 알게 될거야. 결국 1루로 나가야 이길 수 있으니까. 안 그래?"

나는 아이에게 웃어 보였다. 아이도 날 보고 씩 웃음을 지었다. 아직 어린 나이인 전설의 동글동글한 얼굴은 꽤 귀여웠다.

"그리고 말이야."

아이에게 귓속말을 했다.

"사실 나도 우리 감독한테 단단히 찍혔어. 우린 같은 처지야.

친구라고. 이거 비밀이다. 알겠지?"

　나는 우리 팀 더그아웃 쪽을 가리키며 고개를 절레절레 저었다. 아이는 입을 가리더니 깔깔거리며 웃었다. 우린 악수를 나눴다. 내가 아이의 어깨를 주무르자 아이는 간지러운지 웃으면서 몸을 피했다.

　난 아이의 미래를 상상했다. 그리고 출루만 잘해도 엄청난 돈을 받을 미래의 타자들에 대해서도 생각했다.

　아주 잠시지만 머리를 무겁게 누르던 생각에서도 자유로워졌다.

　"대한 사람 대한으로 길이 보존하세."

　포수 뒤편에 있던 관중들이 한목소리로 애국가를 따라 불렀다. 그중 몇은 감격스러운지 눈물을 글썽였다. 최신 시설을 갖춘 잠실 야구장의 음향이 실감났다. 다른 야구장과는 차원이 달랐다. 애국가가 멈추자 관중들은 동시에 크게 박수를 치면서 소리를 질렀다.

　나는 불펜에서 그 모습을 봤다. 나도 모르게 인상이 써졌다. 입을 오물거리면서 바닥에 침을 뱉었다. 자연스럽게 손은 허리에 닿았다.

　허리에서 통증이 징그러운 뱀처럼 스물스물 올라왔다. 나오기 전까지 연고를 바르고 버스 의자에 기대앉아 봤지만 통증은 나아지지 않았다.

보다 못한 장일봉 선배가 리종근 코치에게 따지기도 했다.

"쟤, 저거 제대로 앉아 있지도 못하는데 정말 경기에 내보낼 거예요?"

리 코치는 어깨를 으쓱하더니 "감독한테 따지던지"라고 말할 뿐이었다.

장 선배가 내 옆에 와서 감독과 코치를 씹어댔다.

"야, 저 인간들 지도자의 자질이 전혀 없다. 무책임한 새끼들."

나는 마운드에 서서 글러브 안에 공을 넣고 쓱 문질렀다. 글러브 안에 미리 파라핀을 잔뜩 발라놨다. 평소보다 훨씬 많이 발랐다. 그래도 불안감은 가시지 않았다. 투수의 몸은 예민하다. 공을 몇 개 던져봤지만 투구 밸런스가 엉망이었다.

그런 사실을 알 리 없는 슈퍼스타즈의 팬들이 펜스에 찰싹 붙어서 환호를 보냈다.

"써마린, 써마린."

아이들은 내 별명을 외치더니, 쿠쿠 소리를 내면서 까르르 웃음을 터뜨렸다.

응원 단상에 서 있는 임만정 응원단장과 눈이 마주쳤다. 응원단장이 손을 흔들었다. 그리고 빨간색 확성기를 들었다. 소리를 켤 때 삐익 하고 날카로운 소리가 났다.

"멀리 인천에서 여기까지 찾아와주신 우리 슈퍼스타즈의 슈퍼 팬 여러분. 오늘 선발투수 써마린, 구경남 선수에게 열화와 같은 박수를 보내주시기 바랍니다."

1루 응원석을 채운 슈퍼스타즈 팬들이 크게 박수를 쳤다. 이어서 응원단장을 따라서 응원을 시작했다. 서로 어깨동무를 하더니 야야, 야야야야, 야야야야 야야야, 이런 구호에 맞춰 좌우로 움직였다. 관중석으로 태양이 꽂혔지만 팬들은 가을의 강한 햇볕에도 아랑곳하지 않고 응원을 보내주고 있었다.

그래, 응원하는 팬들을 생각해서라도 힘을 내야지.

"왜 그래, 쿠? 상승세의 드래곤스 상대라서 긴장돼?"

공을 받던 찐이 이상한 낌새를 느꼈는지 다가와 어깨를 두드렸다. 난 찐의 얼굴을 물끄러미 쳐다봤다. 솔직히 지금은 누구도 믿을 수 없었다. 특히 이 녀석. 찐의 사인을 믿고 공을 던져도 될지 확신이 들지 않았다.

"일단 여기만 보고 던져. 내가 다 잡아줄 테니까."

찐이 글러브를 팡팡 치면서 소리를 질렀다.

하지만 경기는 초반부터 엉망이었다. 투구 밸런스가 잡히지 않다 보니 제구가 거의 되지 않았다. 공은 내가 원하는 곳과 전혀 다른 곳으로 날아갔다.

첫 타자부터 꼬였다. 스트라이크 두 개를 먼저 잡았지만, 다음 공을 몸쪽에 붙이다가 타자의 엉덩이를 맞혔다. 타자는 인상을 잔뜩 쓰면서 느릿느릿 1루로 걸어갔다. 그다음 타자에겐 연속으로 네 개의 볼만 들어갔다. 평소보다 투구폼을 좀 작게 가져가면서 한가운데를 노렸지만 공은 예상보다 낮은 곳에 꽂혔다. 투구 밸런스가 완전히 망가진 상태였다. 여기에 온 후로 최악의 상태였다.

결국 찐이 터덜터덜 마운드로 걸어왔다. 찐의 뒤로 더그아웃 구석에 삐딱하게 기대고 서 있는 우 감독이 보였다. 우 감독은 남의 팀 경기를 보듯 무표정하게 마운드를 쳐다보고 있었다.

찐은 마운드 옆에 서더니 딴 곳을 보는 척하면서 포수마스크를 빙글빙글 돌렸다. 그리고 내 어깨를 툭 쳤다.

"야, 쿠. 일단 한가운데로만 던져봐. 어차피 저 녀석들 방망이로는 제대로 쳐봐야 파울일 거야."

"그런데 네 리드는 믿어도 되는 거야?"

속에서 맴돌던 말이 튀어나왔다. 찐이 눈을 동그랗게 뜨고 쳐다봤다.

"그게 무슨 말이야?"

"아냐, 됐어."

나는 귀찮다는 듯 손을 휘저으며 찐의 시선을 외면했다. 찐은 잠깐 그 자리에 멍하니 서 있다가 마운드에서 내려갔다.

잠시 마운드에서 발을 빼고 평정심을 찾으려고 했다. 글러브로 입을 가린 채 눈을 감고 크게 심호흡을 했다. 글러브에서 역한 냄새가 끼쳐왔다. 뒷골이 빠직 당기는 느낌이 들더니 잠시 어지러움이 몰려왔다.

"이봐, 동생. 쫄지 말고 눌러버려."

장일봉 선배가 외치는 소리가 들렸다. 난 불펜 쪽을 향해 손을 들어서 알겠다는 사인을 보냈다.

우선 이번 이닝만 막으면 그다음부터는 잘 풀릴지도 모른다. 원래 1회가 가장 어려운 법이니까. 난 숨을 내뿜으며 다시 마운드에 섰다. 입에서 아주 뜨거운 바람이 뿜어져 나왔다.

그때 찐이 상대편 타자와 무슨 말을 주고받는 게 보였다. 둘은 은밀한 정보를 나누는 것처럼 속삭이더니 씩 웃었다. 내 눈에 그 장면이 크게 확대돼서 들어왔다.

설마, 저 녀석. 정말인거냐? 찐, 야구 박사 진성준. 이게 네가 말했던 그 야구야?

갑자기 속에 있는 걸 쏟아내고 싶을 만큼 역겨워졌다. 그라운드 바닥에서 뜨거운 열기가 올라와 더욱 어지럽게 만들었다. 찐에게 가졌던 믿음이 산산이 부서졌다.

찐의 사인에 고개를 저었다. 찐의 말에 따르고 싶지 않았다. 이번 사인도 팔아먹은 게 틀림없었다.

한참 고개를 저었다. 결국 찐은 마음대로 하라는 사인을 보냈다.

마운드를 딛고 투구 자세에 들어갔다. 왼쪽 다리를 차올리면서 힘껏 공을 던졌다. 높은 코스로 들어가는 속구였다.

하지만 타자는 기다렸다는 듯 배트를 휘둘렀다. 딱, 하는 소리와 함께 공은 오른쪽 외야를 향해 빠르게 날아갔다. 난 본능적으로 고개를 돌려 타구를 쫓았다.

"베이스커버, 베이스커버!"

소식이가 홈을 가리키며 소리쳤다. 관중들도 흥분한 듯 소리를 질렀다. 뒤늦게 포수 뒤편으로 뛰어갔지만 베이스커버에 들어갔을 땐 이미 늦었다. 내 바로 앞으로 주자 두 명이 나란히 슬라이딩을 하면서 홈베이스를 쓸었다. 외야에서 공이 넘어왔을 땐 이미 상황이 끝난 뒤였다. 외야로 공을 날린 타자는 3루로 미끄러져 들어가더니 오른손을 흔들면서 소리를 질렀다. 1루에 위치한 드래곤스 응원석에서 일제히 고성이 터졌다. 반면 3루에 있는 슈퍼스타즈 팬들은 머리를 쥐어뜯었다.

나는 허리를 숙인 채 그 모습을 허탈하게 쳐다봤다. 허리에서 찌릿하고 강한 통증이 올라왔다. 입술을 깨물면서 전광판을 노려봤다. 상대 팀 전광판에 2점이 기록됐다.

그때 누군가의 그림자가 햇빛을 가렸다. 고개를 들어보니 찐이 태양을 등지고 서서 날 내려다보고 있었다. 찐의 눈에는 서운하다는 감정이 묻어 있었다. 나도 허리를 세워서 찐을 노려봤다.

"이봐, 쿠. 오늘 대체 왜 이러는 거야?"

"이번엔 얼마를 받은 거지?"

나는 곧바로 쏴붙였다.

찐은 숨을 헐떡이다가 간신히 대답했다.

"뭐?"

"얼마를 받았냐고, 이 자식아. 대체 얼마에 너의 그 알량한 양심을 팔아 치웠냐는 말이다."

찐은 잠깐 그대로 내 눈을 쳐다봤다. 찐의 눈이 파르르 떨렸다. 그러고는 "그게, 그게 말이지……"라고 더듬거렸다.

"그래서 오늘 내 공도 팔아먹은 거야? 얼마지? 오늘 사인은 얼마에 팔아먹었어? 지난번 홈런보단 덜 받았겠네?"

"아니. 아니야, 친구. 내가 다 설명할게."

찐이 한 발 더 다가오면서 나에게 손을 얹으려 했다.

"손대지 마, 새끼야."

찐의 손을 거칠게 밀쳤다. 찐의 몸이 잠깐 비틀거렸다.

그때 뒤에서 심판이 다가왔다.

"이봐, 지금 둘이 뭐 하고 있는 거야?"

심판이 우리 둘 사이를 비집고 들어섰다.

내야수들도 어느새 우리 주변을 에워쌌다. 관중석에선 욕설과 함께 쓰레기가 날아오기 시작했다.

잠시 찐의 눈을 노려보다가 마운드를 향해 돌아섰다. 그때 뒤에서 찐이 중얼거리는 소리가 들렸다.

"씨발. 아무것도 모르는 주제에……."

그 소리를 듣고 이성의 끈이 끊어졌다. 그대로 찐을 향해 날아들었다. 찐도 기다렸다는 듯 달려들었다. 하지만 우리 둘은 곧바로 팀 동료들에게 잡혀서 허공에서 바둥거리는 신세가 됐다. 관중석에서 쓰레기봉투와 소주병이 날아들었다.

"둘 모두 퇴장!"

심판이 우리 뒤에서 화가 난 표정으로 소리쳤다.

*

같은 팀 맞나? 황당한 다툼. 슈퍼스타즈의 핵잠수함이 같은 팀 동료에게 핵을 쏘다.

다음 날 신문엔 우리 기사가 크게 실렸다. 사진도 함께였다. 난 하숙집 방에 누워서 그 사진을 봤다. 사진에서 나와 찐은 동료들에게 몸을 잡힌 채 허공을 향해 주먹질을 하고 있었다.

그날 저녁 바로 구단에서 징계가 내려졌다. 나는 이 일로 다섯 경기 출장정지 처분을 받았다. 변명할 말이 없었다. 아니, 스스로에게 화가 치밀었다. 이런 한심한 얼간이. 이놈의 성질머리는 시간을 거슬러 와도 이 모양인지.

나는 그대로 며칠간 집에 처박혔다. 집에서 멍하니 나 자신에 대해서 생각했다. 애초에 왜 여기에 오게 된 걸까. 난 여기서 대체 뭘 하고 있는 거지? 바닥에 누워 천장을 보면서 생각에 잠겼다.

그렇게 며칠을 처박혀 있다가 도 회장에게 호출을 받았다. 하숙집으로 안경이 전화를 걸어왔다.

자리를 털고 일어나 택시를 잡아탔다.

무진건설 로비에 있던 직원들이 나를 보더니 수군거렸다. 아마 다들 뉴스를 봤겠지. 쓴웃음을 지으며 엘리베이터에 올랐다.

회장실에서 도 회장 혼자 날 맞이했다.

"어, 거기 앉지."

도 회장은 웃으며 맞은편 자리를 가리키더니 소파에 털썩 주저 앉았다.

"이번에 부평에 새로 들어설 아파트 때문에 말이야, 아주 정신이 없어. 자네가 이해 좀 해주게."

도 회장이 껄껄 웃으며 시가를 테이블 위에 톡톡 털었다. 그리고 성냥으로 불을 붙이더니 아주 천천히 빨았다.

다행히 도 회장의 기분은 좋아 보였다. 난 질책을 들을 것으로 예상했지만, 도 회장은 그럴 생각이 전혀 없어 보였다.

그렇게 한참 다른 얘기를 떠들던 도 회장이 비로소 내 징계에 대해서 얘기했다.

"일단 좀 쉰다고 생각해. 몸도 안 좋다며? 우 감독이 걱정을 많이 하더라고. 이번 기회에 푹 쉬면서 남은 경기를 준비하는 것도 좋지. 안 그래?"

도 회장이 웃었다. 그러더니 지나가는 투로 말했다.

"참, 그 포수놈 있지. 걘 방출시켰어. 그러니까 신경 쓰지 마."

난 깜짝 놀라서 되물었다.

"진성준이요?"

"이름이 그런가?"

도 회장이 건들거리면서 대답했다.

"일단 누군가 책임지는 모양은 나와야 되잖아. 그 녀석이 딱 이지. 어차피 올해 끝나면 절반은 내쫓으려고 했으니까."

도 회장이 다시 시가를 쭉 빨아들였다.

난 할 말을 잃고 잠시 도 회장을 쳐다봤다.

도 회장은 날 보면서 천천히 고개를 끄덕였다.

"왜 그래? 자네가 책임질 수는 없잖아."

그리고 천천히 담배 연기를 뱉었다.

당황스러웠지만 어쩔 수 없다는 생각이 들었다. 나도 도 회장을 따라서 천천히 고개를 끄덕였다.

"재활하기도 바쁠 텐데, 이만 들어가봐. 후반기에 또 바짝 던져야지. 지금 좀 늦었잖아."

도 회장이 제 턱을 쓰다듬으며 말했다. 그리고 지나가는 투로 물었다.

"뭐, 재활하면서 필요한 건 없지?"

나는 잠깐 도 회장의 눈을 쳐다봤다. 그리고 잠깐 망설이다가 우 감독의 은밀한 제안에 대해 말했다. 그가 어떻게 제안을 했고, 이후 날 얼마나 혹독하게 내보내고 있는지.

도 회장은 내 말을 들으면서 점점 표정을 굳히더니 자리에서 일어나 천천히 자신의 책상 쪽으로 걸어갔다. 그리고 창밖을 쳐다봤다.

한참 창밖을 쳐다보던 도 회장이 낮은 목소리로 말했다.

"자네 뭔가 착각하는 거 같은데."

"네? 착각이요?"

나는 깜짝 놀라서 물었다.

도 회장과 눈이 마주쳤다.

"자넨 야구선수야. 어떻게 하면 빨리 회복해서 공을 던질지
에만 집중해. 그 외의 것엔 신경도 쓰지 마. 눈 감고, 귀 막고 살
라고. 그게 어렵나?"

나는 할 말이 없어서 그대로 있었다.

도 회장은 인상을 쓰면서 중얼거렸다.

"하여간, 다들 조금만 잘해주면 빨갱이가 된다니까."

2-3 9월 18일

"자, 조용히 눈을 감고 크게 숨을 들이마셔요."

누군가의 말이 귀에 닿았다. 그 말에 따라 숨을 들이마셨다.

"그대로 멈췄다가…… 다시 천천히 뱉어요."

낮은 목소리가 말했다. 얼마 동안 낯선 목소리를 따랐다.

처음 이 공간에 들어왔을 때 느꼈던 긴장감이 서서히 사라졌다. 눈을 떴다. 바로 앞에서 키가 큰 윤 박사가 나를 내려다보고 있었다. 윤 박사는 의사 가운 같은 커다란 외투를 뒤집어쓰고 있었다. 창문으로 빛이 미세하게 새어 들어왔지만, 그래도 방은 어두웠다. 밖에 펼쳐진 거리와는 전혀 다른 분위기였다. 부실한 문틈 너머 이른 저녁부터 술을 퍼마시면서 소리를 내지르는 사람들의 소음이 들렸다. 먼저 고향을 알 수 없는 억

센 말투의 한국말이 들렸고, 이따금 이상한 억양의 외국어가 들려왔다.

"우선 이 차를 마셔요. 우리 고향 사람들은 이걸 고양이 눈물이라고 부릅니다. 구 선수의 마음을 편하게 가라앉혀줄 거예요."

윤 박사는 화려한 꽃무늬가 수놓아진 찻잔을 내밀었다. 그리고 나를 보고 은은하게 미소를 지었다. 아니, 미소를 짓는 것처럼 보였다. 눈은 전혀 웃고 있지 않았기 때문이다. 입꼬리만 살짝 올라가서 비웃는 것처럼 보이기도 했다.

자세히 보니 찻잔엔 이런저런 얼룩이 묻어 있었다. 잔을 코에 가까이 가져다 대니 비릿한 냄새가 훅 끼쳐왔다. 저절로 인상이 찌푸려졌다.

차이나타운에 있는 이 의료원 비슷한 곳은 강승필 코치의 소개로 오게 됐다. 오래전부터 은밀히 운영되는 곳이라고 했다. 정식 의료원은 아닌 것 같았다. 아주 더러운 뒷골목에서도 한참을 들어간 곳에 있었으니까. 간판도 없는 어느 허름한 건물이 윤 박사의 의료원이었다.

윤 박사의 목소리는 듣기에 따라 남자 목소리 같기도 또는 여자 목소리 같기도 했다. 그리고 빛을 등지고 있어서 얼굴의 형상을 알아보기 어려웠다. 대신 몸의 굴곡이 보였다. 아주 섬세한 몸이었다. 전체적으로 마른 몸이지만 오랫동안 단련한 듯한 몸이다.

윤 박사—처음 나에게 소개한 이름이다—는 한국말을 썼지만 억양이 이상했다. 어디 외국에서 살다가 이곳 차이나타운에 흘러 들어온 건지도 몰랐다.

잠깐 망설이다가 천천히 잔을 입에 댔다. 비릿한 향이 혀를 타고 전해졌다. 이어서 아주 쓴맛이 났다. 그 뒤로 말로 표현할 수 없는 역한 맛이 따랐다. 향도 지독했다. 차가 식도를 타고 내려가는 게 느껴졌다.

갑자기 속이 뒤틀렸다. 바로 뱉어버리고 싶었지만 소개해준 강 코치의 목소리가 떠올랐다. "시방, 아주 어렵게 섭외한 곳이여. 알겠냐? 다른 사람한텐 절대 비밀이여." 강 코치는 짙은 눈썹에 바짝 힘을 주면서 속삭였다. 간신히 참고 그것을 끝까지 넘겼다.

"그럼 이제 시작할까요? 자, 여기로."

윤 박사는 만족한다는 듯 미소를 짓더니—아마도 지었을 것이다— 나에게 손을 내밀었다. 손은 진흙으로 빚은 것처럼 아주 부드러웠다. 그리고 비현실적으로 차가웠다. 윤 박사는 방구석에 놓인 더러운 침대를 가리켰다. 침대는 한눈에 봐도 아주 끈적끈적해 보였다. 이곳에 드나드는 온갖 사람들이 한 번씩 거쳐간 것 같았다. 그리고 침대를 놓은 뒤에 단 한 번도 닦지 않은 듯했다.

좀 망설이다가 크게 심호흡을 했다. 어차피 통증을 안고 마운드에 설 수는 없으니까. 죽기 아니면 살기, 둘 중의 하나일 테니. 조심히 침대에 엎드려 발을 뻗었다.

침대에서 동물의 사체가 썩는 것처럼 아주 역겨운 악취가 풍겼다. 간신히 입으로 숨을 내쉬며 눈을 감았다가 곧 후회했다. 눈을 감으니 냄새가 더 또렷해졌다.

"아까 마셨던 차의 기운이 곧 몸을 따뜻하게 해줄 겁니다. 잠깐, 아주 잠깐이면 돼요."

서서히 현실감각이 사라졌다. 윤 박사의 목소리도 점점 멀어졌다. 그렇게 무방비로 시간이 흘렀다. 갑자기 허리에 뜨거운 뭔가가 털썩 놓였다. 정신이 번쩍 들었다. 허리에 놓인 그것은 피부를 태우듯 점점 몸속 깊숙이 파고들었다. 이를 악물고 간신히 버텨내야 했다.

"다음은 좀 더 위예요."

윤 박사가 다시 귓가에 속삭였다. 마치 그릇에 온기를 불어 넣는 것처럼. 은밀하고 조용하게. 그 말이 끝나자 이번엔 척추 부분에 강한 자극이 전해졌다. 좀 전보다 더 심한 고통을 느꼈다. 나도 모르게 윽, 하고 신음이 터져 나왔다. 하지만 윤 박사의 치료는 그 이후로도 아주 오랫동안 계속됐다.

그리고 나는 꿈을 꾸었다.

꿈에서 나는 수지와 어떤 조용한 방의 창가에 앉아 밖을 쳐다보고 있었다. 창밖으로 강 주변을 산책하는 사람들이 보였다. 모자를 쓴 여자의 앞으로 아이들이 뛰어갔다. 아이들이 소리쳤다.

"기다려, 같이 가."

그들은 저 앞에 있는 하얀 강아지를 쫓고 있는 듯했다.

아주 평화로운 풍경이었다. 애니메이션에 나오는 공간처럼 나른했다.

나는 수지를 쳐다봤다. 수지는 어딘가를 보면서 노래를 중얼거리고 있었다. 언젠가 들었던 익숙한 멜로디였다. 그녀의 작은 입술은 햇빛을 받아서 더 빨갛게 빛났다.

"뭘 그렇게 봐?"

내가 물었다.

"그냥…… 저기 있는 강."

수지는 나를 쳐다보지 않고서 말했다.

"강?"

"응, 저기 있는 강을 보면 고향 생각이 나거든. 아주 어릴 때 말이야. 우리 동네에도 저런 강이 있었어. 하루 종일 쳐다봐도 질리지 않는 곳. 그곳을 보면서 상상했어. 저 강을 쭉 따라가면 그 끝엔 뭐가 있을까. 뭐, 그런 생각."

수지는 계속 창밖을 보면서 말했다. 나에겐 계속 그녀의 옆모습만 보였다.

갑자기 초조해졌다. 그녀가 곧 사라질 것 같았다. 그래서 주절주절 떠들기 시작했다. 보너스를 받으면 말이야, 어디 멀리 여행을 가자. 거기서 하루 종일 맛있는 것도 먹고, 술도 마시고 그리고 그다음엔…….

나는 계속 떠들었다. 그녀를 잡고 싶었다. 이곳, 내가 있는
현실에 붙잡아두고 싶었다.

하지만 수지는 계속 먼 곳을 보면서 희미하게 웃을 뿐이었
다. 그리고 내 말이 들리지 않는다는 듯 노래를 중얼거렸다.

*

오랜만에 돌아온 야구장은 평소와 같았다.

하지만 내 기분은 달랐다. 출장정지를 기회로 삼고 싶었다.
며칠 쉬었더니 컨디션이 많이 좋아졌다. 특히 허리 상태가 괜
찮았다. 차이나타운에서 받은 치료법의 효과를 본 것 같았다.

윤 박사에게서 냄새가 고약한 약을 몇 봉지 받아 왔다. 검은
액체로 이뤄진 약은 뭘로 만들었는지 맛이 끔찍했다. 그걸 하
루에 세 번씩 먹었다.

유니폼을 입고 그라운드에 섰다. 어느새 바람이 꽤 서늘해
졌다. 곧 가을야구가 시작될 때가 되었나 보다. 바람을 타고 풋
풋한 잔디의 냄새가 전해졌다.

구석에서 홀로 몸을 풀다가 저 멀리 있는 참새를 발견했다.
참새는 어깨를 들썩이면서 누군가와 떠들고 있었다. 잠깐 망
설이다가 결심을 굳히고 그쪽으로 성큼성큼 걸어갔다.

"그래서 이번에 박철순의 22연승 경기에 나갈 놈이 누구라

318

는 거야?"

"난들 알아? 깡패곰이 알아서 찍겠지."

"아니, 나가봐야 완전 손해 아니야? 요즘 우리 팀에서 박철
순 공 칠 타자가 누가 있어? 나가면 그냥 패 하나 적립하는 거
잖아. 안 그래?"

한참 떠들던 참새가 나를 보더니 말을 멈췄다. 그리고 다른
선수들에게 턱을 쭉 내밀며 말했다.

"이봐, 우리 저쪽으로 가서 얘기하자고. 여긴 회장님의 대단
하신 스타 나리께서 이용하신다니까."

참새가 나를 외면하면서 자리를 피했다. 손을 뻗어 참새를
잡으려다가 포기했다. 결국 혼자 남게 됐다. 이거 완전 장일봉
선배하고 똑같아졌잖아. 쓴웃음을 지으며 참새 일행의 뒷모습
을 쳐다봤다.

그리고 그날 바로 다음 선발 등판을 지시받았다. 리종근 코
치는 앞뒤 설명 없이 통보했다.

"투수가 너무 오래 쉬어도 안 되잖아."

리 코치는 내 시선을 외면하면서 중얼거렸다. 마치 나쁜 소
식을 전하는 의사 같은 말투였다. 뭐, 아무래도 상관없었다. 나
는 마음을 굳혔으니까.

내 다음 경기는 앞으로 5일 후, 9월 18일. 인천 야구장. 상대
는 또다시 베어스. 그리고 선발투수는 22연승에 도전하는 박
철순이었다.

*

    그렇게 5일의 시간이 흘렀다. 그 시간 동안 묵묵히 준비했다. 선수단은 모두 원정경기를 떠났지만 나는 홀로 인천 경기장에 남아서 훈련을 했다. 몸을 풀고 천천히 투구 동작을 반복했다. 글러브를 길들이고 스파이크의 날을 날카롭게 갈았다. 주변엔 아무도 없었다. 그저 야구장에서 담담히 다음 경기를 준비했다.

    등판일엔 아주 일찍 일어났다. 해가 뜨기 전이었다. 얇은 옷을 걸친 뒤 밖으로 나왔다. 새벽의 골목길은 조용했다.

    가게 앞 평상에 멍하니 앉아 있었다. 주변엔 아무도 없었고, 아무런 소리도 들리지 않았다. 세상에 있는 사람들이 모두 사라지고 나 혼자 남은 느낌이었다. 순간 아주 먼 세계에 홀로 떨어져 있다는 기분이 들었다. 기묘했다. 외로움과는 달랐다. 마치 내가 오랫동안 이 시간을 기다려온 것 같았다. 현실인지 꿈인지 헷갈렸지만, 나쁘지 않았다. 어쩌면 이곳은 그 사이 어디일지도 모른다.

    그렇게 한참을 있었다. 어시장 쪽에서 여명이 밝아오고 있었다. 파란빛이 곧 하늘을 가득 채우기 시작했다.

    나는 어시장 쪽으로 걸어갔다.

    그곳은 처음 봤던 그 모습과 똑같았다. 이미 장사 준비를 마친 사람들과 물건을 흥정하려는 사람들이 뒤엉켰다. 지독히 현실적인 모습이기도 했지만, 아닌 것 같기도 했다. 난 멀찍이 서서 그 광경을 지켜봤다. 다시는 못 볼 것들을 눈에 담는 사람처럼, 아주 오랫동안. 집중해서 봤다.

어느 정도 시간이 흘렀을 때 다시 집으로 돌아와 야구장에 갈 준비를 시작했다. 세심하게 세수를 하고 깨끗하게 면도를 했다. 전날 세탁소에 맡겼던 슈트를 챙겨 입었다. 깃이 아주 빳빳하게 세워진 슈트는 먼지 한 톨 없을 정도로 깨끗했다.

거실에는 언제나처럼 아침밥이 차려져 있었다. 내가 좋아하는 반찬들이었다. 아침밥을 아주 천천히 꼭꼭 씹어서 삼켰다.

천천히 야구장을 향해 걷는 동안 이제는 익숙해진 풍경들이 주변을 스쳐 지나갔다. 골목길 어귀에서 뛰어다니는 아이들도 보였다.

뛰어노는 아이들은 내가 살던 곳에서 보던 모습과 전혀 다르지 않았다. 그 익숙함이 마음을 조금 편안하게 해줬다. 원래 나도 저렇게 뛰어놀았고, 친구들과 야구를 했었다. 그때부터 알았다. 내가 타고난 투수라는 걸.

나는 동네 야구에서도 항상 투수를 맡았다. 동네 꼬마들을 상대로 줄줄이 삼진을 잡았다. 꼬마들은 나를 보고 선동열이라고도 했고, 박충식이라고도 했다. 어떤 똑똑한 아이는 미국의 사이 영이나 놀란 라이언을 언급했다.

그땐 야구가 재미있었다. 하루 종일 공을 던져도 지치지 않았다. 야구를 하다 보면 금방 해가 지고 어둠이 찾아왔다.

하지만 그렇게 재미있던 야구는 어느 순간 부담이 되었다. 그라운드에서 이기는 게 전부가 됐다. 재미 따윈 사치였다. 이기는 것에만 집중했고, 그렇게 그라운드에서 가장 높은 곳에 섰다.

아이들이 내 옆을 스쳐서 달려갔다. 나는 마음을 다잡으며 천천히 고개를 저었다. 아니다, 이겨야 한다. 지금 나의 야구는 그런 거니까.

야구장 정문에 도착했다. 슈퍼스타즈의 마스코트가 새겨진 깃발과 곰돌이 마스코트가 그려진 깃발이 나란히 바람에 펄럭였다. 긴 끈에 매달린 만국기도 보였다.

야구장 주변은 이미 번잡했다. 언론사 취재 차량도 여럿 보였다. 바닥에 떨어진 신문을 집었다. 신문 1면엔 박철순과 내 사진이 실려 있었다. 22연승 대 20연승. 물론 나에게 이제 이런 건 중요한 일이 아니다. 신문의 오른편에 오늘의 날짜가 적혀 있었다.

1982년 9월 18일.

그때 누군가 뒤에서 날 불렀다.

"구경남 선수, 잠깐 시간 괜찮으세요?"

흠칫 놀라 뒤를 돌아봤다. 멜빵바지 무리일지도 모르겠다고 생각했다. 하지만 목소리의 주인공은 좀 달라 보였다. 남자는 무언가 불만 가득한 표정을 짓고 있었고 그의 손엔 검정 펜과 커다란 수첩이 쥐어 있었다. 그 남자 옆에는 얼굴이 길쭉하고 머리는 땀으로 흠뻑 젖은 남자가 아주 커다란 사진기를 들고 버티고 있었다.

기자 무리인 것 같았다.

"오늘은 시합이 있어서……."

그들을 빠르게 지나치려 했다.

그때 수첩을 든 남자가 외쳤다.

"아니요, 구경남 선수. 잠깐만요."

"인터뷰는 경기 마치고 할게요. 죄송해요."

하지만 기자는 포기하지 않았다.

"믿을 만한 제보를 받아서 그래요."

그 말은 내 걸음을 멈추게 하기에 충분했다.

"제보?"

내가 물었다.

기자는 이제야 말이 통하겠다는 듯 한숨을 쉬더니 내 얼굴을 쳐다봤다. 손수건을 꺼내서 이마를 쓱 닦아내더니 그것을 다시 주머니에 쑤셔 넣었다. 그리고 눈을 가늘게 뜨며 나를 노려봤다. 내 얼굴을 구석구석 관찰하겠다는 듯. 그리고 한 마디씩 또박또박 발음했다.

"그래요, 제보."

기자는 잠시 뜸을 들였다.

"지난번 서울 팀과의 시합 있죠? 초반부터 고전했던."

"그게 왜요?"

"그 경기에서 일부러 수건을 던졌다는 소문이 있던데."

"수건?"

바로 되물었다.

기자는 나에게 잽을 한 방 먹인 것처럼 의기양양한 표정을 지으며 천천히 고개를 끄덕였다. 아주 느리게 단어의 의미가 전달됐다.

"그럼 내가 일부러 얻어맞았단 말인가?"

"그런 말도 있지."

"말도 안 되는 소리."

대답할 가치가 없었기에 고개를 내저으며 기자를 노려봤다. 속에서 뜨거운 게 올라왔다. 그때 바로 옆에서 펑 하고 플래시가 터졌다. 금방이라도 달려들 것처럼 내 표정이 굳었다. 사진기자가 내 얼굴을 향해 다시 플래시를 터뜨렸다.

손이 올라갈 뻔했지만 간신히 참았다. 무시해야 했다. 들으면 안 될 말을 들은 사람처럼 빠르게 그곳에서 벗어났다.

내 뒤에서 기자가 판정승을 거둔 승자 같은 말투로 이죽거렸다.

"이봐요, 구경남 선수님. 우리한테 털어놔요. 지금 20연승 같은 게 문제가 아니잖아. 우리가 위에 잘 말해줄 수도 있어요."

동시에 플래시가 터지는 소리가 들렸다.

라커 룸은 조용했다. 난 훈련복으로 갈아입고 가볍게 몸을 풀었다. 그리고 야구장 외야의 워닝트랙을 달렸다. 달리기에 딱 좋은 날씨였다. 햇볕도 좋았고, 바람도 가볍게 불어왔다. 주변에서 뭐라고 하더라도 상관없었다. 오늘 경기에만 집중하면 된다. 스스로를 그렇게 타일렀다.

가볍게 몸을 푼 다음, 라커 룸에 와서 한참을 쉬었다. 선수들이 왔다 갔다 했지만 나에게 말을 거는 선수는 없었다. 그렇게 한참을 보낸 다음 유니폼을 입었다. 슈퍼스타즈의 유니폼이 유독 낯설어 보였다. 왼쪽 가슴에 커다랗게 수놓아진 'S'를 한참 쳐다봤다. 그리고 등 뒤에 있는 번호를 확인했다. 18번. 나의 등번호. 신인 시절부터 나의 뒤를 지켜주던.

난 자리에 앉아서 운동화의 끈을 묶었다. 신경을 써서 매듭을 매고 글러브를 챙겼다. 글러브에 새겨진 문구가 눈에 들어왔다. "일구이무一求二無."

좁은 복도를 지나 계단을 뛰어서 올라갔다. 정면으로 쏟아지는 태양 빛을 뚫고 그라운드로 들어섰다.

"써마린이다, 써마린!"

내가 모습을 드러내자 관중석에 있던 사람들이 소리를 질러댔다. 가느다란 목소리로 내 이름을 외치는 여자의 목소리도 들렸다. 살짝 손을 들어서 답례를 했다. 환호 소리가 한층 더 커졌다.

불펜에서 오늘 호흡을 맞출 포수와 마주 봤다. 아직 나보다 훨씬 어린 친구였다. 팀에게도 중요한 경기지만, 노란 장갑의 마술사는 나에게 초짜 포수를 배치했다. 피식 웃음이 났다. 오히려 좋지, 뭐. 오늘은 내가 던지고 싶은 대로 던질 거니까.

포수와 캐치볼을 시작했다. 사람들이 불펜 앞에 있는 그물 망으로 몰려들었다. 웅성거리는 소리가 들렸지만 크게 거슬리진 않았다. 집중해서 공을 주고받았다.

내 시야엔 포수의 글러브만 보였다. 글러브 중심에 있는 가상의 점을 향해 정확하게 공을 던지려 했다.

그때 원정팀 더그아웃 쪽이 시끄러워졌다. 베어스 선수들이 도착한 모양이었다. 빨간색과 남색이 섞인 베어스의 점퍼를 입은 선수들이 하나둘 그라운드로 걸어 나왔다. 가장 뒤에서 박철순이 긴 머리를 흩날리며 걸어왔다.

나는 그쪽을 흘끔 쳐다봤다가 다시 투구에 집중했다. 오늘은 상대가 누구든 별로 중요하지 않았다.

그때 불펜 바로 옆 관중석에서 익숙한 얼굴을 발견했다. 아주 잠깐이었지만, 그 얼굴이 내 시선을 멈추게 했다. 그 사람은 나를 보면서 환하게 웃으며 손을 흔들고 있었다. 그 사람의 모습만 정지된 듯했고, 선명했다.

잘 다려진 검은색 슈트를 입은 남자였는데, 머리에 아주 커다란 모자를 써서 더욱 눈에 띄었다. 그 남자는 나와 눈이 마주치자 모자를 벗더니 정중하게 고개를 숙였다. 남자의 얼굴을 한참 쳐다보다가 중얼거렸다.

"설마."

노숙자 K였다. 하지만 그는 미묘하게 달라져 있었다. 햇빛에 반사돼서 그런지 얼굴에서 빛이 났다. 물론 좋은 옷을 입은 점도 눈에 띄었지만, 분명 얼굴의 군데군데가 달랐다.

노숙자 K는 마치 내 생각을 알고 있다는 듯 빙긋 미소 짓더니 다시 모자를 썼다. 그리고 나에게 가볍게 묵례를 하고 관중석 멀리 사라졌다.

난 가벼운 어지러움을 느꼈다. 갑자기 지금 있는 이곳이 환상인지 현실인지 헷갈리기 시작했다. 아니야, 그런 게 아니야. 다시 고개를 내저으며 내 손에 들린 야구공을 내려다봤다. 공의 질감은 현실이었다. 지금 나에게 믿을 수 있는 건 이것밖에 없었다.

나는 그 사실을 기억하고자 야구공을 꼭 쥐었다.

*

"플레이볼!"

노란색 옷을 입은 어린이들이 애국가를 부르고 사라지자 바로 심판이 소리쳤다. 그와 동시에 경기 시작을 알리는 사이렌 소리가 울렸다.

양쪽 관중석에는 빈자리가 보이지 않았다. 슈퍼스타즈를 응원하는 팬들이 더 많아 보였지만, 베어스 쪽도 만만치 않았다.

특히 베이스에선 똑같이 흰색 티셔츠를 입은 관중들이 한쪽 구역을 점령하고 있었다. 아무래도 본사 직원들을 동원한 것 같았다. 그들은 경기가 시작되자마자 파도타기응원을 하면서 베이스를 응원했다.

우리 쪽 응원석도 만만치 않았다. 임만정 단장이 오늘은 아예 슈퍼맨 같은 옷을 입고 있었다. 화려한 색상의 쫄쫄이 타이츠를 걸친 채 커다란 북을 들고 소리를 질렀다. 그 옆에 있는 치어리더들도 모두 원더 우먼을 연상케 하는 쫄쫄이 옷을 입고 박수를 유도했다. 머리에는 어설프게 만든 왕관까지 쓰고 있었다. 오늘을 위해 그들이 동대문시장을 훑고 다녔을 모습을 상상하자 피식 웃음이 나왔다.

마운드에서 한발 물러섰다. 그리고 눈을 감았다. 가상의 스트라이크존을 만들고 그곳에 집중했다. 사람들의 소리가 멀어지고 아주 오래전 봤던 풍경이 펼쳐졌다.

그곳은 머리 위로 뜨겁게 태양이 내리쬐었고, 시끄러운 매미 소리가 공간 곳곳을 채웠다. 그 사이로 사람들이 내지르는 함성이 드문드문 들려왔다. 관중석 곳곳에 있는 사람들은 박수를 치면서 응원을 보냈다. 하지만 다들 더위에 지쳤는지 박수 소리에는 힘이 없었다.

"이봐, 빨리 던지라고!"

누군가 외치는 소리에 눈을 뜨는 순간 1982년의 마운드로 돌아왔다. 관중들의 함성이 선명하게 귀에 들어왔다. 그 소리는 내 귀를 관통해 몸 깊은 곳으로 전해졌다. 아주 현실적이었고, 짜릿한 소음이었다.

포수 뒤에 있던 심판이 나를 초조하게 쳐다보면서 얼른 공을 던지라고 재촉했다.

갑자기 기분이 좋아졌다. 난 씨익 웃음을 지었다.

마운드를 밟고 섰다. 스파이크 바닥을 통해 마운드의 딱딱한 느낌이 전해졌다. 타자를 노려봤다. 아주 높은 곳에서 내려다보는 기분이었다.

글러브로 입을 가렸다. 그리고 곧 투구 자세에 들어섰다.

관중들의 함성이 커지기 시작했다.

bridg. 주희

주희는 제 오빠 현동의 손을 잡고 야구장 입구를 가로질러 달려갔다. 현동은 외야 매표소 앞에서 한참을 기다린 끝에 막천 원짜리 몇 장을 던지고 티켓 두 장을 산 참이었다. 짜장면이 먹고 싶을 때마다 꾹 참고 모은 돈이었다.

야구장에 오기 위해 지난 며칠간 엄마 말을 잘 따랐다. 집 안청소를 할 때 엄마를 도왔다.

언제나 지친 표정의 엄마. 사랑하는 우리 엄마. 늦은 오후 엄마는 주희를 보고 희미하게 웃었다.

"그렇게 야구장이 좋니?"

"응, 엄마."

주희는 엄마에게 냉큼 대답하고 엄마 품에 와락 안겼다. 엄마의 품은 뒷동산만큼 크고 따뜻했다.

경기가 막 시작됐다. 오늘은 꼭 이길 수 있겠지? 그치, 오빠? 사람들은 박철순이 더 대단하다고 하지만, 아니지?

현동에게 아무리 물어도 현동은 건성으로 고개를 끄덕였다. 현동의 시선은 이미 그라운드에 닿아 있었다.

우리 현동 오빠도 야구를 잘했다. 오빠는 엄청 웃겨서 내 배꼽을 빼놓기도 하지만, 오빠의 꿈은 야구선수였다.

언젠가 저기 있는 저 선수들처럼 슈퍼스타즈의 유니폼을 입고 그라운드를 뛰어다니겠지. 아마 그럴 거야. 그리고 장효조나 최동훈처럼 유명한 선수가 될 거야.

주희는 현동의 손을 잡은 채 사람들 틈을 헤집고 더 안으로 들어섰다. 외야에도 이미 사람들로 가득했다.

간신히 앞쪽으로 이동하자 비로소 그라운드가 보였다. 그라운드의 가장 높은 곳, 오빠가 마운드라고 알려준 곳에 그 이상한 야구선수가 서 있었다. 최근 주희의 마음에 쏙 든 선수. 꼭 이상한 세계에서 온 사람 같았다. 그 사람은 던지는 모습도 이상해.

그 선수가 막 공을 던졌다. 공은 곰탱이 녀석들을 잡아먹을 듯 날아갔다. 곰탱이 타자의 배트가 허공을 갈랐다.

　이어서 그 이상한 선수가 손을 추켜올리며 환호하기 시작했다. 그의 등번호 18번이 펄럭였다.

　그래, 그래. 그렇게만 던져줘. 오늘은 꼭 이겨야 돼.

　주희는 조그만 두 손을 꼭 모아서 하나님께 소원을 빌었다. 소리는 내지 않았다. 소리를 내면 왠지 소원이 밖으로 빠져나갈 것 같았으니까.

　그래서 아주 조용히, 주문을 외듯 속삭였다.

　오늘은 꼭이요, 꼭.

bridg. 공 씨

　공 씨는 야구장 한쪽 구석에 서서 손을 바들바들 떨었다.

　오늘은 아주 일찍 그라운드로 나왔다. 어느 때보다 서둘렀다. 해가 뜨기 전이었지만, 공 씨에겐 중요하지 않았다. 공 씨는 해가 뜨기 훨씬 전부터 아주 소중한 것을 다듬는 것처럼 그라운드를 정비했다. 다시는 오지 않을 마지막 날을 맞는 사람처럼.

　오늘은 정말 중요한 날이라는 확신이 들었기 때문이다. 사람들이 떠드는 22연승 같은 게 아니었다. 그런 게 아니었다. 공 씨에게 연승 기록 따윈 아무래도 상관없었다.

오늘은 그런 느낌이 드는 날이다. 그라운드에서 분명 뭔가가 일어날 것 같은 예감. 오랫동안 야구장에 머물러온 자신은 느낄 수 있었다. 분명히.

공 씨는 손에 든 삽을 꼭 쥐었다. 야구장은 시끄러웠지만, 공 씨의 눈엔 오로지 마운드만 보였다.

마운드엔 그 녀석이 서 있다. 처음 야구장을 찾아왔을 때부터 공 씨는 느꼈다. 정말 이상한 놈. 하지만 언젠가 크게 사고 칠 녀석. 그 녀석은 정말 그 이후 그라운드에서 엄청난 활약을 했고, 지금은 여기와는 다른 아주 먼 곳에서 공을 던지고 있다.

지금 공 씨가 할 수 있는 건 멀리서 지켜보는 것뿐이었다.

그리고 공 씨는 기도했다. 오랫동안 교회를 나가지 않았지만, 그래도 기도했다.

부디 오늘 저 녀석이 무사히 마운드에서 내려오길. 내 불길한 예감이, 제발 틀리기를.

공 씨는 야구장 한 구석에서 눈을 부릅뜨고 손을 모았다.

*

다행히 이날 컨디션은 최고였다.

나는 막 삼진을 잡은 뒤 소리를 질렀다. 아드레날린이 머리 끝까지 치솟았다. 저 멀리 장일봉 선배가 박수를 치는 모습이 보였다.

오늘 시합은 초반부터 빠르게 들어가기로 했다. 포수는 내가 던지는 공을 그냥 받기만 했다. 나는 속구 위주로 빠르게 승부했다.

베이스 타석에서 콧수염을 기른 김우철이 터덜터덜 들어섰다. 관중석이 더 시끄러워졌다.

"야, 거기 곰탱이! 집에 가서 면도나 하고 와!"

누군가 타자에게 야유를 보내는 소리가 크게 울려 퍼졌다.

김우철은 상관없다는 듯 방망이를 빙빙 돌리며 오른쪽 타석에 섰다. 그리고 타격자세를 잡더니 내 쪽을 노려봤다. 덩치가 커서 타석을 가득 채울 정도였다.

김우철의 최근 타격감은 아주 뜨겁다고 들었다. 신경천과 함께 후반기 베이스 타선을 이끌고 있었다.

고개를 돌려 전광판을 확인했다. 1회에 빠르게 아웃카운트 두 개를 잡았다. 시작이 좋다.

글러브로 입을 가리고 시선은 타자를 향했다. 공을 글러브에 넣고 이리저리 문질렀다. 공에 끈적끈적한 이물질이 달라붙은 느낌이 손끝에 전해졌다. 짜릿했다.

천천히 투구폼을 잡았다. 그리고 평소보다 더 크게 와인드업을 했다. 초구는 바깥쪽 속구.

공은 제대로 회전이 먹혀 심하게 흔들리며 날아갔다. 타자가 뒤늦게 배트를 휘둘렀지만 공은 파울라인을 벗어났다.

다음 공은 높은 쪽의 속구. 이번에도 타자는 공을 뒤로 날려 버렸다. 이로써 스트라이크 두 개.

김우철은 아쉽다는 표정을 지으며 콧수염을 매만졌다. 아무래도 오늘 김우철의 컨디션은 좋지 않은 모양이었다.

마지막 공으로 찐이 '달나라 마구'라고 부르던 체인지업을 선택했다. 투구폼을 잡고 공을 뿌렸다. 공은 타자의 몸쪽을 향해 잡아먹을 듯 날아가다가 배트 앞에서 휙 떨어졌다.

김우철의 배트가 매섭게 나오다가 중간에서 멈췄다. 우린 동시에 1루심을 쳐다봤다.

1루심은 잠시 뜸을 들이다가 방망이가 돌지 않았다는 사인을 보냈다. 양쪽 관중석에서 서로 다른 종류의 탄식이 터져 나왔다. 안도와 아쉬움.

나도 입술을 살짝 깨물었다. 조금 아쉬웠지만 다음 공을 정해야 했다.

다음 공으로 다시 한번 체인지업을 가보기로 했다. 같은 코스를 노렸다.

속구를 던질 때처럼 발을 크게 차올렸다. 공은 몸쪽으로 날아가다가 속도를 줄이며 뚝 떨어졌다. 빠른 공을 예상하던 타자의 배트가 이번엔 멈추지 못하고 허공을 부웅 갈랐다.

"와!"

슈퍼스타즈 관중석에서 커다란 함성이 터졌다.

나도 주먹을 쥐면서 소리를 질렀다. 김우철의 얼굴을 쳐다보면서 소리쳤다. 김우철은 나를 한번 노려보더니 입을 오물거리며 인상을 썼다. 그리고 더그아웃 앞에서 배트를 땅에 집어 던졌다.

"잘했어, 동생. 원래의 모습으로 돌아왔군."

장일봉 선배가 어깨를 두드려줬다.

머리끝까지 전율이 차오르는 걸 느꼈다.

오늘 공은 완전하다. 절대 맞지 않는다.

bridg. 임만정

임만정 응원단장은 자리에 앉아서 숨을 몰아쉬었다.

임 단장은 옆에 놓인 물컵을 들고 주전자에 든 물을 가득 따랐다. 그리고 벌컥벌컥 소리를 내면서 목구멍으로 넘겼다.

시선이 다시 슈퍼스타즈 마운드에 닿았다. 등번호 18번의 그 이상한 선수를 향해.

임 단장은 이상하게 그 선수가 마음에 들었다. 처음 봤을 때부터, 운명의 짝을 만난 것처럼 짜릿했다.

이런 소리, 고향에 계신 어머님이 들으시면 기절하시겠지. 하나밖에 없는 아들내미, 제발 빨리 장가 좀 보내주세요. 그렇게 매일 기도하시는데. 내가 야구선수에게 반했다는 소리를 들으시면, 바로 뒷산에 있는 절간으로 향하시겠지.

하지만 임 단장에게는 야구가 종교였다. 처음 만났을 때부터 인생이 휘청일 만큼 큰 충격을 받았고, 이후에는 쭉 야구장에서 살았다. 고등학교 야구부의 경기를 따라다니면서 가장 앞에서 소리를 질렀다. 운동은 자신 없었지만, 응원은 달랐다. 어릴 때부터 남들 앞에 나서는 게 좋았다.

그리고 운명처럼 이 땅에 프로야구라는 것이 생겼고, 회사 게시판에서 응원단장을 모집한다는 글을 봤다.

임 단장은 바로 지원했다. 심사 위원 앞에서 조용필 노래를 부르고, 덤블링도 넘었다. 그렇게 응원단장이 됐다. 이 나라에서 단 여섯 명만 누리는 이름.

비록 주말에도 야구장에서 살게 되었지만, 행복했다. 임 단장에게 종교나 다름없는 야구를 위해 자신이 뭔가를 한다는 것, 그 세계에 속해 있다는 사실이 믿기지 않을 정도로.

임 단장은 다시 마운드를 쳐다봤다. 오늘 저 선수의 공은 무시무시했다. 하지만 상대편 박철순도 오늘 이를 악물고 던지고 있다. 경기는 아주 빠르게 4회에 이르렀다.

임 단장은 입술을 깨물고 마운드를 주시했다.

이번 이닝을 마치면 다시 응원 단상으로 뛰어 올라가야 한다. 그때를 위해 몸을 웅크리고, 조용히 경기를 지켜봤다.

*

4회에 원아웃을 잡은 뒤 조금 흔들렸다. 학다리 신경천은 유인구에 속지 않았다. 몸쪽으로 붙인다는 게 약간 빠졌고, 타자의 엉덩이를 맞혔다.

그리고 타석엔 다시 김우철이 들어섰다.

마운드에 서서 잠시 호흡을 고른 후, 투구 자세를 취했다. 하지만 1루에 있던 신경천은 그 틈을 놓치지 않고 재빠르게 2루로 달렸다. 포수는 공을 빼지도 못하고 망연히 2루를 바라봤다. 그리고 내 눈치를 살폈다.

살짝 짜증이 났지만 포수에게 괜찮다는 사인을 보냈다. 어린 녀석이라서 주눅이 들면 더 헤맬 것 같았다.

우리 쪽 더그아웃에선 우 감독이 미동 없이 날 쳐다보고 있었다. 아마 오늘 내가 아무리 흔들려도 절대 투수를 바꾸지 않을 거라는 확신이 들었다. 내가 마운드에서 쓰러지는 한이 있더라도. 사실, 그건 내가 원하는 것이기도 했다.

베어스 관중석에서 다시 파도타기응원을 시작했다. 흰색 파도가 치는 것처럼 어지러웠다.

다시 마운드에 서서 호흡을 가다듬었다. 김우철과 눈이 마주쳤다. 김우철의 콧수염이 움찔 움직였다.

크게 와인드업을 하면서 공을 뿌렸다. 한가운데 속구를 찔렀다. 김우철은 기다렸다는 듯 방망이를 휘둘렀다. 아래에서 위로 퍼 올리는 스윙이었다. 배트가 공을 맞히는 순간이 아주 선명하게 내 눈에 들어왔다.

딱, 소리와 함께 공은 그대로 외야를 향해 뻗어갔다. 완전히 외야를 가르는 타구로 보였다.

욕설을 내뱉으며 베이스커버를 들어가려 홈 쪽으로 몸을 틀었다. 2루에 있던 신경천은 이미 3루 베이스를 돌고 있었다.

그때 누군가 공이 날아가는 쪽으로 폭주 기관차처럼 빠르게 달려갔다.

소식이었다. 소식이는 공을 잡아먹을 듯이 미친 사람처럼 달려가다가 공중으로 크게 몸을 날렸다. 그리고 글러브를 내밀었다. 하지만 달려가는 속도가 너무 빨랐다. 그대로 외야 흙바닥을 떼굴떼굴 굴렀다.

야구장에 잠시 침묵이 흘렀다. 소식이는 죽은 사람처럼 누워 있었다. 그러다 불쑥 왼손으로 글러브를 쳐들었다. 그 안에 하얀 야구공이 보였다.

잠깐의 정적이 흐르고 관중석에서 함성이 터져 나왔다. 슈퍼 캐치였다.

소식이는 곧 자리를 털고 일어나더니 목을 좌우로 풀었다. 그리고 2루수에게 공을 던졌다. 2루수는 그루 베이스를 가볍게 터치했다. 이미 주자는 3루를 지나 홈을 향해 절반 가까이 달려오던 상황이었다. 그렇게 자연스럽게 아웃카운트 두 개를 잡았다.

파울라인 밖에서 소식이를 기다렸다. 소식이는 내 앞에 오더니 쑥스럽다는 듯 씩 웃었다. 나는 그런 녀석이 귀여워 머리를 흐트러뜨렸다.

"자식아, 죽은 줄 알았잖아."

소식이는 나에게 한쪽 눈을 찡긋했다.

"저야말로 오늘은 외야로 공이 안 오는 줄 알았습니다."

우리는 글러브를 마주쳤다.

팀원들을 의심했던 나 자신을 질책했다. 그래, 이런 녀석이 승부조작 같은 걸 할 리가 없지.

아무리 승부조작 따위가 유혹해도 그라운드에선 온 힘을 다하는 녀석들이 훨씬 많다. 그 사실은 1982년에도 그리고 미래에도 절대 변하지 않는다.

소식이는 다음 이닝 공격에서도 맹활약을 했다. 박철순이 던진 바깥쪽 공을 툭 쳐서 빗맞은 내야안타를 만들더니, 그대로 2루와 3루를 훔쳤다. 그리고 다음 타자 대식이가 친 짧은 외야플라이에 홈을 향해 전력으로 뛰어들었다. 마치 맡겨놓은 돈을 찾으러 가는 사람처럼.

소식이는 홈에서 포수와 충돌했다. 그 주변에 크게 먼지가 일었고 그라운드에 또다시 침묵이 찾아왔다. 모두의 시선이 홈플레이트를 향했다. 소식이와 포수가 동시에 심판을 올려다봤다.

"세이프!"

심판의 콜과 동시에 우리 쪽 응원석에서 함성이 터졌다.

"와! 세이프다!"

"작은 고추! 오늘 최고다, 최고!"

"박철순을 박살 내버리자고!"

슈퍼스타즈 팬들은 마구잡이로 소리를 질러댔다. 그리고 곧 임만정 응원단장이 치는 북소리에 맞춰 어깨동무를 하고 노래를 불렀다. 야야, 야야야야.

나도 더그아웃에서 포효했다. 오늘 경기는 이긴다는 확신이 들었다.

마운드에 있는 박철순이 아쉽다는 듯 우리 쪽을 쳐다봤다. 그리고 곧 모자를 벗더니 긴 머리를 쓸어넘겼다.

이닝이 끝난 뒤 그라운드 정비를 하는 사람들을 피해서 곧장 마운드로 달려갔다. 소식이가 만들어준 한 점을 반드시 지키고 싶었다.

bridg. 문 실장

문 실장은 인상을 쓰며 담배 연기를 길게 뿜어냈다. 좁은 방 안은 평소처럼 아주 시끄러웠다. 사람들이 외치는 소리와 치지직, 종이가 뿜어져 나오는 소리, 돈을 잃은 누군가의 신음 소리. 각종 소음이 담배 연기와 시큼한 땀 냄새 같은 것들과 뒤섞여 좁은 공간을 채웠다.

오늘도 이곳에 왔다. 왕 회장의 돈이 걸려있다. 동시에 많은 사람들의 시선이 몰린 경기이기도 하다. 박철순과 그 이상한 투수 놈의 대결. 세기의 매치라는 소문처럼 많은 돈이 걸렸다. 그만큼 기회도 커졌고, 위기도 커졌다. 신중해야 했다.

문 실장은 침을 꿀꺽 삼켰다.

꼭 따야 한다. 무슨 짓을 해서든. 그리고 돈을 모아서 그 돈으로 아파트를 사야지. 그럼 이 바보 같은 도박쟁이들과는 안녕이다. 지긋지긋한 얼간이들.

돈을 아주 많이 벌면 언젠가 고향으로 가고 싶다. 지금은 갈 수 없는 곳이지만, 죽기 전엔 갈 수 있겠지? 전쟁으로 폐허가 된 나의 고향. 그곳에서 다시 시작할 거야. 거기서 가장 유명한 사람이 될 거란 말이다. 그러면 이런 더러운 도박장과는 안녕이다. 이 바보놈들아.

그럼 미자도 나를 다시 생각하겠지? 그놈의 돈 때문에 다른 놈에게 시집간 미자도.

문 실장은 매일 밤 미자를 생각하면서 빙긋 웃음을 지은 다음, 미자를 차지한 더러운 돼지 놈을 생각하면서 입술을 깨물었다.

그때 누군가 소리쳤다.

"이봐, 아직 안타가 하나도 없어. 오늘 이 녀석 완전히 미쳤다고."

방 안에 있는 사람들이 초조한 얼굴로 텔레비전을 노려봤다. 가끔 누군가의 요청에 기계는 요란한 소음을 내며 종이를 토해냈다.

노히트?

문 실장은 다시 한번 인상을 쓰고 텔레비전에 가까이 다가섰다. 18번을 단 거만한 멍청이의 얼굴이 크게 나왔다. 오늘 저 녀석이 던지는 공은 화면으로 보기에도 살벌했다.

잠시 후 화면에 스코어보드가 뜨더니, 캐스터가 갈라지는 목소리로 외쳤다.

"이번에도 무실점입니다. 그리고 무안타. 노히트, 노히트입니다! 정말 대단합니다!"

18번을 단 거만한 녀석은 포효를 하며 마운드를 내려갔다. 오늘은 하필 저 거만한 멍청이가 긁히는 날인가 보다. 어딘가이상한 재수 없는 놈.

문 실장은 가래침을 긁어모아 카악 소리를 내며 바닥에 뱉었다.

"어이, 문 실장. 오늘은 어느 쪽에 건 거야?"

얼간이 하나가 옆에서 친한 척을 하면서 어깨에 손을 얹었다. 문 실장은 얼간이의 손을 거칠게 뿌리쳤다. 그리고 습관처럼 멜빵을 허공에 퉁 튕겨냈다.

오늘은 꼭 따야 하는데……. 왕 회장의 얼굴이 떠올랐다. 항상 무표정한 얼굴로 지그시 내려다보던 그 공허한 눈빛. "돈만 벌어 와. 무슨 짓을 하든. 그럼 되니까." 왕 회장의 억양 없는 목소리가 바로 옆에서 들리는 것 같았다.

하지만 만약 이번에도 돈을 잃는다면, 그럼 그다음은…….

문 실장은 고개를 거칠게 내저은 후 힘을 줘 어금니를 깨물었다. 설마, 아닐 거야. 순간 인천 바닷가를 떠다니던 동료의 시체가 떠올랐지만, 외면했다.

문 실장은 초조한 얼굴로 손톱을 물어뜯으며 텔레비전을 쏘아봤다. 그리고 다시 습관처럼 허공에 멜빵을 퉁겼다.

*

화장실로 들어가 거울을 쳐다봤다.

8회를 마쳤다. 후반기 우승을 노리는 베어스 타자들을 상대로 단 하나의 안타도 맞지 않았다.

노히트 노런. 이대로 경기를 마치면 그런 기록이 따라온다. 아직 한국프로야구에서 누구도 밟아보지 못한 기록.

딱 1이닝이다. 화장실 거울을 쏘아보면서 중얼거렸다. 물을 틀어서 입에 넣고 우물거리다가 퉤 소리를 내면서 뱉었다. 물에서 비릿한 쇠 맛이 나서 잠깐 인상이 써졌다.

거울에 비친 내 얼굴을 가만히 관찰했다. 내가 알던 그 얼굴이 있었지만 한편으론 낯설어 보이기도 했다.

저기 있는 저 사람이 정말 내가 맞을까.

한 번 더 물을 틀어서 얼굴에 끼얹었다. 대기록을 달성하기 전이라 이상한 기분이 드는지도 모르지. 이럴수록 냉정해져야 한다.

그때 누군가 복도를 쓱 지나갔다. 동시에 그쪽에서 한기가 훅 끼쳐왔다.

"누구야?"

본능적으로 복도로 뛰어 나갔다. 저 멀리 복도 끝에서 누군가 획 사라졌다. 검은 슈트의 끝이 바람에 휘날리는 게 보였다.

그쪽으로 무작정 달렸다. 하지만 그 사람은 이미 사라지고 없었다.

나는 노숙자 K라고 확신했다.

어떻게 여기까지 들어왔는지 모르겠지만, 방금 사라진 건 그 사람이 분명했다.

갑자기 몸이 덜덜 떨리기 시작했다. 무릎이 파들거렸고, 이가 딱딱 부딪힐 정도였다. 너무 추웠다. 이곳이.

몸을 웅크린 채 복도를 달렸다. 내 발소리가 크게 울렸다.

*

마운드에 섰지만 여전히 심장이 빠르게 뛰었다. 내 귀에 심장박동이 들릴 정도였다. 손은 땀으로 흥건했다. 왜 이렇게 불안한 거야, 왜. 꼭 악몽 속에서 눈을 뜬 기분이었다.

크게 숨을 들이마신 뒤 천천히 내뱉었다. 그리고 고개를 돌려서 전광판을 봤다. 오늘 전광판은 아주 깨끗했다. 우리 팀 옆에 붙은 1이라는 숫자 외에, 상대 팀 기록은 사사구를 제하면 전부 0으로 기록돼 있었다.

이대로 딱 세 명이다. 세 타자로 막고 이기면 된다.

천천히 호흡을 가다듬었다. 그리고 야구공을 쓰다듬었다. 서서히 떨림도 멎었다.

난 심호흡을 마치고 다시 마운드를 딛고 섰다. 베어스의 8번 타자가 타석에 들어섰다.

글러브로 입을 가린 채 잠시 타자를 노려봤다. 그리고 몸을 비틀면서 공을 뿌렸다.

하지만 제구가 미묘하게 흔들렸다. 몸쪽으로 날아간 빠른 공이 타자의 허리 부분을 맞혔다. 타자는 악! 하고 비명을 내지르더니 그대로 주저앉았다.

나는 신경질적으로 공을 받아서 뒤돌아섰다. 베어스 관중석에서 야유가 터져 나왔다. 이봐, 일부러 맞힌 게 아니니까 진정들 하시길.

잠깐 호흡이 흐뜨러진 것 같았다. 노숙자 K든 누구든 지금은 내 공에만 집중하자. 입술을 깨물었다.

공에 맞은 타자는 결국 절뚝거리며 더그아웃으로 들어갔고, 키가 아주 작은 대주자가 1루로 걸어왔다.

우리 쪽 더그아웃을 흘끔 쳐다봤다. 우용일 감독은 여전히 무표정하게 나를 보고 있었다. 무슨 일이 일어나든 알아서 하라는 듯.

난 천천히 고개를 끄덕였다. 그리고 다시 마운드에 섰다.

하지만 이번에도 제구가 미묘하게 엇나갔다. 볼이 계속해서 존을 벗어났다는 판정을 받았다. 난 야수처럼 고함을 지르면서 심판에게 항의를 했지만, 내가 던진 공은 모두 볼 판정을 받았다. 저 심판도 내 편이 아닌 것 같았다. 심장이 미친 듯이 뛰었다.

결국 타자는 다시 1루로 걸어 나갔고, 주자는 1, 2루에 위치하게 됐다.

그때 리종근 코치가 몸을 흔들면서 느릿느릿 마운드로 걸어왔다. 리 코치의 방문은 의외였다. 리 코치는 먼 곳을 쳐다보면서 다가왔다.

리 코치는 내 코앞까지 걸어오더니 지그시 내 눈을 쳐다봤다. 그리고 잠시 뜸을 들이다가 말했다.

"감독님은 그냥 시늉만 하라고 했어."

리종근 코치는 변명하듯 말했다. 그리고 잠시 코를 긁적이더니 한숨을 쉬면서 말했다.

"이봐, 겨우 이러려고 그렇게 개긴 거야?"

그와 눈이 마주쳤다.

"그렇잖아. 난 정말 대단한 기록이라도 세울 줄 알았다고."

리종근 코치가 일본 억양이 반쯤 섞인 말투로 말했다.

"만약 네가 그런 기록을 세우면……. 그땐 조금 인정할지도 모르지."

리 코치가 잠깐 내 쪽을 보고 빙긋 웃었다. 아주 짧은 순간이었다. 그리고 곧 다시 평소의 냉정한 표정으로 돌아가더니 더그아웃으로 되돌아갔다.

상대편 더그아웃을 쳐다봤다. 거기에 앉아 있는 박철순과 눈이 마주쳤다.

그래. 이건 현실의 게임이다. 그리고 지금까지 완벽하지 않았는가. 내가 만들었다. 내 인생에서 이런 기적도 한 번쯤은 생길 수 있잖아.

그동안 야구에 진심이었다. 언제나 치열했다. 그러니 정말 한 번, 딱 한 번만.

다시 마운드에 섰다. 그리고 타자를 노려봤다. 투구폼을 잡고 공을 던졌다. 공은 한가운데를 향해 빠르게 날아갔다.

스트라이크 두 개를 놓친 베어스의 1번 타자는 마지막 공에 힘없이 배트를 휘둘렀다. 하지만 공을 맞히진 못했다. 이로써 원아웃.

다음 타자는 베어스에서 가장 정확한 타격을 하는 신경천. 하지만 타자는 내가 던진 유인구를 툭 건드려 내야플라이를 쳤다. 공은 느리게 하늘로 치솟더니 그대로 유격수의 글러브로 들어갔다. 투아웃.

이제 정말 마지막이다. 관중석도 조용해졌다. 그리고 타석에 현재 내 공을 가장 정확하게 맞히고 있는 김우철이 느릿느릿 들어섰다.

오늘 이 드라마에 딱 맞는 결말이네. 갑자기 웃음이 터져 나왔다. 글러브로 입을 가린 채 소리를 내서 웃었다. 내가 웃는 소리가 타자에게도 닿았는지, 김우철이 수염을 들썩이면서 날 노려봤다.

기분이 좋다. 최고로.

뚝, 소리가 날 정도로 고개를 좌우로 꺾으며 중얼거렸다.

타자를 노려보면서 천천히 힘을 모았다. 그리고 발을 차올리면서 몸통을 비틀어 공을 뿌렸다. 한가운데 속구였다.

김우철은 기다렸다는 듯 힘껏 배트를 휘둘렀다. 하지만 배트에 맞은 공은 그대로 포수 머리 뒤로 날아갔다.

공에 힘이 넘쳤다. 잡을 수 있다.

글러브로 입을 가리고 다시 타자를 노려봤다. 이어서 다음 투구 동작에 들어갔다.

그 순간 타석 뒤편의 그물망 너머로 노숙자 K의 얼굴이 보였다. 노숙자 K는 관중석에 서서 이쪽을 보고 있었다. 그는 입을 크게 벌리고 웃고 있었다.

내 손을 떠난 공은 타자의 머리를 향해 날아갔다. 공은 거의 타자를 맞힐 뻔했지만 헬멧 바로 옆으로 빠져서 뒤쪽 그물망을 가격했다.

당황한 표정을 감추지 못한 김우철의 얼굴이 보였다. 베어스의 관중석에서 일제히 야유가 터졌다.

타자의 시선을 피했다. 대신 그 너머 관중석에서 노숙자 K의 얼굴을 찾았다. 하지만 그는 거기에 없었다.

내가 잘못 본 건가? 아니면 설마…… 미쳐버린 건가?

다시 글러브로 입을 가리고 포수미트를 노려봤다. 순간 악몽처럼 허리통증이 불쑥 올라왔다. 하필 이럴 때……. 제발, 이번만. 딱 이번 이닝만.

글러브에 공을 두 번 팅기며 투구 자세에 들어갔다. 발을 차올리며 이를 악물었다. 공을 잡은 손가락에 힘을 줬다. 팔을 뒤로 넘겼다가 몸통을 회전시키며 앞으로 뻗었다.

내 몸의 무게를 가득 실어서 공을 뿌렸다.

그리고 페이드아웃.

*

투수 구경남은 그다음 장면을 기억하지 못했다.

등번호 18번을 단 투수가 던진 공은 정확히 한가운데로 날아갔다. 그 공은 그날 가장 빠른 공이었지만, 김우철은 그 공을 기다렸다는 듯이 곧장 외야를 향해 퍼올렸다. 공은 좌측 외야를 절반으로 가르며 아주 멀리, 멀리 날아갔다.

하지만 슈퍼스타즈의 선수들은 공을 쳐다보지 않았다. 대신 마운드로 달려갔다.

　마운드 위에 등번호 18번의 투수가 쓰러져 있었다.

　그는 죽은 듯 몸을 축 늘어뜨렸다. 동료들이 달려왔을 땐 이미 늦었다.

　그리고 아무도 보지 못했지만, 투수가 쓰러진 마운드 옆에 작은 반지 하나가 빙그르르 돌아가고 있었다.

에필로그

현재.

한국 야구 명예의 전당.

한 무리의 사람들이 누군가의 사진 아래 모여 환한 미소를 지었다. 그중 턱이 뾰족한 남자가 벽에 걸린 사진을 가리키며 흥분한 듯 소리쳤다.

"프로야구 원년에 가장 위대했던 투수, 최초의 노히트 노런을 기록했던 투수야."

남자의 침이 사방으로 튀겼다.

"박철순보다 더 대단했다고!"

좁은 강당에 남자의 목소리가 울려 퍼졌다. 바로 옆에서 뿔테 안경을 쓴—속이 매우 안 좋아 보이는— 중년의 여자가 남자를 째려봤다.

"오늘따라 시끄러운 사람들이 많아……."

여자는 인상을 잔뜩 찌푸리며 중얼거렸다. 그러나 남자는 계속해서 떠들어댔다.

앞에 걸린 액자에 한 선수의 사진이 걸려 있었다. 사진은 오래전에 찍었는지 색이 바랬다. 액자 속 남자는 야구공을 든 채 정면을 바라보며 환히 웃고 있었다. 액자 하단에 그날의 기록이 적혀 있었다.

82.09.18. 한국프로야구 최초 노히트 노런 기록 달성.

그리고 한편에 그의 등번호와 영문 이름이 자리했다.
'18'이라는 숫자와 'KOO'로 시작하는 그의 이름이.

*

또 다른 현재.
지방의 어느 야구장.

어두운 밤, 야구장은 조용했고 어두웠다. 조명탑은 이미 꺼진 지 오래였다. 그때 한 야구선수가 불펜 구석에서 조용히 눈을 떴다. 그는 흐리멍덩한 시선으로 주변을 둘러봤다. 이곳이 어디인지 가늠하려는 듯. 그는 흙으로 더러워진 흰 유니폼을 입고 있었고, 왼쪽 가슴에는 촌스러운 별이 그려져 있었다. 그의 등에 박힌 '18'이라는 숫자가 보였다.

그는 비로소 자신이 있는 곳이 어디인지 깨달았다는 듯 천천히 고개를 끄덕였다. 그리고 아주 오래된 꿈을 꾼 사람처럼 묵직한 한숨을 내쉬었다. 그는 한참을 그렇게 앉아 있었다.

그날 밤, 그는 다시 '집'으로 돌아왔다. 오피스텔은 그대로였다. 그러나 책장 한편에 놓여 있던 반지는 없었다. 그 반지는 소파 아래로 사라졌으니까. 아니면, 어느 먼 곳에 떨어졌을지도 모르겠다. 긴 여행의 값으로.

다음 날 그는 늦은 아침을 먹고 1982년의 프로야구를 검색했다. 그해 프로야구는 그가 원래 알던 것과 조금 달라져 있었다. 모두의 예상을 깨고 슈퍼스타즈가 후반기 우승을 차지했고, 거기에는 괴물 투수 장일봉과 '써마린'이라고 불리던 신예 투수의 공이 컸다고 기록되었다. 그러나 박철순의 22연승 기록을 깬 '써마린'이라 불리던 투수는 20연승을 기록한 경기에서 죽은 듯 쓰러졌고, 이후 야구계에서 사라졌다고 덧붙여졌다. 그해 10월 5일부터 9일까지 열린 한국시리즈에서 전반기 우승팀인 베어스와 후반기 우승팀인 슈퍼스타즈가 맞붙었고 베어스가 내리 4연승을 거두며 우승을 차지했다.

그는 장일봉에 대해서도 찾아봤다. 그해 30승을 올리며 팀을 후반기 우승으로 이끌었던 장일봉 선수는 이후 그저 그런 투수가 됐고, 여러 팀을 옮겨 다니다가 조용히 은퇴를 한 뒤 일본으로 떠났다. 그렇게 모두의 기억에서 사라졌던 장일봉에 대한 소식은 몇 년이 흐른 뒤 한 일본 지역신문에 단신이 실리면서 잠깐 화제에 올랐다. 기사에 따르면 장일봉 선수는 어떤 도박장에서 쓸쓸하게 죽음을 맞이했으며, 그가 살던 단칸방 벽엔 이런 문구가 적혀 있었다고 한다. 낙엽은 가을바람을 원망하지 않는다.

그는 오랫동안 집에 머물렀다. 그리고 자신이 겪었던 기묘한 일에 대해서 생각했다. 꿈을 꾼 것 같았지만, 그 일은 실제로 일어났다. 그 증거가 자신이었다. 그는 달라져 있었다.

그렇게 한동안 집에 머물던 그는, 얼마 후 조그만 야구 교실을 차렸다. 왠지 잘 할 수 있을 것 같았다. 그런 자신감이 들었다. 처음엔 찾아오는 이가 없었다. 팀에서 폭력을 휘둘렀고 쫓겨난 선수였으니까.

하지만 그렇게 시간을 보내던 어느 날, 한 소년이 찾아왔다. 어디선가 봤던 얼굴 같았지만, 이 소년은 그 소년과 달랐다.

그는 소년을 열심히 지도했다. 자신이 알고 있던 것, 실패했던 것 그리고 꿈에서 배웠던 것들까지 하나하나 알려줬다.

소년은 기적처럼 프로에 입단했고, 그의 야구 교실도 조금씩 입소문이 났다. 유튜버들이 찾아와 그의 모습을 찍어갔다.

그의 모습은 '근황'이라는 제목으로 소개됐고, 이후 더 많은 학생들이 그를 찾아왔다.

　나름 성공이었다. 전혀 기대하지 않았지만.

　그렇게 다시 몇 달이 지났다. 그러던 어느 날, 그는 옷장에서 우연히 처음 1982년 야구장에 돌아왔을 때 입었던 유니폼을 발견했다. 가슴에 촌스러운 별이 그려진 꾸깃꾸깃한 유니폼을.

　그는 아련한 표정으로 유니폼을 더듬었다. 그러다가 주머니에 들어 있는 종이 뭉치를 발견했다. 거기엔 주식 증서가 있었다. 발행일은 1982년. 언젠가, 누군가에게 추천했던 전자 회사의 주식 증서였다.

　그는 가만히 기억해냈다. 전반기를 마치고 얼마 지나지 않았을 때, 그는 구단에서 가장 높은 사람의 부름을 받았다. 그리고 그 자리에서 보너스의 절반을 받았다. 남들은 내가 헛바람만 넣었다고 하지만, 난 반드시 약속을 지킨다고. 키가 작은 남자는 그렇게 큰 소리로 말했었다. 그리고 옆에 있는 안경을 낀 사내에게 말했다. 지금의 이 일을 반드시 기록해달라고. 내가 약속을 지킨 것을 세상 사람들도 알아야 하니까.

　그는 그 주식 증서를 챙겨서 증권회사를 찾았다. 한동안 증권회사에서 토론이 벌어졌다. 너무 오래된 문서였기 때문이었다. 하지만 그 증서는 진짜였다. 언론에서도 찾아왔지만, 그는 인터뷰를 사양했다. 그리고 조용히 돈을 챙겼다. 짜장면 한 그

룻 가격도 안 됐던 주식은 엄청나게 높은 가격이 되어 있었다. 그리고 그는 아파트 다섯 채를 살 정도의 돈을 쥐게 되었다.

그러나 그의 생활은 달라지지 않았다. 그는 계속 야구 교실에 나갔고, 소년들을 가르쳤다. 그것은 그에게 주어진 숙제 같은 거였다. 그가 얻어 온 선물이기도 했다.

어느 날, 한때 야구선수였던 그 남자는, 충동적으로 버스에 올랐다. 버스는 한참을 달렸고, 어느 바닷가 도시에 닿았다. 그가 아는 곳이었지만, 완전히 달라져 있었다.

그는 어떤 빌딩 앞에 섰다. 그리고 그곳을 멍하니 쳐다봤다. 아주 오래전 헤어진 연인을 바라보듯, 그렇게 쳐다봤다.

그 빌딩의 1층엔 프랜차이즈 카페가 들어서 있었다. 어디서나 볼 수 있는 흔한 카페였다. 그는 카페 안을 흘끗 훑어봤다. 그 안에 걸린 액자에 눈이 닿았다. 거기엔 그가 아는 얼굴이 있었다. 오래된 사진이었다. 엄마로 보이는 젊은 여자가 다부지게 생긴 소년을 안고 있었고, 그 뒤로 놀이동산 같은 곳에 있는 커다란 대관람차 같은 게 보였다.

그는 눈을 비비고 다시 그 사진을 봤다. 거기에 자신은 없었지만, 그는 그때를 알 것 같았다. 거기에 머물렀던 시간을 기억하자 그리워졌다. 갑자기 울음이 터질 것 같았다.

그때, 누군가 카페 문을 열고 나왔다. 그는 낮은 숨소리를 토했다. 노년의 여자였다. 하지만 그녀의 얼굴은 낯설지 않았다. 그와 그녀의 눈이 마주쳤다. 그는 눈물이 쏟아지려는 걸 간신히 참았다.

노년의 여자는 그를 쳐다봤다. 그리고 눈을 찌푸린 채 뭔가를 기억하려고 했다. 하지만 그게 전부였다. 누군가 뒤에서 그녀를 불렀고, 여자는 잠깐 망설이다가 돌아섰다.

그는 그 자리에 한참을 서 있었다. 찾을 수 없을 거라 생각한 것을 찾은 사람처럼 허공에 손을 내밀며 휘저었다. 하지만 그의 손엔 아무것도 잡히지 않았다.

그렇게 그는 아주 오랜 시간 동안 자리에 그대로 서 있었다.

*

그리고 다시 1982년의 그 시간,

그 야구장.

누군가 마운드로 걸어왔다. 키가 작은 야구선수였고, 팀에서 외야수를 맡고 있었다.

모두가 떠난 야구장을 그는 헛헛한 시선으로 쳐다봤다. 조금 전 뜨겁던 열기가 믿기지 않았다. 그곳엔 이제 아무 것도 없었다.

그 야구선수는 마운드로 걸어갔다. 그리고 그곳에서 죽은 듯 쓰러졌던 사람을 생각했다.

그때, 키가 작은 야구선수의 눈에 무언가 반짝이는 게 보였다. 손을 뻗어서 잡았다. 그것은 작은 반지였다. 반지 위에 그려진 용 무늬가 눈에 띄었다. 거기엔 네 자리의 숫자가 쓰여 있었다. 우승 반지 같은 걸로 보였지만, 그러기엔 네 자리의 숫자는 지금과 너무 멀었다.

그때 인기척을 느끼고 옆을 휙 돌아봤다. 그쪽에서 한기가 느껴졌다.

어떤 남자가 있었다. 낡은 옷을 입은 그 남자는 이쪽을 보면서 웃고 있었고, 왼손엔 커다란 술병을 들고 있었다.

남자가 다가왔다. 미끄러지듯이 가까이 다가왔다. 그리고 물었다. 그 반지를 갖고 싶냐고. 그것만 있으면 원하는 걸 이루게 해주겠다고.

작가의 말

　이 소설은 지금으로부터 꽤 오래전에 시작되었습니다. 소설 아이디어를 끼적이던 중, '한국인 투수가 메이저리그 초창기 시절 활약했다'는 로그라인이 떠올랐습니다. 배경은 서부 시대 같은 야성적인 분위기면 좋을 것 같았습니다. 마카로니웨스턴 처럼.

　그러다가 타임슬립 장르를 떠올렸습니다. 실패한 한국인 투수가 1919년 메이저리그로 간다는 설정이요. 1919년 메이저 리그에선 스핏볼이라는 부정투구가 인정되던 시기였고, 베이브 루스는 떠오르는 신예로 인정을 받고 있었습니다. 당시 미국의 분위기도 찾아볼수록 매력적이었고요—초고에서는 타이 콥이 멘토로 등장했었습니다.

그렇게 초고를 썼지만, 뭔가 아쉬웠습니다. 그러던 중 지하철에서 문득 다음과 같은 로그라인이 새로 떠올랐습니다. '삼류 투수 구경남, 1982년 프로야구 원년으로 가서 당대 최고 투수 박철순의 라이벌이 되다!' 그리고 곧바로 문우님들께 의견을 구했고, 반응이 좋았습니다.

어느 겨울날, 배경을 1982년 대한민국으로 바꾸고 퇴고 작업에 들어갔습니다. 글이 훨씬 쉽게 쓰였습니다. 특히 주인공의 승승장구 챕터인 2막이 그랬습니다. 그렇게 한동안 1982년, 그 시절의 야구장과 골목길을 걸어 다녔습니다.

그렇게 산책하는 기분으로, 즐겁게 썼습니다. 여러분도 그런 마음으로 읽어주신다면 감사하겠습니다.

소설 초고에는 1982년 선수님들의 실제 이름을 넣었습니다. 하지만 그분들에게 본의 아니게 누가 될 수도 있겠다는 걱정이 들어, 고민 끝에 이름을 바꿨습니다. 하지만 한 분의 이름은 꼭 넣고 싶었습니다. 박철순. 1982년 한국프로야구에서 그의 이름을 뺀다는 것은 말도 안 되니까요. 어렵게 부탁을 드렸는데, 너무 흔쾌히 허락을 해주셨습니다. 이 소설에 등장하는 모든 캐릭터는 이야기 세계에 존재하는 허구의 캐릭터입니다. 실제 이름이 쓰인 '박철순'이라는 인물까지 포함해서요.

사실 1982년에는 세계야구선수권대회로 인해 최동원 선수를 비롯한 몇몇 선수들이 프로리그에 뛰지 않았습니다. 하지만 소설에서는 1982년 원년부터 이들 멤버가 모두 뛴다고 가

정했습니다.

이 소설을 쓰면서 많은 작품을 참고했습니다. 특히 1982년 프로야구 당시에 대해 생생한 묘사를 들려준 이재국 작가의 『베팬알백 1, 2』 김은식 작가의 『해태 타이거즈와 김대중』 박민규 작가의 『삼미 슈퍼스타즈의 마지막 팬클럽』 등의 작품을 읽고 또 읽으면서 당시의 공기를 느끼려고 했습니다. 드라마 〈라이프 온 마스〉에서도 영감을 받았습니다. 소설 속 등장인물 '연수지'의 외모는 드라마 여주인공을 떠올리며 묘사하는 데 참고했습니다. 그리고 스티븐 킹의 뛰어난 타임슬립 소설 『11/22/63』에서도 많은 도움을 받았습니다. 무엇보다 그의 유머 감각이 좋았어요.

고마운 분들이 많습니다. 처음 작았던 아이디어를 인정해주시고 많은 조언을 해주신 윤여경 선생님, 1982년 한국프로야구를 생생하게 묘사한 글로 도움을 주셨던 이재국 대표님, 기꺼이 이름을 사용하도록 허락해주신 1982년 프로야구의 에이스 박철순 선수님, 소중한 추천사를 선물해준 구자욱 선수님 그리고 언제나 내 옆에서 힘을 주는 나의 편, M 별 어머님 시루, 내 친구 필 웅 규 윤 김 이감이들, 소설 문우 석 혜 란 설님. 제 작품의 가치를 인정해주시고 한 권의 책으로 나올 수 있게 함께 힘써주신 자음과모음 출판사 선생님들.

무엇보다 지금 이 책을 펼치고 읽어주시는 독자 여러분.

모두 진심으로 감사합니다.

이 감사함은 두고두고 갚겠습니다.

제 이름으로 세상에 던지는 세 번째 소설입니다.

다음 작품을 위해, 다시 자세를 가다듬고 창작이라는 마운드에 서겠습니다.

아직 야구 시즌이 한창인
여름의 어느 날,
채강D 드림

18번 구경남

© 채강D, 2024

초판 1쇄 인쇄일 2024년 7월 16일
초판 1쇄 발행일 2024년 7월 24일

지은이   채강D
펴낸이   정은영
편집   박서령 박진혜 우소연
디자인   홍선우
마케팅   최금순 이언영 연병선 윤선애 최문실
제작   홍동근

펴낸곳   네오북스
출판등록   2013년 4월 19일 제2013-000123호
주소   04047 서울시 마포구 양화로6길 49
전화   편집부 (02)324-2347, 경영지원부 (02)325-6047
팩스   편집부 (02)324-2348, 경영지원부 (02)2648-1311
이메일   neofiction@jamobook.com

ISBN 979-11-5740-439-1 (03810)